P.G.Wodehouse

ウッドハウス・コレクション

P.G.Wodehouse

ジーヴスと封建精神

Jeeves and the Feudal Spirit

P・G・ウッドハウス著

森村たまき訳

国書刊行会

目次

ピーター・シュウェッド（サイモン・アンド・シュースター社）へ捧ぐ

親愛なるピート
　ここ四十年くらい、私は献辞とはすっかりおさらばしている。あんなものにはうんざりだ、という言葉に、私の態度は約言されようか。今日、私が本を書くときには、本だけで付け合せはなしということでやっている。
　つねにそうだったわけではない。世紀転換期の頃にさかのぼれば、私や他の青年たちは、自分の書いた小説が裸同然で世に出るくらいなら、スパッツをつけずに表に出た方がましだと思ったくらいだ。献辞とは、われわれが思い切り奮発する場であった。私は一度、ぜんぶ献辞だけでできている小説を構想したことがあるが、それにつける献辞が思いつかずにあきらめたものだ。
　現代は多様性の時代である。小説本の扉を開けてみると、何に当たるかわからない。素っ気ない、これでいやなら帰ってくれ、という献辞もある。

J・スミスへ

もうちょっと暖かみのあるやつになると

我が友
パーシー・ブラウンへ

あるいは下部にイタリックでちょいと詩を投入したもったいぶった献辞もある

F・B・Oへ

激しき風
荒地に沈む太陽
なぜ？
どこへ？
どこから？
そして遠く聞こえる太鼓の音……

J・フレッド・マッグズ、或は抜作J太郎
ロウアー・スマッタリング・オン・ザ・ウィッセル、或は低俗亭半可通鼬鼠庵にて、一九一二年

あるいはおそらく、ちょっと気概のある気分でいる時には、意地悪な献辞というのもある

批評家たちへ
この珠玉を

これは大層楽しいし毛穴を開いて頬をばら色にしてくれる。しかし大抵の作家たちはこういうこと

はやめてしまった。彼らの脳裡に「こんなことをして、自分にとって何のためになるんだ？」という疑問がそっと忍び入る時が不可避的に訪れるからである。私の場合がそうだった。「こんなことをしてウッドハウスに何の得があるのか？」と私は自問した。そして私にわかる限りの回答は、「これっぽっちもありゃしない」だった。

十八世紀の作家が一ページにこう書き込んだ時、

最も高貴にして最も権力を備えた
ノップのナップル卿へ

閣下
閣下の卓越したる天稟《てんぴん》への言葉に表せぬ賛嘆とともに、閣下の輝かしきご配慮には毫《ごう》も値せぬ不躾《ぶしつけ》者が、ただいま閣下にこれなる拙文を捧げんとするものなり

閣下の卑しき下僕
著者より

彼はボロもうけしてやろうと目論んでいたわけだ。ナップル卿は彼のパトロンで、お追従《ついしょう》をしこたまお贈りすれば少なくとも何ギニーは堅い。しかし現代の作家はどこまでやってよろしいものだろうか？　彼はいまだ謳《うた》われざる幾百万の中から——たとえば——P・B・ビッフェンを引っ張り出してきて彼を名声不朽の人にしてやる。するとビッフェンはお返しに何をしてくれるか？　何もしてはくれない。そこに立っているだけだ。もし彼が私の知る他のビッフェンたちと同じであるな

ら、作家は彼から昼食だっていただけやしない。
それでもなお、貴君に大層結構なご昼食をご馳走いただけることがわかっているという理由もあるが、主として貴君がジャック・グッドマンに『バーティー・ウースターはお見通し《ジーヴスと封建精神》』は『戦争と平和』よりも優れた本だと言ってくれた、そのことゆえに私は本書にかく献題するものである。

ピーター・シュウェッドへ
我が友ピーター・シュウェッドへ

P・Sへ

半リーグ
半リーグ
半リーグ
前進
ヘイ・ノニー・ノニーと
ホット・チャチャでもって

P・G・ウッドハウス
コルネイ・ハッチにて、一九五四年

ジーヴスと封建精神

○**登場人物たち**

バートラム（バーティー）・ウースター………お気楽暮らしの気のいい有閑青年。ドローンズ・クラブ所属。

ジーヴス………バーティーに仕える有能「紳士様お側つき紳士」。ジュニア・ガニュメデス・クラブ所属。

ダリア・トラヴァース（ダリア叔母さん）………バーティーの優しくて感心な叔母さん。淑女のための週刊紙『ミレディス・ブドワール』主宰。

トーマス・トラヴァース（トム叔父さん）………ダリア叔母さんの夫君。古銀器蒐集家。

フローレンス・クレイ………美人女流作家。代表作『スピンドリフト』。スティルトン・チーズライトと婚約中。バーティーと婚約していたことがある。

ダーシー・スティルトン・チーズライト………元オックスフォード大学代表ボート選手。元警察官。フローレンスと婚約している。

L・G・トロッター………リヴァプール出版界の大立者。

L・G・トロッター夫人………リヴァプール社交界の女王。

パーシー・ゴリンジ………トロッター夫人の連れ子。詩人。脚本家。フローレンス・クレイを愛している。

シドカップ卿………トム叔父さんのクラブの友人。古銀器および宝石類に造詣が深い。

ダフネ・ドロアーズ・モアヘッド………高名な女流作家。『ミレディス・ブドワール』に小説連載中。

アナトール………ダリア叔母さんのブリンクレイ・コートに君臨する至高のフレンチシェフ。

1．試練の邂逅

バスタブ内に座って、黙想しつつ脚にせっけんを塗りたくり、また僕の記憶が正しければ『ペール・ハンズ・アイ・ラヴド・ビサイド・ザ・シャリマー』［二十世紀初頭に流行したラヴソング］を歌いながら、僕の気分はヒナギクどっしんであったと述べたらば、読者諸賢を欺くことになろう。我が眼前にこれから開ける宵が、人にも獣にもぜんぜんよくない厄介な宵となろうことは確実であった。僕のダリア叔母さんが田舎の居宅ブリンクレイ・コートから手紙で、お願いだから知り合いとディナーにでかけてはくれないかと頼んでよこしたのだ。トロッターなる夫妻とである。

連中は最下級の不快な変人で大しゃべりして僕をうんざりさせることだろうと叔母は述べていた。しかし連中に調子よくゴマをすってやることが必要不可欠である。なぜなら彼女はこの夫婦の男性側と大変な大型商取引の真っ最中であり、そういう時にはどんな手助けだって有難い、ということだったのだ。「あたしを失望させないでね。あたしのかわいい慈悲深きバーティーちゃん」と、強く胸打つ懇願で、彼女の手紙は結ばれていた。

ふむ、このダリア叔母さんというのは僕の善良で感心な叔母である。歯でもってネズミを嚙《か》み殺し、幼子をむさぼり食らうアガサ伯母さんと混同されてはならない。だから彼女があたしを失望させないでねと言うならば、僕は彼女を失望させはしない。しかし、すでに述べたように、僕は断然いかなる意味においてもその饗宴《きょうえん》を楽しみに待ち焦がれてはいなかった。それに関する僕の見解は、呪《のろ》いが我が許に達した［テニスンの詩「シャロット姫」］、というものだった。

それだけではない。そのとき僕はすでに士気低迷していた。ジーヴスが夏休みでここ数週間ほどうちを空けていたという事実のゆえである。毎年七月のはじめ頃になると彼は仕事をやめ、兵役忌避者として、ボクナー・リージスにエビ獲りに行ってしまう。学校の頃読まされた、ガゼルを失ったとか言っていつも悲しがっていた詩人［トマス・ムーアの詩「ララ・ルーク」］とだいたいおんなじ身の上に僕を置きざりにしながらだ。僕の右腕たるこの人物を傍らに置くことなくば、バートラム・ウースターはかつてあった自分のたんなる影法師になってしまうのであり、赤ら顔のトロッター連中なんかとはぜんぜんまったく太刀打ちできる体調ではなくなるのである。

このトロッターなる夫妻がどんな奴らであるにせよだ、僕は連中のことを陰気にくよくよ考えながら、左のひじをごしごし擦《こす》りだし、『ああ、人生の甘美なる謎』［一九一〇年の流行歌］に選曲を切り替えた。と、寝室から聞こえるもの柔らかな足音に僕の夢想は中断された。僕は身を起こし、警戒し、こう言ってよろしければ、胸躍らせた。せっけんは僕の手の中で凍りついた。僕の寝室でもの柔らかな足音がするとするならば、その理由はすなわちただ一つ――むろん、泥棒がたまたまふらりと立ち寄ったというのでなければだが――きっと褐色に日焼けして壮健なる姿にて、我が家の大黒柱が休暇から戻ったということだ。

静かな咳払いが聞こえ、僕の推理が明察であったことが明らかになった。僕は声高に言った。

「君か、ジーヴス？」

「はい、ご主人様」

「帰ってきたんだな、どうだ？」

「はい、ご主人様」

「郵便番号W1、ロンドン、バークレー・マンション3a号室へようこそ」迷子の仔ヒツジが群れにとことこ戻ってきた時の羊飼いのような思いで、僕は言った。「楽しかったかい？」

「きわめて愉快でございました。有難うございます、ご主人様」

「ぜんぶ話してくれないといけないぞ」

「かしこまりました。いつなりとご都合のよろしき折にでも」

「君の話に僕は釘付けに決まってるさ。そこで何しているんだい？」

「お手紙がただいま届いてまいりました、ご主人様。鏡台の上にお載せいたしたところでございます。今宵はおうちにてお食事あそばされますか？」

「いいや、まったくコン畜生だ！　ダリア叔母さんの後援で、どこかのゴルゴンゾーラチーズ一切れ野郎とブラインドデートをしなきゃならないんだ。だからもし君がクラブにでかけたいようなら、でかけてかまわないぞ」

　僕の回想録のどこかですでに述べたように、ジーヴスはカーゾン街のいずれかに立地する、執事と従者のための超一流クラブ、ジュニア・ガニュメデスに所属している。帝都を留守にした後、彼はそこにブンと飛んでいって仲間たちと仲良く話をし、みんなの消息やら何やかやを聞きたくてたまらないでいるだろうということが僕にはわかっていた。一、二週間留守にした後、戻ってきて僕が最初にするのはドローンズにまっしぐらに向かうことだ。

「君がメンバーたちから、ヘイ、ノニー、ノニーとか、熱いチャチャチャでもって盛大に歓迎される姿が目に浮かぶなあ」僕は言った。「ところで、僕に手紙が来てるとかなんとか言ったのが聞こえたような気がするんだが？」

「はい、ご主人様。つい先ほど、特別配達夫により配達されてまいりました」

「重要だと、君は思うのか？」

「ただようと憶測いたし得るのみでございます、ご主人様」

「開けて読んでもらったほうがいいな」

「かしこまりました、ご主人様」

一分半かそこら出待ちの時間があり、その間に僕の憂鬱《ゆううつ》はだいぶ軽くなった。僕は『ロール・アウト・ザ・バレル』［一九三九年の曲］、『アイ・ラブ・ラッシー』［一九〇六年の曲］、『エヴリデー・アイ・ブリング・ザ・ヴァイオレット』を、ただいま述べた順番にて演奏した。やがて彼の声が扉の向こうから聞こえてきた。

「このお手紙は相当な長さがございます、ご主人様。おそらくはわたくしが大要をお伝え申し上げるのがよろしいかと存じますが？」

「そうしてくれ、ジーヴス。こっちの用意はいいぞ」

「パーシー・ゴリンジ様よりのお便りでございます。余計な箇所を省略いたしまして、要点のみを申し上げますと、ゴリンジ様におかれましてはあなた様より金一千ポンドをご借用されたしとのご要望でございます」

僕は猛烈に驚いてハッとした。その結果せっけんが僕の手を飛び出し、バスマット上に鈍くゴンと落ちた。ショックを緩衝《かんしょう》する事前の警告もなく、彼の言葉は一瞬僕を途方に暮れさせたものだ。かくも壮大なスケールで借金を迫られることはそう頻繁《ひんぱん》にはない。来週の水曜まで五ポンド、というのがだいたいのところ通常料金である。

「君は今……何と言った、ジーヴス？　千ポンドだって？　だけどその地獄の猛犬は誰なんだ？　ゴリンジなんて奴、僕は一人だって知っちゃいないぞ」

「お手紙によりますと、あなた様と当の紳士様はご対面あそばされた機会はないとの由にございます。しかしながら、この方はトラヴァース夫人がお知り合いでおいでの、L・G・トロッター様の義理息子様でいらっしゃるとの由にございます」

僕はうなずいた。むろんたいした意味はない。彼には僕が見えないわけだから。

「わかった。そいつの身許は確実だ」僕は認めた。「ダリア叔母さんはトロッターと知り合いだ。今夜飼い葉袋をごいっしょするようにって叔母さんが頼んできたのがそいつなんだ。そこまではよしとしよう。だがいくらトロッターの義理の息子だからって僕のひざに座って僕の財布の中身を勝手に取り出していいだなんて、このゴリンジが考えてる了見がわからない。つまりだ、これは〈L・G・トロッターさん、あなたの義理の息子さんなら私の義理の息子も同然ですよ〉なんて話とはちがう。なんてこった、ジーヴス。義理の息子に金をせびり取られ始めたりなんかしたが最後、どんなことになる？　その一族郎党じゅうに僕が結構なバラ撒《ま》き屋だって噂は広まり、姉妹やら従《い》兄《と》弟《こ》やら叔母さんやら甥やら伯父さんやらがみんなで寄ってたかって権利を主張しだして、お蔭で負傷者数名って騒ぎになるぞ。うちは流血の修羅場と化すことだろうな」

「傾聴すべきところ、大いにあろうかと存じます、ご主人様。しかしながらこちらの紳士様がご要望でおいでなのは、貸付金と申しますよりは、むしろご投資といった性格のものであろうかと拝察いたされます。この方は、ご自分が戯曲化あそばされた、レディー・フローレンス・クレイ原作の小説『スピンドリフト』の製作資金をご提供される機会をあなた様に差し上げたしとご希望でおいでなのでございます」

「ああ、そうなのか？　わかった。ああ、思考の脈絡がわかり始めてきたぞ」

このフローレンス・クレイというのは……うむ、彼女のことは義理の従姉妹《いとこ》とか義理のまた従姉妹とか、そんなふうに呼ぶんだと思う。彼女はウォープルスドン卿の娘で、このウォープルスドン御大《おんたい》は、一時的錯乱の折、僕のアガサ伯母さんとアン・スコンド・ノースという表現でよかったかと思うが、それでもって最近再婚したのだ。彼女は知的な娘の仲間で、彼女の頭には灰色の脳細胞が破裂する寸前までぎっしり詰まっていて、それで一年ほど前、神輿《しんよ》の炎に満ち満ちていたから、というよりはおそらくむしろ、アガサ伯母さんのことを考えなくて済むための何かしらが欲しかったゆえに、彼女はこの小説を執筆し、またそいつはインテリゲンチアの間で好評を博した。つまりこういう連中というのは、最大限の恐ろしいヨタ話を面白がることで悪名高いものなのである。

「君は『スピンドリフト』を読んだのか？」せっけんを取り戻して僕は訊《き》いた。

「ひととおり通読はいたしました、ご主人様」

「どう思った？　教えてくれ、ジーヴス。遠慮はいらない。〈ク〉で始まる言葉だ」

「さて、ご主人様。あなた様が念頭に置いておいでのご形容を用いるまでは参りませぬが、しかしながらあの作品は管見《かんけん》のところ、有効な構造を欠いた、いささか未熟な作品と思われました。わたくしの個人的趣味はドストエフスキー及び偉大なるロシア作家の方向をより志向いたしております。

しかしながら、作品自体は全面的に興味に欠けておりますわけではございませんし、観劇を好む一般大衆にとりましてはおそらく魅力を持ちうるものであろうかと思料いたします」

僕はしばらく思いにふけった。何かを思い出そうとしていたのだが、何だったか思い出せなかったのだ。それから思い出した。

「だけどわからないなあ」僕は言った。「ダリア叔母さんがどこかのマネージャーがあの劇を買って興行することになったってフローレンスが話してくれたって言ってたのを、僕ははっきり憶えてるんだ。哀れな見当違いのアホめって言ってたのを憶えている。うーん、だとしたらどうしてパーシーは他人様に金を無心してまわらなきゃいけないいんだ？　奴は千ポンド、何に遣《つか》うっていうんだ？　これは深き淵だな、ジーヴス」

「その点はこちらの紳士様のお手紙にて説明されております、ご主人様。当該興行企画に同金額の出資を約束しておりました合同企業体のうち一社が、契約履行不能となった由にございます。かようなことは、管見いたしますかぎり、劇場業界におきましてはごく頻繁に出来《しゅったい》いたす事態であると拝察申し上げます」

僕はまた考え込んだ。スポンジより発した水分が身体を流れ落ちるままにだ。別の論点に思いが及んだのだ。

「だけどどうしてフローレンスはパーシーをスティルトン・チーズライトのところに行かせて金の無心をさせないんだ？　だって彼女は奴と婚約してるんじゃないか。彼女と愛の絆《きずな》にて結ばれてるスティルトンこそ人民の選択だって人は思うはずだぞ」

「おそらくチーズライト様におかれましては、千ポンドの金員をお手持ちではいらっしゃらなかったのでございましょう」

「そのとおりだ。君の言いたいことはわかった。一方僕には金があると、そういうことだな？」

「まさしくさようでございます、ご主人様」

いくらか状況がはっきりしてきた。事実を手にしてみるならば、パーシーの動きは健全な原理に基づいているものと認められた。千ポンド集めようと思ったら、むろん第一に必要不可欠なことは、千ポンド持ってる誰かのところへ行くことだ。また僕がそういうものを貯めていることを、きっと奴はフローレンスから聞いたのだろう。だが彼が大間違いをしでかしているのは、僕が間抜けの大王で、誰も彼もにそんな莫大な金額を小鳥のつぶ餌みたいに撒き散らしてまわる習性があると考えている点だ。

「君はこの企画を後援するか、ジーヴス？」

「いいえ、ご主人様」

「僕だってだ。僕は奴と断固たるノッレ・プロセクゥイ［手続き停止の訴え］でもって対峙《たいじ》するつもりだ。そして金は古い樫《かし》木の箱にしまっておく」

「わたくしもさような行動方針を推奨申し上げるところでございます、ご主人様」

「よし。パーシーは野次を浴びるで決まりだ。奴にはケーキを食らわせてやれ。ではさてと、もっと喫緊《きっきん》の問題に移るとしよう。僕が服を着ている間に、力の出るカクテルをこしらえてはくれないかな？」

「かしこまりました、ご主人様。マティーニにあそばされますか、それともわたくしのスペシャルドリンクにあそばされましょうか？」

「後者の方で頼む」

僕はためらいのない声で言った。僕のこの判断に影響していたのは、いつだって人を見る目のあるダリア叔母さんが不快な変人と述べた夫妻と共に過ごす夕べにこれから立ち向かうという事実のみではない。僕は心身補強を別の理由からも必要としていた。

ここ数日、今すぐにもジーヴスが帰宅しようというこの日々にあって、僕が彼とあい見《まみ》えるときの来《きた》りなば、持てるかぎりの決断力と勝利への意志を要求せらるる試練の邂逅《かいこう》となるべきこと必定《ひつじょう》の再会のその時、アルコール飲料のかたちで我が心を元気づけてくれて何かものすごく僕を高圧的にしてくれるものが必要となろうとの確信を僕は抱いていた。その時を勝利にて飾り意気揚々と切り抜けようとするならば、いかなる石もひっくり返されずにはおられず、いかなる小径も踏査されずにはおかれぬのだ。

二人の強靭《きょうじん》な男が密接して並置されつつ住まうとき、もし並置という言葉で正しければだが、どんなふうになるものかはご承知だろう。見解の相違が立ち現れる。意志が衝突する。諍《いさか》いの骨が転がり出してきてとんぼ返りを始める。僕が彼の前に登場した瞬間に、こういう骨がデビュー予定であるとの事実を僕くらい痛切に認識している者もありはしなかった。たんなるマティーニでは、その利点を称えて言うべきところ数多《あまた》あるとはいえ、僕を待ち受ける試練に立ち向かうには十分であるまいと、僕は感じていた。

身体を拭いて着衣しながらも、僕の心はひどく緊張していた。そしてそれから十五分ほどの後、居間に入った時の僕は神経質であったと述べたならばおそらく言い過ぎであろうが、しかし疑問の余地なく、僕はそわそわ落ち着かない感覚を意識していた。ジーヴスがシェイカーを持って入室してきた時、僕はさかなの切り身を追っかけるオットセイみたいにそいつに飛びかかり、すばやく一杯飲み干したから、「お前の鼻の皮の擦り剝《む》けんことを」［第一次大戦中に流行した乾杯の言葉］を言う暇すらなかったくらいだった。

その効果は魔術的だった。不安な感覚は僕の許を去り、しずかなる権力意識が後に続いた。その炎が僕の血管じゅうを通り過ぎるにつれ、小心な仔ジカウースターは、いかなることにも立ち向かえる、鉄の意志の男ウースターへと一瞬にして変貌《へんぼう》を遂げたと述べる以上に、これをよく言い表すことは不可能であろう。ジーヴスのスペシャルに何が入れてあるものか、僕は突き止めていない。しかしその士気高揚効果にはただごとでないものがある。それは男のうちなる眠れるトラを目覚めさせるのだ。うむ、ご参考までに述べておくと、そいつを一杯飲んだ後、僕は固めたこぶしでテーブルをどんと叩き、アガサ伯母さんに向かってくだらん話はやめろと言ったことがあるのを憶えている。それも「くだらんクソ話」と言わなかったかどうかだって定かではないくらいなのだ。

「最善最高の出来だな、ジーヴス」グラスをふたたび満たしつつ、僕は言った。「エビたちの間で何週間も過ごした後も、君の腕前は鈍っちゃいないようだ」

彼は答えなかった。彼の唇からはきれいさっぱり言葉が拭《ぬぐ》い去られてしまったようだった。また予想どおり、彼の目が僕の唇上方の傾斜地に釘付けになっているのを僕は見た。それは冷たい、非難の目だった。青虫嫌いの潔癖《けっぺき》屋が、昼食時にサラダの中に青虫を見つけたときにそいつに向けるような目だ。そして僕は、それがため心身を堅牢化して備えてきた意志の衝突が、いまや醜悪な鎌首をもたげようとしていることを知ったのだった。

僕は物腰はもの柔らかく、しかし断固たる態度で語った。こういうときはもの柔らかな断固さにしくはない。そしてこの命の素スペシャルのお蔭で、僕は猛烈な勢いで断固としてもの柔らかでいることができた。居間に鏡はない。しかし僕の姿が、家内使用人に向かい、分をわきまえろとこれから言おうとしているアンシャンレジーム期の高飛車なご領主様にそっくり似たものであったろうことに疑問の余地はない。

「何かに気を取られているようだが、ジーヴス。僕の鼻の頭にすすでも付いているのかな？」

彼の態度は依然、凍りついたままだった。彼にはときどき女家庭教師みたいに見える瞬間があるが、今がそれだ。

「いいえ、ご主人様。あなた様のお唇の上でございます。マリガトーニ・スープのごとき、どす黒き汚れが付着いたしております」

僕は無頓着なふうにうなずいた。

「ああ、そうだ」僕は言った。「口ひげだな。君が言っているのはそのことだろう、違うかい？君のいない間に生やしてみたんだ。ちょっと粋《いき》だろう、そうは思わないか？」

「いいえ、ご主人様。わたくしはさようとは思いませぬ」

僕は唇をスペシャルでもって湿らせた。まだまだとことんもの柔らかな態度のままでだ。僕は強力で家長然とした気分でいた。

「君はこのちょっとした物が嫌いなのか？」

「はい、ご主人様」

「これが僕にある種の雰囲気を与えてくれるとは思わないか？　ああ……何と言ったものかなあ？

……一種、小悪魔的な？」

「いいえ、ご主人様」

「君は僕を傷つけたし落胆させた、ジーヴス」何口か啜《すす》って、ますますもの柔らかになりながら、僕は言った。「ただいま検討中のこの物件が、もっともじゃもじゃで上級曹長のやつみたいに先っぽにワックスがかけてあるようなものだったとしたら、君の態度も理解はできる。だがこれはデイヴィッド・ニーヴン［『旅路』（一九五八）でアカデミー主演男優賞を受賞。一九三五年の映画『サンキュー、ジーヴス』でバーティー・ウースターを演じた］が長年幾百万の人々の喝采を勝ち得てきたのとおなじ繊細で楚々《そそ》たる植生にすぎない。銀幕のデイヴィッド・ニーヴンを観るとき、君は恐怖に後ずさりはすまい、どうだ？」

「はい、ご主人様。ニーヴン氏に口ひげはよくお似合いでございます」

「だが僕には似合わないと言うのか？」

「さようでございます、ご主人様」

　こういう瞬間にあって、人が自尊心を維持しようとするならば、唯一とるべき道は鉄の手袋のうちからビロードの手を取り出す――いや、反対だったか――ことのみである。こういう時の弱気は致命的なのだ。

　つまりだ、ものには限界がある。それもきっぱりと線の引かれた限界だ。そういう限界が、僕の思うところ二キロくらい通り越されている。ジーヴスの靴下、靴、シャツ、帽子、ネクタイに関する判断を尊重する点で僕は誰に一歩たりとも譲るところではないが、しかし彼が強引に割り込んできてウースター顔の編集を開始しようというのを許したならば僕は破滅だ。僕はスペシャルを飲み終えると、静かな、冷静な声で語りだした。

「残念だな、ジーヴス。僕は君の共感と協力を期待していたんだ。しかし君がどうしても共感と協力のほうはできそうにないというのであれば、それはそれだ。しかしながら、たとえ何があろうとも、僕はステイタス・クオ《現状》を維持する。人が維持するのはステイタス・クオでよかったはずだな？この口ひげ育成にあたっては、僕は少なからぬ手間と配慮を傾注してきてるんだ。偏見にとらわれた一部の関係者が存在するからというだけで、その伐採を提議しようだなんて僕は思わない。誰とは言わないが、そういう連中はすぐれたものを見てもそれとわからないんだ。ジ・スイ、ジ・レスト［「私はここにいる。私はここに留まる」クリミア戦争中、フランス軍のマクマオン提督が言った言葉］だな、ジーヴス」ちょっぴりパリジャンになって、僕は言った。

ふむ、僕の側のこういう立派な決意表明の後では、「かしこまりました、ご主人様」とかそんなようなことのほか、こいつに言えることはそうはあるまいと思っていた。しかし実際は、彼にはそれだけすら言う暇もなかったのだ。というのは僕の唇から最後の言葉が発されるかどうかのところで、玄関ドアのベルがピーと鳴ったからだ。彼はゆらめき消え去り、それから一瞬の後、ふたたびゆらめき現れた。

「チーズライト様」彼は宣言した。

そして彼が名を告げた当の本人の重量感に満ちた身体が重い足取りで入ってきた。僕が会見を最も予想していなかった人物であるし、またそれを言うなら、最も会見したくなかった人物である。

2. 不機嫌な退職警官

同じようなご経験がおありかどうか知らないが、僕の神経質な笑いを誘発し、ネクタイをいじくりまわさせ、きまり悪く足をもじもじさせて、そいつがいるだけで不安な心持ちにさせられるという連中はいるものだ。著名なるキチガイ医者のサー・ロデリック・グロソップがそうだった。状況のめぐりあわせのせいで近寄りがたき彼の外貌《がいぼう》に風穴が開き、彼のよりよい、より優しい面を見られるようになるまでのことであったが。人を自分のヨットに誘拐してカリブの海賊みたいに職権を濫用してまわる習性のあるJ・ウォッシュバーン・ストーカーがもう一人だ。そして三人目がこのG・ダーシー（スティルトン）・チーズライトである。この男と対峙《たいじ》するバーティー・ウースターをご覧いただいたならば、ベストでない時の彼の姿がご覧いただけよう。

僕たちが、私立学校、イートン校、オックスフォードと、こういう言い方をして宜《よろ》しければ、ごく幼少のみぎりよりの知り合いだということに鑑《かんが》みれば、僕たちはダモンとなんとか「ダモンとフィンチアス。無二の親友の意」みたいであって然《しか》るべきであろう。だがいかなる意味においても断じてそんなことはない。会話の際、僕は奴のことを「クソいまいましいスティルトン」呼ばわりしているし、一方いつも信頼のおける関係筋から聞かされたところでは、奴は僕がコルネイハッチ「十九世紀にロンドン郊外に建設された巨大な精神病院」その他類似施設の壁のこちら側に依然いることに対する驚きと懸念をおおっぴらに表明しているそうだ。われわれが出会うとき、そこには常に堅苦しいよそよそしさと、ジーヴスならば魂の不完全なる融合と呼ぶところのものが存在するのである。

思うにその理由のひとつは、スティルトンがかつて警察官であったところに由来する。オックスフォードを卒業してすぐ奴は警察に入隊した。スコットランドヤードにてひとかどの地位に上りつめようとの意図のもとにだ。これは近頃友人知己の間でごく頻繁《ひんぱん》に見られる現象である。確かにすぐまもなく奴は警棒と警笛を奉還しはした。奴の伯父さんが奴に別の人生行路を歩んでもらいたがったからだ。だがこういうポリ公というものは、たとえ退職したとて「貴君は六月十五日の晩にはどちらにおられたのですかな?」的態度物腰を完全に一掃できるものではない。また奴とひょんな具合で出くわす時、いつだって奴は僕をどこかのウィンドウ破りの捜索に関連して取調べを受けるべく身柄勾留《こうりゅう》中の地下世界の最低男みたいな気分にさせてくれるのだ。

奴のその伯父さんというのがロンドンの警察裁判所［ロンドンなどの大都市に設置されていた治安判事裁判所に相当する裁判所。もっぱら軽微な犯罪の審理にあたった］のひとつで治安判事として生計を立ててきた人物であるという事実を考え合わせるならば、僕が奴を可能な限り避け続け、奴がどこか他の所に行ってくれている方がずっと好きだという理由がご理解いただけよう。感性の人は、治安判事の血を受け継ぐ元警官なんかといっしょにいることには、しり込みするのである。

したがって立ち上がって奴に挨拶《あいさつ》しようとする僕の態度物腰には、注意深い観察者ならば、「このようなご来駕《らいが》のご光栄を頂くどのような恩義がございましたかな?」的態度が少なからず見て取れたはずだ。僕のプライヴァシーをこんなふうに侵害して、奴が何をしようというものか僕にはまるきり見当もつかなかった。またもう一点僕を困惑させたのは、僕のプライヴァシーを侵害した上、まるで僕の姿が奴のど真ん中に命中し、繊細な感受性をむかむかさせたとでもいうみたいに、険しく、人を非難するような目で奴が僕を凝視しているのはなぜなのかという点である。僕は社会のクズで、他の社会のクズにコカインを何オンスか手渡している行為の最中を現行犯で捕まえたとでもいうみたいだった。

「ホー！」奴は言った。またこの一言をもって、高い知能を備えた傍観者には、もしそういう傍観者がいたとしてだが、奴が警官隊の平警官としていくらか時を過ごしたことを伝えるに十分であろう。ビッグ・フォー〔スコットランドヤードの上位四名の高官〕が新人警官に教える最初の事柄のひとつが、「ホー！」と言うことである。「こんなことだろうと思った」眉《まゆ》をひそめながら奴は続けて言った。「カクテルをがぶ飲みしてる最中か、え？」

　もし通常の状況であったら、ここで僕は間違いなくネクタイを指でいじくり、足をもじもじさせ、神経症的に笑ったことだろう。だがベルトの下にジーヴスのスペシャルドリンクを二杯収め、その効果が依然強力に発揮されているこの時、僕は剛胆不敵でい続けたばかりか、少なからぬ気概を込めて言い返し、奴に分をわきまえさせてやったのだった。

「わからないなあ、警察官君」僕はひややかに言った。「もし僕の言うことが間違っているようなら訂正してくれ。だが僕の信じるところ、今は英国紳士が軽い一杯を楽しむのが慣例の時間じゃあなかったかなあ。いっしょに一杯どうだい？」

　奴は口をゆがめた。きわめて不快である。こういうサツ連中は唇をイン・スタトゥ・クオというか現状維持しているだけで十分悪いのだ。

「いや、結構」ぶっきらぼうかつ無礼な調子で奴は言った。「俺は自分の身体組織を破壊したくないからな。そういうものがお前の目や制御能力にどんな影響を及ぼすかを考えてもみたのか？　強い酒を飲み続けて知覚を麻痺《まひ》させ続けていて、どうやってダブルスを取るつもりだ？　悲痛な思いにさせられるってもんじゃないか」

すべてわかった。奴はダーツ・スウィープのことを考えているのだ。

年に一度のドローンズ・クラブ・ダーツ・トーナメントと、それに伴うダーツ・スウィープはドローンズ・クラブにおけるハイライトのひとつである。それはメンバーの生まれ持ったスポーツマン精神を刺激せずにはおられない。連中は黒山の人だかりを拵《こしら》えて集合し、一口一〇シリングでチケットを購入することになる。その結果、賞金総額はいつだって途方もない金額に上るのだ。今回は僕の名前がスティルトンによって引き当てられた〔スウィープは掛け金総取りの賭け。優勝者の名を記したチケットを持つ者一人が掛け金を総取りできる〕。そして昨年度の覇者、ホレース・ペンドルベリー＝デヴンポートが結婚し、妻の提言を容れてメンバーから脱退したがため、ことは昨年度の次点者である僕の楽勝というのが大方の予想するところであったのだ。「ウースターは鉄壁の本命だ」との言葉が行ったり来たり飛び交っていた。「奴はうつくしくダーツを投げる」と。

したがってすべて順調に運べば金五六ポンド一一シリングをまるまる儲《もう》けられる立場にあるからには、僕を絶好調の状態にしておくことを、スティルトンが己《おの》が人生の使命と感じるのも理の当然であろう。だが、だからといって奴にこんなふうに絶え間なく監視されることが幾らかでも楽になるというものではない。引き当てたチケットに目をやってそこにウースターの名が記されていることを知り、また僕が同トーナメントの灼熱《しゃくねつ》の本命馬であることを知るに及んでよりというもの、僕に対する奴の態度は、普通以上に前途有望な非行少年に常に目を光らせているよう指示されたボースタル少年院の教官みたいな具合になっていたのだ。奴はドローンズ・クラブにて突如僕の横にぬっと姿を現しては、僕のグラスの中身をすばやくクンクン嗅《か》いで責めるような目を向け、かてて加えて鋭くヒュッと音を立てて息を吸い込んでよこすようになった。それで奴は同じことを、ここなる僕の私宅でやってくれているのだ。これは小公子フォントルロイ卿風のスーツを着て巻き毛頭でいた時代に戻り、目つきの鋭い乳母《うば》に四六時中つきまとわれてクソいまいましいタカみたいに一挙手一投足を見守られてるよりももっと悪い。

こんなふうにつきまとわれるのを僕がどんなにか心の底から嫌っているかを言おうとしたところで、奴はふたたび話し始めた。

「今夜俺がここに来たのは、お前と真剣な話をするためだ、ウースター」ものすごく不快なふうに顔をしかめながら奴は言った。「このダーツ・トーナメントに対するお前のこういうのんきで不真面目な態度に俺はショックを受けてるんだ。来るべき大勝負の日に勝利を収めるための一番初歩的な用心すらお前はしていないようだ。これはよくある、ありふれた話なんだ。自信過剰ってことだ。間抜け連中は揃ってお前の勝利は確実だとか言い続けているし、お前はまたその言葉をあの汚らわしいカクテルを飲み干すように鵜《う》呑《の》みにしている。ふん、お前は愚者の楽園に暮らしてるんだって言わせてもらおう。今日の午後たまたま俺はドローンズを覗《のぞ》いたんだが、フレディー・ウィジョンがダーツ板のところで、息をもつかせぬパフォーマンスで見物人を驚嘆させていた。奴の正確性はじつに見事だった」

僕は腕を振り、首を揺すった。実際、顎《あご》を引き、頭を反り返らせてつんとしたと言うこともできよう。奴は僕のアムール・プロプルというか自尊心を傷つけたのだ。

「チッ！」軽蔑を表明しつつ、僕は言った。

「えっ？」

「僕は〈チッ！〉と言ったんだ。F・ウィジョンに関してだ。僕は奴の調子をさかさまからだって承知している。一見華々しい。だが持久力がない。奴なんか僕の馬車の車輪の下のホコリ以下さ」

「それはお前の考えだろう。さっき言ったとおり、自信過剰だ。俺の言葉を信じてもらいたいんだが、フレディーはきわめて危険な競争相手だ。奴が何週間にもわたって厳格なトレーニングに励んでいるのを俺はたまたま知ってるんだ。奴はタバコをやめ、毎朝冷水浴をしている。お前は今朝冷水浴はしたか？」

「するわけがない。お湯の蛇口は何のためにあると思ってるんだ？」

「朝食前にスウェーデン式の体操はやっているか？」

「そんなこと夢にも思わないさ。そんなくだらないことはスウェーデン人に任せとけと、僕なら言わせてもらう」

「だめだ」スティルトンは激しい口調で言った。「お前がしていることはお祭り騒ぎにどんちゃん騒ぎに大酒盛りきりときた。お前が昨日の晩キャッツミート・ポッター＝パーブライトのパーティーに行ってたってことは聞いてる。たぶんお前は朝方三時に千鳥足で家に帰って、酔っ払って大声でご近所じゅうの目を覚ましたにちがいないんだ」

僕は高飛車なふうに眉《まゆ》を上げた。こういう警官による迫害は許しがたい。

「おまわりさん、まさか僕が」僕は冷たく言った。「数日中にハリウッドに発っておそらく数年は文明から遠ざかろうっていう子供時代からの友達のさよなら夕食会に欠席するだなんて、よもや思ってるわけじゃないだろうな。もし僕がこっそり先に帰ったらキャッツミートは骨の髄まで傷ついてたはずだ。それに帰宅したのは朝方三時なんかじゃない。二時半だった」

「何か飲んだのか？」

「ほんのちょっぴり啜《すす》っただけだ」

「タバコは？」

「ほんのちょっぴり葉巻を吸っただけだ」

「信じられん。もし真実が知れたら」しかめっ面の暗さの度合いを深めながら、スティルトンは不機嫌そうに言った。「お前が野原のケダモノ並みにその身を貶《おとし》めてたはずだって賭けたっていい。お前はマルセイユの一杯飲み屋の水夫みたいにはしゃぎまわっていたはずなんだ。それでこの瞬間、お前の首の周りにホワイトタイが巻きつけてあって、腹の周りに白いウェストコートがとっついてるって事実からすると、お前はまもなく言語道断の乱痴気騒ぎに繰り出そうってところらしいな」

　僕は静かな笑いを放った。その言葉は僕を面白がらせたのだ。

「乱痴気騒ぎだって、えっ？　僕はダリア叔母さんのご友人にディナーをご馳走するんだ。叔母さんは酒は飲まないようにって僕に厳しく警告してきてる。なぜって本日の客人は禁酒主義者なんだ。主人が杯をなみなみと満たす時、そいつはレモネードか大麦湯か、おそらくはライムジュースだ。お前の言う言語道断の乱痴気騒ぎなんて、所詮そんなもんさ」

　この発言は予想通り奴の辛辣《しんらつ》さを緩和する効果があった。辛辣という言葉で正しかったとしてだが。奴は愛想よくなったりはしなかった。なぜなら奴にそういう真似は不可能だからだ。しかし奴は奴の能力の限り最大限愛想のよい状態に近くなった。奴はほぼにっこりしていた。

「素晴らしい」奴は言った。「素晴らしい。実に結構だ」

「喜んでもらえてよかった。それじゃあ、おやすみ」

「禁酒主義者だって、えっ？　そうか、それは最高だ。だがこってりした料理やソースは避け、必ず早く寝るんだ。お前なんて言った？」

「おやすみ、って言ったんだ。お前はきっと帰りたいだろう？」

「俺は帰らない」奴は時計を見ながら言った。「いったいぜんたい女ってもんはどうしてこういつだって遅いんだ？」奴はいらいらして言った。「ずっと前にここに来てていいはずなんだ。ジョー伯父さんを怒らせることがひとつあるとしたら、そいつはスープの前に待ちぼうけを食わされることだって、彼女には繰り返し繰り返し言ってあるのに」

　この女性モティーフの導入は僕を困惑させた。

「彼女だって？」

「フローレンスだ。彼女と俺はここで待ち合わせている。伯父さんと晩飯をいっしょにするんだ」

「ああ、わかった。さてさて、それじゃあ間もなくフローレンスがここに来るんだな。素敵だ、素敵だ、素敵だよなあ」

　僕はだいぶ熱と活気を込めて言った。会話に陽気な調子を加えようとしたのだ。そしてただちに、しなければよかったと思った。なぜなら奴は麻痺患者みたいに震えて僕に鋭い一瞥《いちべつ》をよこし、僕は自分たちが危険な地盤の上に立っていることに気づいたからだ。きわめてデリケートな状況が出《しゅっ》来《たい》していた。

G・ダーシー・チーズライトと僕との間に麗《うるわ》しき友情が成立困難である理由のひとつは、つい先だって、不幸にも僕は奴の恋愛生活関係とこんがらがってしまったという事実である。啓蒙された現代精神について奴が言った冷やかしの言葉に激怒し、つまり啓蒙された現代精神は彼女にとっては無二の大なかよしみたいなものであるからなのだが、フローレンスは奴にすばやい愛想尽かしを送り僕と婚約するに至ったのだった――大いに僕の意志に反してだ、しかしながら彼女の方ではそれを望んだらしい。その結果火山のごとき情熱の持ち主たるスティルトンは、僕をバラバラに引き裂き、亡骸《なきがら》の上でバック・アンド・スウィングを踊りたいとの欲望を表明するに至った。奴はまた、僕の顔をオムレツみたいにかきまぜて、ロンドンのウェスト・エンドでバター炒《いた》めにしてやりたいとも語っていた。

　幸い事がそこまで極端な惨状に至る前に、愛は元通りに仕事を再開し、その結果僕の指名は取り消され、危機は去った。しかし奴はこの悲惨な出来事をけっして本当の意味で克服してはいない。あれ以来ずっと嫉妬《しっと》という名の緑目の怪物［『オセロ』三幕三場］が常にうろうろし続けていて、合図の帽子が落とされたらば速やかに活動開始すべく構えの姿勢でいるし、また奴のほうでは僕のことを大いに警戒を要する草やぶのヘビに分類している。

　そういうわけだから、奴がいま僕に鋭い一瞥をくれ、朝ごはんの苦力《クーリー》労働者に歯をむいてうなりかけるベンガルトラみたいにしわがれ声でうなってよこしたからといって、僕は動揺はしたものの、驚きはしなかった。

「素敵だとは、どういう意味だ？　お前、彼女にそんなに会いたくてたまらないのか？」

　この場は如才《じょさい》のなさが必要と僕は見て取った。

「会いたくてたまらないわけじゃない」僕は立て板に水で言った。「その言葉は強すぎるな。僕のこの口ひげに対する彼女の意見を聞きたいってだけさ。彼女は美意識の高い女性だし、僕には彼女の判断を受け容れる用意がある。お前が着くちょっと前に、ジーヴスがこの成長発達について破壊的な批評をしてよこして、そのことは僕をいささか動揺させたんだ。ところでお前はこれのことを、どう思う？」

「おぞましいと思う」

「おぞましいだって？」

「むかむかする。ドサ回りのレヴュー劇団のコーラスラインにいるナントカみたいに見える。だがジーヴスはそいつが嫌いだって言ったんだろう？」

「そういう様子だった」

「ああ、それならお前はそいつを剃《そ》らなきゃならない。天に感謝だ！」

僕は態度を硬化させた。我が知己の輪において広く維持されている、僕は我が家においてたんなる「おいお前」でしかなく、ハリウッドのイエスマンみたいにジーヴスの命令にへいこらするばかりだとの見解に僕は反発している。

「このひげを剃るならば、我が屍《しかばね》を踏み越えてゆけだ！　こいつは今ある場所に末永く留まるんだ。こう言ってよければ、ジーヴスには目障りだろうがな」

奴は肩をすくめてみせた。

「ふん、お前の好きなようにしろ。みっともない姿をさらしてかまわないならな――」

僕はますます態度を硬化させた。

「お前、みっともないって言ったか？」

「みっともないと言ったとも」

「ああ、そうか？」僕は鋭く言葉を返した。また、もしここで邪魔が入らなかったらこのやりとりはだいぶ加熱していたことだろう。つまり僕はまだあのスペシャルの興奮効果の下にあり、侮辱を勘弁してやれるような気分じゃなかったからだ。しかし僕が奴のことを、稀少で美しきものを串に刺してどうぞと差し出されたってそれとわかる目のない間抜けの大バカ野郎呼ばわりしてやれる前に、ドアの呼び鈴がふたたび鳴り、ジーヴスがフローレンスの到着を宣言したのだった。

3. うるわしの閨秀作家

ふと思ったのだが、あらためて考えてみると、文章による短い彼女の肖像描写を行った際——ご記憶でおいでなら、この物語のごくはじめの方においてである——僕は大へまをやって、読者諸賢にフローレンス・クレイに関するまるきり間違った印象を与えてしまったかもしれない。彼女が小説を書く知識人の仲間で、ブルームズベリー流のおでこのでっぱった青年らとハムと卵みたいに大なかよしだと知らされたからには、ちんちくりんであごのところにインクの点々をつけた、女流インテリゲンチアにありがちな何かしらみたいな画像をご心眼に呼び起こしておいでだということもあり得よう。

そんなのは真実からはほど遠い。彼女は長身でほっそり柳腰で端正な顔立ちをして、恐ろしく素晴らしい横顔と華麗なプラチナブロンドの髪の持ち主で、ルックスに関してのみならば、第一級のスルタンのハーレムじゅうでぴか一のスターといったって通るくらいだ。数多《あまた》の強靭《きょうじん》な男たちが一目見て彼女にひれ伏してきたのを僕は知っている。アメリカ人観光客に口笛を吹いてよこされることなしに、彼女がそこいらを歩き回れることはごくごく稀である。

彼女は完璧にりゅうと着飾り、颯爽《さっそう》とやってきた。スティルトンは腕時計に冷たく目を落としつつ、彼女を迎えた。

「ああ、やっと来たか」奴は無作法な調子で言った。「とっくの前に来てたってよさそうなもんだろう。まったく。スープに待ちぼうけを食わされると、ジョー伯父さんは神経衰弱になるんだってことを、君は忘れていたんだろうな」

この皮肉に対し、何らかの傲慢《ごうまん》なお返しがあるものと僕は予想していた。つまり彼女が気概の人であることを知っていたからだ。だが彼女はこの叱責《しっせき》を無視した。また僕は彼女の輝くヘーゼル色の瞳が、異様な光を帯びて僕の上に注がれていることに気づいたのだった。ティーンエイジャーとかいう年代の女性連中が、ハンフリー・ボガートをうっとり見つめる姿をご覧になられたことがおありかどうかは知らないが、彼女の態度はかなりその線に近かった。僕の言わんとするところをもうちょっとつまびらかにするならば、〈魂のめざめ〉を少なからず投入して、ということだ。

「バーティー！」全身くまなく震わせながら、彼女はかん高い声で叫んだ。「その口ひげ！　それ、素敵だわ！　んもう、どうしてこれまでずっとそんな素敵なもの隠してらしたの？　それ、本当に素敵。あなたをすごく颯爽と見せてるわ。あなたの姿かたちが、まるきり違って見えるもの」

うむ、この愛すべき植生が近頃いただいている悪評の後であるからは、こんなふうな激賞は僕にとってまさしくどんぴしゃりわが意を得たりであろうと読者諸賢は思われるやもしれない。つまりだ、言うなれば人はひとり己《おの》が芸術のためのみに生きるのであって、大衆の毀誉褒貶《きよほうへん》やらなにやらなど、どれほども気に掛けるものではないのだが、しかし心のスクラップブックに貼っておけるようなものは、あればあったでよろしいものだ。そうではあるまいか？　だが僕は冷えきっていた。とりわけ両脚近辺においてだ。奴がこの発言をどう受けとめているかを見ようと、我が目がスティルトン方面にくるりと向かうのを僕は意識した。そして奴がそいつをとんでもなく重大に受けとめているのを認め、憂慮したものだ。

不興。僕が思い出そうとしていた言葉はそれだ。奴はいたんだ牡蠣《かき》を口にしてしまったレストランの食事客みたいに、断然不興を示しているように見えた。また僕としても全面的に奴を責めてよろしいものかどうか、確信の持てないところだった。つまり奴の愛する人は僕のほっぺを愛情あふれた手でもってぴたぴたしたばかりか、賛嘆のまなざしに目を瞠《みは》って僕を見つめていたから、こんな光景を見たらばいかなる婚約者だとてちょっぴり腹を立てたとしたってしかたがない。それでもちろんスティルトンというのは、すでに述べたように、オセロにサービス打を何回かやったって十八番ホールでは同点になれるような男なのだ。

適切な手続きを経て迅速な措置がとられぬかぎり、むき出しの情念が解放されることになろうと思われたので、僕はあわてて話題を変えようとした。

「お前の伯父さんについてぜんぶ話してくれよ、スティルトン」僕は言った。「スープ好きなんだったな、そうだろ？　ブイヨン大好きな親爺《おやじ》さんなんだな、そうだったろ？」

奴はその日の配給量に不満を覚えているブタみたいなブーブー声を発しただけだった。それで僕は話題をもう一ぺん変えた。

「『スピンドリフト』の調子はどうだい？」僕はフローレンスに訊《き》いた。「今でも大量に売れてるのかい？」

これは適切な発言だった。彼女はにっこり笑った。

「ええ、売れゆき絶好調よ。また増刷が出たところなの」

「そりゃあよかった」

「あれが舞台になるのはご存じでしょ？」

「えっ？　ああ、知ってる、知ってるとも。その話なら聞いた」

「パーシー・ゴリンジはご存じ？」

僕はちょっぴりたじろいだ。明日の日没までには完膚《かんぷ》なきまでの断固拒絶を言い渡してパーシーの人生より歓喜を全面的に拭《ぬぐ》い去ってやろうと画策していたところであるから、僕としてはそいつの話は話題の外にしておきたかったのだ。その名にはどこかで何かに関連して聞いたような聞き憶えがなんだかあるなと僕は言った。

「彼が脚本を書いてくれてるの。素晴らしい仕事ぶりよ」

ここでどうやらゴリンジにはアレルギーがあるらしきスティルトンが、奴流の粗野なやり方でフンと鼻を鳴らした。G・ダーシー・チーズライトに関してとりわけ嫌な点は二つある——ひとつは奴の「ホー！」と言う性癖、もうひとつは興奮すると沼地から脚を引っ張り出している最中のバッファローみたいな音を立てる性向だ。

「それを興行してくれるマネージャーがいて、その人がキャスティングとかを全部手配済みなんだけれど、ひとつ不幸な障害が発生したの」

「えっ、そうなのかい？」

「ええ、そうなの。スポンサーがひとつお金を出してくれなくなって、あたくしたちもう千ポンドどこかから入手しないといけないの。だけど、きっと大丈夫なはずよ。パーシーが資金は調達できるって請け合ってくれたもの」

またもや僕はたじろぎ、いまひとたびスティルトンは鼻をフンと鳴らした。鼻鳴らしを比較衡量するのはいつだって難しいものだが、だが二回目の鼻鳴らしのほうが一回目の鼻鳴らしに比べ、侮辱的さの度合いにおいて僅差で勝っていたと僕は考える。

「あのシラミ野郎か？」奴は言った。「あんな奴に二ペンスだって調達できるもんか」

むろんこれは売り言葉である。フローレンスの両眼がきらりと光った。

「あなたにパーシーをシラミ野郎だなんて呼ばせないわ。彼はとっても魅力的だし、とても頭がいいのよ」

「そんなこと誰が言った？」

「あたくしが言ってるの」

「ホー！」スティルトンが言った。「魅力的だって、へっ？　誰が奴の魅力なんかに惹《ひ》きつけられるっていうんだ？」

「誰が惹きつけられようとどうだっていいでしょう」

「奴がこれまで惹きつけた連中の名を三つ挙げよだ。それで頭がいいだって？　物を食いたいときに口を開けるってだけの知恵なら持ち合わせてるかもしれないが、それ以上じゃない。あいつは間抜けのガーゴイル野郎だ」

「あの人、ガーゴイル野郎なんかじゃないわ」

「もちろんガーゴイル野郎だとも。君は俺の顔をまっすぐに見て、奴が短い頰《ほお》ひげを生やしてるってことを否定するつもりなのか？」

「どうして彼が短い頰ひげを生やしてちゃいけないの？」

「生やしてなけりゃいけないんだろうな。シラミ野郎なんだから」

「言わせていただいてよろしいかしら――」

「おい、行こう」スティルトンはぶっきらぼうに言い、彼女をせき立て出ていった。前方に進行しながらも、またもや奴は彼女にジョセフ伯父さんがスープに待ちぼうけを食わされるのを嫌うことを思い出させていた。

椅子に戻って煙草《たばこ》にマッチで火を点けるバーティー・ウースターは、ひたいに数本ならず深いしわを刻んだ、物思いに沈むバーティー・ウースターであった。ではどうして僕が物思いに沈み、ひたいにしわを寄せていたかをお話ししよう。若い恋人たちの間の最近の会話の断片は、僕をきわめて不安な思いにしたのだ。

愛とは不断の手入れと世話とを必要とする繊細な植物のごときものである。またそれは愛する人にガス大爆発みたいな鼻鳴らしをくれ、彼女の友人をシラミ呼ばわりすることによっては果たされえない。スティルトン＝フローレンス枢軸がふたたび死に至るまでにたいして時間はかからないという不穏な印象を僕は得た。それでそういうことになったあかつきに、後者が流通に戻り、ふたたび僕とくっつこうと決断しないなどと誰に言えよう？　僕は以前の出来事を思い出し、そしてことわざに言うように、羹《あつもの》に懲りてナマズを拭いたのである。

ご理解をいただけよう。すでに述べたように、フローレンスは疑問の余地なく美貌の人であるし、ピンナップガールとなるべき資質を備えていはするが、彼女の難点とは、すでに強調したように、骨の髄までインテリであるところなのだ。それで僕みたいな通常人は、こういうタイプのご婦人にはできるかぎり近づかないほうが賢明なのだ。

こういう真剣で聡明でいわゆる強烈な個性を持った才媛というのがどんなものかはご存じだろう。彼女たちは男をひとり安らがせてはくれない。彼女たちは後ろにまわって背中を押しはじめる。ハネムーンに向かって車を出発させ、髪からライスシャワーの米粒を払い落とすかどうかしたところで、連中は靴下をたくし上げ、喜びのときも悲しみのときも伴侶たる夫を陶冶《とうや》しようと始めるのである。各方面よりの手厳しい批判――アガサ伯母さんの名がまずは念頭に浮かんでくる――にもかかわらず、僕は今あるがままのB・ウースターが好きだ。奴のことはかまわないでやってくれ、と僕は言う。奴を変えようなんてしちゃだめだ。さもなくば奴の香気が損なわれる。

僕たちがただ婚約しているだけだった時ですら、この女性は僕の手からミステリー・スリラー小説を叩き落とし、トルストイとかいう男の書いた、完全にとんでもないシロモノを僕に読めと指導してよこした。聖職者が作業終了して彼女が白髪の僕を悲嘆のうちに黄泉《よみ》に下らせる［『創世記』四二・三八］法的権利を持ったらば、いかなる恐怖が出来《しゅったい》することかと思うとき、想像力の方で怖気《おじけ》づくというものだ。幾ばくか時が過ぎた後、サヴォイにでかけてトロッター夫妻の腹の中に食べ物をぶち込んでやらんと帽子と軽いコートに手を伸ばすバートラム・ウースターは、沈み込み、危惧《きぐ》の念を胸に抱いたバートラム・ウースターであった。

予想通りそのどんちゃん騒ぎは、士気向上にはほとんどないしまったく貢献するところなしであった。僕の客人たちをただならぬまでに不愉快な変人と述べた点で僕のダリア叔母さんに誤りはなしだった。L・G・トロッターはイタチ顔の小男で、食事中一切口をきかなかった。というのは彼が口を開こうとするたびに、彼のよろこびの月の君が彼を黙らせたからだ。トロッター夫人は頑丈で重量級のかぎ鼻をした人物で、主として彼女の嫌いなブレンキンソップとかいう名前の女性について、のべつ幕なしにしゃべり続けていた。そしてこの陰気な次第進行から僕を救ってくれるものは、はるか彼方《かなた》にこだまするジーヴスのスペシャルの残響よりほかには何もなかったのだ。ようやく連中が本日はこれまでにしてくれ、僕がこんなにも切実に必要としている気つけ薬を求めドローンズによろめきでかけられる身の上になったときは、途轍《とてつ》もない安堵《あんど》であった。

夕食後は何かしらの形態のミュージカルの催しに参会するというドローンズ在院者らにおけるほぼ普遍的な慣行ゆえ、僕が着いたとき喫煙室には誰もいなかった。それから五分後、唇には煙草を、脇には縁まであふれんばかりの細口瓶を置き、僕は深い平安につつまれていたと述べたとて、決して過言ではない。緊張した神経はくつろぎ、傷ついた魂は安らいだ。

むろんそんな状態は続かない。人生の戦闘におけるこういう休息の時はけっして長続きはしないものだ。ここにいるのは僕一人きりではない、という不気味な感覚を覚え、振り返った瞬間、僕はG・ダーシー・チーズライトをじっと見つめている自分に気づいたのだった。

4．口ひげをめぐる諍い

このチーズライトというのは、おそらく以前述べてあったと思うが、ゆりかごから出《いで》てよりこのかた、飽かずたゆまず水上競技に熱中してきた人物である。奴はイートン校でボート部のキャプテンだった。奴はオックスフォードで四年間漕ぎ続けた。奴は毎夏ヘンリー・レガッタ［一八三九年に始まり、世界最古の歴史を持つボート競技大会］の時期には姿を消し、レアンダー［アフロディティの巫女ヘロに会うため毎夜ヘレスポント海峡を泳いで渡ったが嵐のため溺死してしまう］・クラブのため、船乗り仲間と元気いっぱい汗をかきに行ってしまったものだ。それで奴がニューヨークに行くようなことがもしあれば、セントラルパークの池じゅうをひと漕ぎ二五セントで漕いでまわってひと財産まき散らすであろうことに疑問の余地はない。奴の手がオールから離れているときは、ごく稀である。

さて、そういうことをやり続けて筋骨を発達させずにおられるものではない。こういうガレー船奴隷仕事のお蔭様で、奴は途《と》轍《てつ》もなく頑丈になった。奴の胸は幅広くビア樽みたいで、また奴の筋骨隆々たる腕は鉄帯のごとく強靭《きょうじん》だった。ジーヴスが以前誰か知り合いで十人力の力持ちとかいう人物［テニスンの詩「サー・ギャラハッド」］のことを話していたのを憶えているが、その描写はそのままスティルトンにぴったりだった。奴はフリースタイルのレスラーみたいに見えた。

たいそう人間ができており、この世界はなべて十人十色と理解しているところであるからして、僕は現在に至るまでいつも奴の筋骨たくましさを、やさしき寛容の目もて見やってきた。いやな疫病神連中が筋骨たくましくしていたいなら、そうしていればいいと僕は考える。彼らの幸運を祈る、と、僕は言うものだ。この瞬間の僕にとってすごくいやだったのは、ありとあらゆる方向に筋肉を膨れ上がらせたうえ、奴が僕をいちじるしく邪悪なふうに睨《にら》みつけてよこしていたという事実だ。奴のたたずまいは手斧《ておの》を持った殺人鬼のそれで、いつだってそこいらじゅうを六人惨殺しながら歩きまわっているという風情だった。明らかに奴は何事かにたいそう心乱されており、また奴と目の合った瞬間に、僕は座ったままへなへなしおれ果てたと言ったとて過言ではない。

奴の立腹は僕が結構な飲み物でもって身体組織を回復しているところを見つけたせいであろうと考え、僕の手にあるこの万能薬は純粋に治療目的のもので、著名なハーレー・ストリートの医師も推奨するところなのだと、僕は言おうとした。と、奴が口を開いた。

「俺に決心がつきさえしたら！」

「何の決心だ、スティルトン？」

「お前の汚らわしい首をへし折ってやるかどうかの決心だ」

僕はまたちょっとへなへな萎縮《いしゅく》をやった。誰もいない喫煙室に自分は殺人性のキチガイと二人きりでいるのだということが意識されてきた。このタイプのキチガイを僕は特に嫌ってやまないものだし、また殺人性のキチガイの中でも僕が最も好きでないのは、百十一センチの胸囲とそれに釣り合った二頭筋を持った殺人性のキチガイである。気がついたのだが、奴の指はピクピク引きつっていた。いつだって好ましからざる徴候である。それを見ないようにしている僕の感情を約言する言葉は、「ああ、鳩の翼があったらば［『詩編』五五・七］」であったろうか。

「僕の首をへし折るだって？」更なる情報提供を期待し、僕は言った。「どうして？」

「わからないのか？」

「ぜんぜんわからない」

「ホー！」

ここで奴は、開いた窓からのんびり入り込んできて奴の声帯とこんがらがってしまっていたハエを取り除くため、言葉を止めた。目的達成の後、奴は再び話し始めた。

「ウースター！」

「まだここにいるぞ、親友」

「ウースター」スティルトンは言った。それでもしこれが歯を軋《きし》らせているのでなかったら、僕はそれと見ても歯軋りがわからないことになる。「お前の口ひげに潜む思惑《おもわく》は何だ？　どうしてお前はそいつを生やしたんだ？」

「うーん、無論ちょっぴり難しいな。そういう気まぐれってのは起こるものだ」僕はちょっとの間、あごを引っかいた。

「これで気持ちが陽気に活気づくって、思ったんじゃないかなあ」僕は思い切って言った。

「それともお前には隠れた魂胆があったのか？　そいつは俺からフローレンスを奪い取るための巧妙な陰謀の一部なのか？」

「おい、スティルトン！」

「俺にはぜんぶ胡《う》散《さん》臭い話だって思える。伯父さんの家を出た後、たった今どんなことが起こったかわかってるのか?」

「すまないがわからない。あっちの方面のことは不案内なんだ」

奴はもう数本歯を軋らせた。

「いいか教えてやる。俺はタクシーでフローレンスを家まで送った。それでその間じゅう、彼女はお前の口ひげを褒《ほ》めちぎり続けだ。彼女の話を聞いて、俺はすっかり胸が悪くなった」

女の子ってものは女の子なのだから無邪気な情熱を持ち合わせているものさというような意味の何ごとかを言おうかとの思いを、僕は胸のうちで考量した。だが言わない方がいいと決めた。

「フローレンスの家のドアのところで車を降りたとき、俺は運転手に料金を払ってから彼女のほうに向き直った。すると彼女が俺をまじまじと見つめ、俺の顔に目を釘付けにして全方位から俺を精査してるのに気づいたんだ」

「そりゃあいい気分だったことだろうな、もちろんさ?」

「黙れ。俺の言うことに口を挟むな」

「よしきたホーだ。僕はただ、そうされてお前はとってもうれしかったにちがいないって言おうとしてただけだ」

奴はしばらくじっと考え込んでいた。恋人たちの結びつきに何事が起こったにせよ、その記憶が奴を一服の下剤のごとく動揺させていることは見てとれた。

「それから一瞬の後」奴は言い、また言葉を止めた。感情と格闘しながらだ。「それから一瞬の後」ふたたび言葉を見つけ、奴は続けた。「彼女は俺も口ひげを生やすことを望んでいるって宣言したんだ。彼女は言った——彼女の言ったとおりを引用する——大きな赤ら顔とカボチャみたいな頭の持ち主には、唇の上のちょっとしたものが緊張の緩和に驚くほど効果をあげるのよ、ってな。俺の頭はカボチャみたいだと、お前は言うか、ウースター？」

「ぜったい言いやしないさ、なあ」

「カボチャみたいじゃないんだな」

「ああ、カボチャみたいじゃない。おそらくはちょっぴりセントポール寺院のドーム寄りだな」

「ふん、だが彼女はあんなモノと比べてよこしたんだ。そしてちょっぴり真ん中にヘアを添えて頭部を半分割したら、通行者および通行車両にとっての安堵《あんど》は計り知れないわって言ったんだ。フローレンスは頭がおかしい。オックスフォードの最終学年の時に俺は口ひげを生やしたんだが、途轍もなく醜悪に見えたんだ。お前のとほとんど同じくらい胸くその悪いシロモノだった。口ひげなんか、けっ、だ！」スティルトンは言った。これは僕には驚きだった。というのはつまり奴が「けっ」なんて言葉を知っているとは思ってなかったからだ。「〈俺は臨終の床の父親を喜ばせるためにだって口ひげなんか生やすもんか〉俺は彼女に言った。〈口ひげなんか生やしたら、俺はさぞ素晴らしいバカ者に見えることだろうよ〉俺は言った。〈口ひげなしのあなたこそ、そう見えるの〉彼女は言ったんだ。〈そうなのか？〉俺は言った。〈ええそうよ〉彼女は言った。〈ああ？〉俺は言った。〈ええ〉彼女は言った。〈ホー！〉俺は言い、そして彼女は〈あなたこそホーだわ！〉って言ったんだ」

もし彼女が「きわめつけのホーだわ」と言っていたら、むろんもっと力強さは増していたことだろう。しかしこの会話中に示されたフローレンスの仕事ぶりに、僕は感動したと言わねばならない。洒落《しゃれ》ているし迫力がある。女の子というものはこういう丁々発止《はっし》のやりとりを、フィニッシング・スクールで学ぶのだと僕は理解している。また、この点を想起せねばならないのだが、フローレンスは最近ボヘミアンな仲間たちとすごく交流がある――チェルシーのスタジオとかブルームズベリーのインテリゲンチアの下宿とか、そういう場所だ――そういうところではいつだって当意即妙の会話術がたいそう貴ばれるものなのだ。

「それでそういうことだ」しばらく考え込んだ後、スティルトンは言った。「売り言葉に買い言葉、過熱した発言のやりとりがあった。それで間もなく、彼女が指輪を返してよこして、ご都合の許すかぎり早期に、送った手紙をご返還いただけるとたいへん嬉しいですわって言ってたんだ」

僕はチッと舌打ちした。奴は僕にだいぶぶっきらぼうな態度で舌打ちはやめろと要求した。僕が舌打ちをしたわけは、奴の悲劇的な話が僕の心を深く打ったからだと説明し、僕は舌打ちをやめた。

「僕のハートはお前のために痛みうずいている」僕は言った。

「そうか、そうなのか?」

「はなはだしくだ」

「ホー!」

「お前、僕の同情を疑うのか?」

「もちろんお前のクソいまいましい同情なんか疑うとも。俺はたったいまお前に、俺は決心しようとしているところだと言った。それで俺が決心しようとしているのはこういうことだ。こういう事態になるだろうって、お前は予測していたのか? お前の狡猾《こうかつ》な悪魔のごとき頭脳は、お前が口ひげを生やしてそいつをフローレンスに見せびらかしたらどうなるかを見抜いていたのか?」

僕は陽気に笑おうとした。しかしこういう陽気な笑いというやつがどんなかはご存じだろう。願ったとおりに出てきてはくれないものだ。僕にすら、そいつはガラガラしたうがい声に聞こえた。

「図星だな？　お前の狡猾な悪魔のごとき頭脳にあったのはそういう魂胆だろう？」

「絶対にちがう。実を言うと、僕は狡猾な悪魔のごとき頭脳なんか持ってないんだ」

「ジーヴスが持ってる。あいつの計略かもしれん。こんなわなを俺の足許に仕掛けたのはジーヴスなのか？」

「何てことを言うんだ！　ジーヴスは人の足許にわなを仕掛けたりなんかしない。彼はそういうことは僭越だって思うんだ。それだけじゃない。彼は僕の口ひげ反対運動の最先鋒だって言ったじゃないか」

「お前の言わんとすることはわかる。そうだな、考え直してジーヴスが共犯だって考えは捨てることにする。証拠によればお前が自分でこの計略を考えついたってことは明らかだ」

「証拠だって？　証拠ってのはどういう意味だ？」

「お前のフラットでこれからフローレンスが来ると告げた時、俺はきわめて重大な事柄に気づいた――お前の顔はパッと明るくなったんだ」

「そんなことはない」

「すまないが俺には顔がいつパッと明るくなっていつなっていないかくらいはわかる。俺にはお前の心が本みたいに読めるんだ。お前は内心こう言った。〈時来《きた》れりだ！　今こそ彼女にこいつを披露すべき時がきた！〉てな」

「そんなことはまったくない。もし僕の顔がパッと明るくなったとするなら――その点僕は大いに疑うところだが――それはただ、彼女が来たらお前がすぐ帰ってくれると推論したからだ」

「お前は俺に帰ってもらいたがっていたのか？」

「そうだ。お前は僕がほかの目的のために必要としていた場所をふさいでいた」

無論これはもっともらしい説明だったし、奴の確信が揺らぐのが僕には見て取れた。奴はあくせくオールを漕いで節くれ立ったハムみたいな手をひたいに走らせた。

「うむ、その点を考え直してみなきゃいけないな。ああ、そうだな、その点考え直してみないといけない」

「それじゃあとっとと出ていって今から考え直し始めろよと、僕は提案する」

「そうするとも。細心の注意を払って公正にやる。あれやらこれやらを考量する。だがもし俺の疑念が正しいって判明したら、自分がどうすべきか俺にはわかってるんだからな」

そしてこれら不吉な言葉とともに奴は退場した。少なからず僕の心を悲哀の重みにたわませたままでだ。スティルトンみたいに衝動的な気質の持ち主が、僕が奴の足許にわなを仕掛けたとの確信をおツムに叩き込んでいる時、およそ暴力的破壊行為に関してはなんでもありで起こり得るという事実は別にしても、フローレンスがまたもや野放しになっていると思うことは僕の肌に粟を生ぜしめた。ウィスキー・アンド・スプラッシュを飲み終え家路によろめき帰る、僕の心は重かった。

「ウースター」僕の耳元でささやく声がした。「ことはだいぶ加熱してきてるぜ、なあ兄貴」

僕が居間にたどり着くと、ジーヴスが電話のところにいた。

「申し訳ない」彼は言っていた。また彼が先のわれわれの会見の折の僕と同じくらいもの柔らかで強硬でいることに僕は気がついた。「だめだ、すまない。これ以上の話し合いは無益だ。残念ながらこれは最終決定としてあきらめていただきたい。では失礼」

彼が「ございます」を大量投入していないという事実から、僕は彼が誰か仲間内と話をしているのだろうと憶測した。とはいえ口調の無愛想さからすると、相手は例の十人力のお知り合いではないようだ。

「今のは何だ、ジーヴス？」僕は訊《き》いた。「クラブの仲間ともめごとか？」

「いいえ、ご主人様。わたくしはパーシー・ゴリンジ様とお話をいたしておりました。あなた様がご帰宅される直前にお電話がございました。あなた様ご本人のふりを装い、わたくしはあの方に、千ポンドご投資のご要望には沿いかねると申し上げたものでございます。それにてあなた様におかれましては、ご不快と間の悪い思いはあそばされずにお済みと愚考致しましたゆえ」

　僕は感動したと言わねばならない。われわれの意志の衝突において敗北を喫した後であるからには、彼は憤りもあらわに若主人様の傍らにて封建的な尽力をすることを嫌がるだろうと予期されるところだ。しかしジーヴスと僕は、たとえ見解の相違はあろうとも――口ひげの問題に関してそうであったように――いつまでもそいつを引きずったりはしないのだ。

「ありがとう、ジーヴス」

「滅相《めっそう》もないことでございます、ご主人様」

「君が必要な仕事にちょうどいいタイミングで帰っていたのは幸運だった。クラブでは楽しく過ごせたかい？」

「たいそう楽しゅうございました、ご主人様」

「君のほうがクラブで僕より楽しくやれたわけだな」

「さて？」

「僕はドローンズでスティルトン・チーズライトにでくわして、しかも奴は難しいご機嫌だったんだ。話してくれないか、ジーヴス。ジュニア・ガニュメデス・クラブで君たちはどういうことをしてるんだい?」

「さて、ご主人様、メンバーの多くは健全なブリッジのゲームに興じます。会話もまたきわめて高水準の関心に到達いたさぬことはごくごく稀でございます。またもっと軽佻浮薄な娯楽を求める向きには、クラブブックがございます」

「クラ……ああ、思い出した」

おそらく読者諸賢におかれてもご記憶でおいでのことだろう。もし僕がサー・ワトキン・バセットの田舎の本拠地、トトレイ・タワーズでの出来事をお話しした際に、たまたまこの辺りにおいでであったならば、であるが。あの時はこのクラブブックがロデリック・スポードのかたちをした闇の魔王を痛烈に打破することを可能たらしめてくれたのだった。ご記憶であろう、ジュニア・ガニュメデス・クラブ会則第十一条に基づき、メンバーは自らの雇用者の私事に関する詳細を同冊子に収録すべく提供するよう求められる。そして同記録は、黒い短パンを穿《は》いて「ハイル、スポード!」とか叫んでまわる黒ショーツ隊なる集団を率い、一種のアマチュア独裁者をやっているスポードが、その傍ら〈ユーラリー・スール〉なる商号の下、婦人用下着を秘密裡《り》にデザインしていることを暴露していたのだ。この知識を武器として、むろん僕は奴の威力を三流に貶《おとし》めることに何らの困難も覚えなかった。こういう独裁者はそういう話をそこいらじゅうに触れまわってはもらいたがらないものなのだ。

しかしあの折クラブブックは大いに役立ってくれはしたものの、しかし僕はそいつのことを決して是認してはいない。我が人生は多くの意味で波乱に富んだ生涯であった。また忘却の淵に沈めてしまいたいエピソードの全詳細が、大勢の従者やら執事やらに日々大笑いを提供していると考えるのは、気持ちのよいものではない。

「クラブブックからウースター資料を破りとることはできないのか、どうだ、ジーヴス？」

「遺憾《いかん》ながら不可能であろうかと存じます、ご主人様」

「ダイナマイトと言って過言でない事柄が記載されているんだからな」

「おおせのとおりでございます、ご主人様」

「内容が世間に広まって僕のアガサ伯母さんの耳に届いたと考えてもみてくれ」

「その点はご心配には及びませぬ、ご主人様。完璧なる慎重さがシネ・クゥア・ノン、すなわち必須と、各メンバーとも完全に理解いたしております」

「だとしても僕としてはずっと幸せなんだがなあ、そのページが……」

「全十一ページでございます、ご主人様」

「――その全十一ページが火にくべられちゃった方が、僕はずっと」突然僕に思いついたことがあった。「その冊子にスティルトン・チーズライトのことは何か書かれてないのか？」

「いささかはございます、ご主人様」

「破壊的なやつか？」

「その語の真実の意味におきましては、さようなことはございません、ご主人様。あの方の従者はただあの方には興奮されると〈ホー！〉とおっしゃるご性癖がおありで、朝食前には裸体にてスウェーデン式の体操をなされると記しておりますのみでございます」

僕はため息をついた。本当に期待していたわけではなかったが、だがやはりそれは失望だった。

僕はいつも考えるのだが――正当にも、と僕は思う――困難な状況の緩和策として、的を得た脅迫に勝るものはない。またスティルトンのところに行って、「チーズライト、僕はお前の秘密を知っている！」と言う立場に立ち、奴がへなへなしおれる姿を見るくらいに気分のよいこともありはしない。だがこの第二当事者がすることといえば「ホー！」と言うのと、エッグス・アンド・ベーコンをやっつける前に身体をリボン結びにすることだけだというのであれば、その方向で真の満足は得られまい。スティルトンが相手では、僕がロデリック・スポードの場合に果たし得たような精神的勝利を勝ち取り得ぬことは明白である。

「ああ、そうか」僕はあきらめたふうに言った。「そういうことなら、そういうことだ、どうだ？」

「さようと拝察いたすところでございます、ご主人様」

「あごを高く上げ、可能なかぎり上唇を堅くしている以外、どうしようもないな。ためになる本を持って、ベッドに行くことにしようと思う。君はレックス・ウェストの『ピンクのザリガニの謎』は読んだことがあるかい？」

「いいえ、ご主人様。さような経験を享受いたしましたことはございません。さて、申し訳ございません、失念をいたしておりました、ご主人様。あなた様がご到着あそばされる少々前に、レディー・フローレンス・クレイよりお電話がございました。お嬢様におかれましては、あなた様よりお電話を頂戴できたらばご欣快《きんかい》との由にございました。わたくしがお電話をおつなぎ申し上げます、ご主人様」

僕は困惑した。どういうことやら皆目《かいもく》わからなかった。むろん彼女が僕に電話してもらいたがって悪い理由はない。だがその一方、そんな理由がどうしてあるのかもわからない。

「用件は言わなかったのか？」

「はい、ご主人様」

「変だな、ジーヴス」

「さようでございます、ご主人様……少々お待ちくださいませ、お嬢様。ウースター様にお代わり申し上げます」

　僕は彼の手から受話器をとり、ハローと言った。

「バーティー？」

「ただいま参上」

「おやすみでいらっしゃらなかったらよかったんだけど？」

「いや、寝ちゃいないさ」

「まだ大丈夫だと思ったのよ。バーティー、力を貸してくださる？　あなたに今夜あたくしをナイトクラブに連れていっていただきたいの」

「へっ？」

「ナイトクラブよ。低俗なところがいいの。ごてごて飾り立てた、いかがわしい所。執筆中の本のためなの。雰囲気づくりよ」

「ああ、そうか」了解して、僕は言った。そういう雰囲気づくりとか言うことなら、全部承知している。ビンゴ・リトルの細君、高名な小説家のロージー・M・バンクスはそいつに夢中なのだと、よくビンゴが僕に話してくれる。次章で書く材料をたくさん仕込めるようにと、あれやらこれやらについてメモを取らせに彼女は奴をしょっちゅう送りだすのだ。あなたが小説家なら、雰囲気というのは正しく書かねばならないものらしい。さもないとあなたの読者たちは、「拝啓、先生におかれましては下記の点にお気づきでいらっしゃいますでしょうか……？」で始まる不愉快な手紙を書いてよこしはじめるのだ。「君はナイトクラブのことを何か書こうとしてるんだね？」

「そうよ。主人公がそういうところにでかける箇所をこれから書こうとしているんだけど、あたくし、みんなが行くようなちゃんとしたところにしか行ったことがないのよ。そういうところじゃないのがいいの。あたくしが求めてるのは、何かもっと……」

「俗悪な？」

「そうね、俗悪なね」

「今夜でかけたいの？」

「今夜でなきゃいけないの。だってあたくし、明日の午後ブリンクレイに発つんですもの」

「ああ、君、ダリア叔母さんのところに滞在するの？」

「ええ。ご都合はつけられて？」

「ああ、大丈夫さ。よろこんで」

「よかった。ダーシー・チーズライトが」フローレンスは言った。また彼女の声のうちの冷酷ななんとか言ったものを僕は感じ取りもした。「連れていってくれる予定だったんだけど、都合が悪くなったの。だからあなたにお願いしなきゃならなくなったわけ」

もうちょっとそつのない言い方もできたのではなかろうかとも思ったが、しかしその件はそれでよしとしておいた。

「よしきたホーだ」僕は言った。「十一時半頃迎えにあがるよ」

読者諸賢におかれては、驚きでおいでだろうか？　あなたは「おいおい、ウースター、どういうことだ？」と言っておいでであろうか――敬遠して然《しか》るべき宴《うたげ》にどうして足を突っ込むのかといぶかしみながら。しかし、この問題は容易に説明可能である。

回転の速い僕の頭脳は、これはひょっとして僕のためになる状況だと即座に理解したのだ。この女の子を食べ物と酒でほろ酔いにさせたなら、彼女と彼女が今夜まで祭壇に向かって現在進行中だった野郎との和解成立に成功しないものかどうかわかりはしない。そしたら彼女が野放しでふらふらしている間じゅうウースター地平線上につねにのしかかる危機は回避できるのではないか？　必要なのは同情にあふれ、世知に長《た》けた男からの優しき言葉少々だけであり、それならば僕には十分供給する用意があるのだ。

「ジーヴス」僕は言った。「僕はまたでかけることにした。それで『ピンクのザリガニの謎』の読了は後日に延期されることになったが、だがどうしようもないんだ。実のところ、僕にはもう犯人はわかったと思う。僕がものすごく大間違いしているのでなければ、准男爵サー・ユースタス・ウィルビーを殺したのは、執事だ」

「さようでございますか、ご主人様？」

「手掛かりをたぐった結果の、それが僕の考えだ。教区牧師に容疑を着せるガセネタどっさりをもってしたって、僕はだませない。〈モトルド・オイスター〉に電話して、僕の名前でテーブルを予約してくれないかな？」

「楽団よりはあまり近すぎぬ位置にでございましょうか、ご主人様？」

「まったく君の言うとおりだ、ジーヴス。楽団に近すぎない位置で頼む」

5. 狂騒の一夜

どういうわけかは知らないが、僕はこの頃ナイトクラブがそれほど好きではない。加齢の波が押し寄せている、ということだろうか。それでも僕はまだ半ダースくらいはナイトクラブの会員権を持っているし、いま僕がジーヴスにテーブルの予約を指示した〈モトルド・オイスター〉はそのうちのひとつである。

僕がメンバーになってよりその店はいささか落ち着きのない存在のありようを示してきた。折ふしに僕はそこの経営者から、店名と所在がまた変わりました、という挨拶状《あいさつ》をもらっている。〈フィーヴァリッシュ・チーズ〉としてガサ入れを受け、〈フローズン・リミット〉となり、〈フローズン・リミット〉としてガサ入れを受けたとき、それは一冬の間おかしな意匠の旗印〈ザ・スタートルド・シュリンプ〉として営業した。無論そこから〈モトルド・オイスター〉までは、ほんの一歩だ。わが熱き青春時代にあって、さまざまな現《うつ》し身を得たその屋根の下にて、少なからぬ数の愉快な宵を過ごし来《きた》りしものだ。それでそいつが昔の体調に幾らかでも近いところを維持してくれているとするならば、フローレンスの要望にぴったりの俗悪さを備えているはずだと僕は思ったのだ。僕の記憶によれば、そいつは俗悪さを誇りにしていた。だからこそ警察はいつだってあそこをガサ入れしてきたのである。

僕が十一時半に彼女のフラットに迎えに行くと、彼女は唇を堅く結び、その目は硬質のきらめきを帯びて宙を見つめがちで、憂鬱《ゆううつ》な気分でいた。まぎれもなく恋人との大喧嘩の後遺症だ。タクシーに乗っている間、彼女は墓石のごとく黙《もだ》していたし、また彼女の足が車の床をコツコツ叩く様から、彼女がスティルトンのことを考えているのがわかった。精神の苦悶《くもん》のうちにあったかどうか、むろん僕にはわからない。だが多分そうだったのだと思う。彼女に続いてナイトクラブに入ってゆきながら、僕はすごく楽観的だった。運がよければ僕は眼前の任務――すなわち、選びぬかれた言葉でもって彼女の心を和らげ、彼女の良心を表面に引っ張り出すこと――に成功するはずだと思われたのだ。

席について周囲を見回したとき、かくのごとき目的を念頭に置いているからには、もっと薄暗い照明ともっとロマンチックなトゥ・アンサンブルというか全体的効果でやってもらったほうがもっとよかったと感じたと、僕は告白せねばならない。僕の求めている表現がトゥ・アンサンブルで正しかったとしてだが。また店内じゅうに霧のごとく漂う、ひどく強烈なキッパード・ヘリングの臭いも無しで済ませてもらった方がもっとよかった。しかしこれらの欠点を補い、舞台上にはバンドがいて、アデノイド持ちの男がマイクに向かい、マイクに向かって歌う今どきの男がおしなべて皆そうであるように、どんなに頑《かたく》ななハートをもとろかすべく緻密に計算されたシロモノを盛大に振り撒《ま》いていた。

不可解なことではある。僕は作詞家を一人二人知っているが、彼らはいつも笑顔で明朗な機知とか何やらに富んだ、僕の知り合いの中でも一番に陽気な連中である。ところがペンを紙に押しつけはじめるや否や、彼らは間違いなく陰気なものの見方を速やかに開始する。ボクタチハ＝ハナレバナレニナッテ＝キミハ＝ボクノココロヲ＝ハリサケサセルとかなんとかいうようなやつのことを僕は言いたい。この男がこの時マイクを通じて力強く伝えていたのが、これから枕に顔をうずめて泣きじゃくろうとしている男の話で、なぜかというとそいつの愛する女の子は明日には結婚してしまう――それも、ここのところが肝心肝要なのだが――自分ではない相手と、ということなのだ。そいつはそれが気に入らない。そいつはその状況を憂慮の目もて見やっている。そしてこのマイク屋は、そのお膳立てから可能な限り最大限の泣かせを引っぱり出してみせている。

かくも第一級のべっとり感傷状況を奇貨として、ジーヴスが呼ぶところのメディアス・レスというか本題にただちに突入する者も間違いなくきっといることだろう。だが僕は、キッパーと、きっと中味はねこいらずであるに相違ないボトルを注文した後、新しい小説の調子はどうかと彼女に訊ね、もっと抑制された具合に会話の口火を切ったのだった。作家というのは、とりわけ女性の場合そうなのだが、この点の最新情報を伝えたがるものであるのだ。

彼女は、とてもうまく進んでいるのだけれど、速くは書けない、なぜなら私はひと段落ごとにじっくり考え込み、ゆっくり入念な仕事をするタイプだし、自分の言わんとするところを表現する的確な言葉を見つけるためにはいかなる手間も惜しまないから、と言った。フロベールのように、と彼女は言い、君は正しい方向を向いていると思うと僕は言った。

「それは」僕は言った。「『ブドワール』に作品を載せたときの僕の手法とだいたい同じだな」

僕が言及していたのはダリア叔母さんが礼儀正しく人望のある経営者というか女経営者をやっている、手弱女《たおやめ》らのための週刊紙『ミレディス・ブドワール』のことである。掛かりを持つ夫君のトム叔父さんの不興をどっさり買いながら叔母さんがこの会社を経営して、もう三年ほどになる。彼女の要望で、僕は一度「お洒落《しゃれ》な男はいま何を着ているか」に関する論稿——あるいはわれわれジャーナリストは「作品」と呼ぶのだが——を寄稿したことがあるのだ。

「それじゃ、君は明日ブリンクレイに発つんだな」僕は続けて言った。「気に入るはずだ。新鮮な空気、水はけ良好、自家上水道完備、アナトールの料理その他もろもろだ」

「ええ。それにもちろんダフネ・ドロアーズ・モアヘッドに会えるのは素敵だわ」

その名は初耳だった。

「ダフネ・ドロアーズ・モアヘッドだって？」

「小説家よ。彼女も滞在するの。あたくし彼女の作品をとても崇拝しているの。そうそう、そういえば彼女、『ブドワール』で連載をしているのよ」

「ああ、そう？」興味をひかれて、僕は言った。人はいつだって、作家仲間がどんな活動をしているかを聞きたいものだ。

「あなたの叔母様には、莫大なお金が要ったにちがいないわ。ダフネ・ドロアーズ・モアヘッドは恐ろしいくらい原稿料の高い作家なの。一千語いくらだったかは思い出せないけど、大変な金額のはずよ」

「じゃああそこの会社は景気がいいんだな」

「そういうことだと思うわ」

彼女は『ミレディス・ブドワール』には興味を失ったようで、気乗りせぬげにしゃべった。きっと彼女の思いはふたたびスティルトンのことへと戻っているのだろう。彼女は物憂げな目を店内のあちらこちらに走らせた。店は混雑してきていて、ダンスフロアには醜悪な無作法者の男女がひしめきあっていた。

「なんていやらしい人たちだこと！」彼女は言った。「あなたがこんな店をご存じだなんて、驚いたって言わなきゃならないわ、パーティー。こういうところってみんなこんなふうなの？」

僕はその質問を考量した。

「うーん、もっとましなところもあるし、もっとひどいところもある。ここは平均的って言っていいと思う。むろん俗悪だとも。だけど君は俗悪なところに行きたいって言ってたんじゃないか」

「あら、あたくし文句を言ってるわけじゃないのよ。有益な取材ができるわ。ここはまさしくその晩ロロがでかけてゆくって、あたくしが構想しているような場所だもの」

「ロロだって？」

「あたくしの小説の主人公。ロロ・ビーミンスターよ」

「ああわかった。もちろんそうさ。彼は派手な夜遊びをしてるんだな？」

「彼はやけっぱちな気分でいるの。捨て鉢で、自暴自棄。彼は愛する女性を失ったところなんだわ」

「なんてこった、ホー！」僕は言った。「もっと教えてくれないか」

僕は活力と生気を込めて言った。つまりバートラム・ウースターのことをどう言うにせよ、彼がキューの合図を聞いてそれとわからずにいるような男だとは誰にも言えまい、ということだ。台詞《せりふ》を与えてやれば、あとは彼がやってくれる。僕は喉頭をぐいと持ち上げた。キッパーとボトルはそれまでに到着していた。それで僕は前者を一口食べ、後者を啜《すす》った。そいつはヘアオイルみたいな味がした。

「君の話は不思議なくらい面白いな」僕は言った。「彼は愛する女性を失ったと、そうなんだな?」

「彼女は彼に、もう二度と会いたくもないし話したくもないって言ったの」

「さてさてさて、そういうのはいつだって男にはひどい衝撃なんだ」

「それで彼はこういう低俗なナイトクラブに来たの。彼は、忘れようとしているのね」

「だけど、忘れられないんだな」

「そう、無駄なの。彼はまわりの俗悪なけばけばしさを見て、なんてむなしく空っぽなんだろうって感じるの。ナイトクラブの場面にはあそこのウェイターが使えると思うわ。ほらあの、涙目で鼻にニキビのある人よ」メニューの裏側にメモを取りながら彼女は言った。

何であれビンに入っていたシロモノをひと口飲んで僕は自分を元気づけ、一仕事始めるべく態勢を整えた。

「いつだって大間違いなんだ」僕は同情心に富んだ、世知に長《た》けた男をやり始めた。「男が女の子を失い――反対に、って言葉でよければだけど――女の子が男を失うってのはさ。君がどう考えてるかは知らないけど、つまらないもめ事のせいで夢の男に愛想尽かしをするなんてのは、ばかばかしい了見だと僕は思う。キスして仲直りしろよって、いつだって僕は言うんだ。今夜ドローンズでスティルトンに会った」核心に切り込み、僕は言った。

彼女は態度を硬化させ、よそよそしげにキッパーを一口頬張った。積載品が通過し、ようやく話ができるようになったとき、彼女の声は冷たく金属的だった。

「あら、そう?」

「あいつはやけっぽちな気分でいた」

「あら、そう？」

「捨て鉢で自暴自棄だった。ドローンズ・クラブの喫煙室を見まわし、それでなんてむなしく空っぽな喫煙室なんだろうって奴が感じているのが僕にはわかった」

「あら、そう？」

うむ、もし誰かがこの瞬間に僕のところに来て「やあ、ハロー、ウースター。調子はどうだい？ちゃくちゃくと進歩はしているか？」と言ってきたとしたら、僕はそれには否定で答えねばならなかったろう。「目に見えた進歩はなしだ、ウィルキンソン」――あるいはバンクスであれスミスであれナッチブル＝ヒューゲッセンであれ、名前は何であれだ――と、僕は言ったことだろう。スタイミーに追いやられたという不快な感覚を、僕は意識していた。しかし、僕は辛抱しきった。

「そうだ。奴の心理状態は大変な具合だった。奴がロッキー山脈に行ってグリズリー・ベアを撃ち始めるまでにたいして時間は掛からないだろうって印象を僕は得た。考えて気分のいいことじゃあない」

「もしグリズリー・ベアが好きだったらってこと？」

「もしスティルトンが好きだったらってほうのことを、僕はより一層考えてる」

「あたくしはあの人が好きじゃないわ」

「え？　うむ、もし奴が外人部隊に入ったらって考えてもみろよ」

「同情するわ」

「あいつがリフ人だったかなんだか、名前は何でもいいんだがそういう連中が奴に向けてありとあらゆる方向から銃を撃ってよこす中、パブ一軒もないような場所で熱砂の上をさすらい歩いてるなんて思うのはいやだろう」

「いいえ、いやじゃないわ。もしリフ人がダーシー・チーズライトを狙撃しようとしてるのを見かけたら、あたくしその人の帽子を持ってあげてけしかけてやるもの」

　またもや僕は進歩なしという感覚を覚えた。彼女の顔は冷たく硬くこわばって、さながら僕のキッパーみたいだった。また無論これらやり取りの間じゅう僕はそれを放置していたものだ。僕には聖書に出てくる連中が、耳の聞こえない毒へビ〔『詩編』五八・五〕との会見後、どんなふうに感じたに違いないかがわかりはじめてきた。私立学校に行っていた頃、僕は聖書の知識で賞を取ったことがあるのだが、そこのところの細部は思い出せない。だがともかく連中はとてつもなく大骨を折ってそのへビに催眠術をかけようとするのだが、くたくたになるまで大汗かいた挙句、何の成果も得られなかったのだ。耳の聞こえない毒へビというものは、いつだってそんなふうなのだと僕は思う。

「君はホレース・ペンドルベリー＝デヴンポートを知ってる？」各人がおのおののキッパーに向かってせっせと働きかけていた長い沈黙の後、僕は言った。

「ヴァレリー・トゥウィッスルトンと結婚した人のこと？」

「ああそいつだ。元ドローンズ・クラブ・ダーツ・チャンピオンだ」

「会ったことならあるわ。どうして彼の話なんかを持ち出すの？」

「なぜならそいつが教訓を指摘し、話に彩りを添えるからだ。婚約期間中、奴とヴァレリーは君とスティルトンとの間に起こったのとほぼ同規模の喧嘩をして、もうちょっとのところで一生別れる寸前だったんだ」

彼女は僕に凍るような目線をよこした。

「あたくしたち、チーズライトさんのお話を続けなきゃいけないのかしら」

「本日の主たる話題は奴のことだと考えている」

「あたくしはそうは思わないわ。でしたらあたくし、帰るわね」

「ああ、まだだめだ。僕は君にホレースとヴァレリーの話をしたいんだから。いま話したとおり二人は喧嘩《けんか》をして、言ったとおり、もし、ホレースによればコッカースパニエルの繁殖をしてるらしき女性のお蔭で仲直りができずにいたら、一生離れ離れになってたかもしれないんだ。その女性は二人に感動的な話をして、それが二人の心を和解させたんだ。彼女には昔、愛し合った男がいてつまらないことで喧嘩をした。するとその男は回れ右をしてマレー連邦に向かい、ゴム農園経営者の未亡人と結婚しちゃったんだ。それから毎年彼女の住所にはささやかな白スミレの花束が届くようになった。そこには『もしかしたら』と書かれた紙片が添えられていた。君だってスティルトンとの間がそんなふうになったらいやだろう、どうだい？」

「よろこんでそうしていただきたいわ」

「いまこの瞬間にも、奴は汽船会社に行ってマレー連邦行きの船について問い合わせをしてるかもしれないって思ったら、君は胸が痛むんじゃないか？」

「こんな夜中じゃ、閉まってるもの」

「うむ、それじゃあ明日の朝一番でだ」

彼女はナイフとフォークを置き、僕をおかしなふうに見た。

「バーティー、あなたって驚いた人ね」彼女は言った。

「へっ？　驚いた人ってのはどういう意味だい？」

「あなたがしゃべってるナンセンスのことよ。あたくしとダーシーを仲直りさせようとして。それであなたに敬服させられないってことじゃないのよ。あなたってすばらしい人だと思うわ。みんなあなたのことを、オスのクジャクみたいに脳たりんって言うけど、あなたって優しくて寛容な魂の持ち主なのよね」

うむ、僕はオスのクジャクには会ったことがないから、この鳥類の知能の質評価が不可能だという不利がある。また僕は彼女に「みんな」というのはいったいぜんたい誰のことかと聞き質そうとしていた。と、彼女はまた話しだした。

「あなた、自分であたくしと結婚したいくせに、そうでしょ？」

話ができるようになるまでに、僕はもう一口、ボトル内の物質を飲み込まねばならなかった。回答困難な質問である。

「ああ、そうさ」僕は言った。今宵をどうしても上首尾に終えたいと、僕とて切実だったのだ。

「もちろんさ。そうじゃない奴がいるかい？」

「だのに、あなたは――」

「あなたは」の後、彼女は言葉を続けなかった。というのはこの時、こういうことが起きるときにはお決まりの唐突さでもって、この店にガサ入れが入ったからだ。小節の途中でバンドは演奏をやめた。突然の静寂が室内を満たした。四角い顎《あご》をした男たちが店内じゅうに突如乱入し、それでこのチームのキャプテンらしき人物が真ん中に立ち、霧笛みたいな声で一同に席を立たぬよう指示した。これら全部がなんとすばらしきタイミングで起こってくれたことかと思ったのを僕は憶えている——つまり僕たちの会話が不快な方向に向かいはじめ、間の悪さでいっぱいになりそうな気配を漂わせはじめた、まさしくその時に起こるだなんて、ということだ。ロンドンの警官隊に関しては、手厳しいことが言われるのを僕は耳にしてきた——とりわけオックスフォード対ケンブリッジの年に一度のボートレースの翌朝のキャッツミート・ポッター゠パーブライトその他によって——しかし、公平な心の持ち主ならば、彼らが気の利いたところを少なからず見せてくれる時だってあることを認めねばならない。

　むろん僕は怖がってなどいなかった。こういう場数は頻繁《ひんぱん》に踏んできている——という表現でよかったはずだが——し、何が起こったかはわかっていた。したがって、連れが熱いレンガの上のねこの物まねをやっているのを見て、僕は急いで彼女の警戒を解いてやろうとした。

「びくびくする必要はないさ」僕は言った。「涙を流すようなことも、泣き叫ぶようなことも、胸を叩くようなこともないんだから「ミルトンの詩「闘士サムソン」」」たまたま思い出したジーヴスのギャグを使い、僕は付け足して言った。「すべてはまったく秩序だっているんだから」

「だけど、あの人たちあたくしたちを逮捕するんじゃなくて？」

　僕は明るく笑った。こういう素人《しろうと》ときたら！

「バカバカしい。そんな危険はぜんぜんありゃしないさ」

「どうしてわかるの？」

「こんなのは慣れっこなんだ。これからの手続きを手短かに言うよ。連中は僕らをまとめて取り押さえる。それから僕らは簡素なヴァンに乗って整然と警察署に向かう。待合室に集合させられて名前と住所を述べる。その際、細部については一定の自由裁量を行使するんだ。たとえば僕はいつも、ストレサム・コモン、ジュビリー・ロード、ナスタティウム荘、エフレイム・ギャッツビーと名乗ることにしている。なぜかはわからない。ちょっとした気まぐれだな。僕の指示を聞いてくれるなら、君はイースト・ダリッジ、チャーチル・アヴェニュー三六五番地、マティルダ・ボットだ。こういう手続きが終了したら、それで僕たちは自由の身さ。ここの経営者が恐るべき法の威厳に服するってだけの話だ」

彼女は励ましを聞き容れなかった。熱いレンガの上のねことの類似性はますます顕著になった。霧笛男に席を立つなと指示されていたにもかかわらず、彼女は座席からクギが飛びだしてきたみたいに立ち上がった。

「そんなわけがないわ」

「規則が変わってない限り、それで大丈夫さ」

「裁判所に出頭しなきゃならないはずよ」

「ちがう、ちがう」

「あたくし、そんな危険は冒《おか》したくないの。おやすみなさい」

そして滑らかにスタートを切り、彼女は僕たちの席から遠からぬところにあった通用口へ向かってダッシュした。すると近くにいた警官がブラッドハウンド犬みたいに吠《ほ》え声をあげ、彼女を追って走り出した。

この時の僕の行動が賢明であったか否かは、僕にはどうにも判断できない。ある時には騎士バイヤール「中世末のフランスの高名な騎士」が僕の立場だったらば同じようにしただろうと思い、イエスと考える。起こったことをかいつまんで言うと、ジャンダルムというか警官が全速力で疾走して僕の横を過ぎようとしたとき、僕は足を突き出し、彼をして一世一代のでんぐり返しをするに至らしめたのだ。フローレンスは退場し、そして平和の番人は、一時的に右耳とこんがらがっていた左足のブーツを右耳より撤去した後、立ち上がると、僕の身柄は拘束されていると通告してよこしたのだった。

その時彼が片手で僕の襟《えり》首をつかみ、もう片方の手で僕のズボンのお尻をつかんでいたことから、この正直な人物の発言の真偽を疑う理由は僕にはなかった。

6．司法の鉄槌

その晩僕はいわゆる勾留《こうりゅう》下にて一夜を明かした。そして翌日の早朝、ヴィントン・ストリート警察裁判所において治安判事の面前に引きずり出された。司法警察職員に暴行を加えもって職務の執行を妨害した罪によりだ。またこれは実に気の利いた言いまわしだと僕は思う。僕はものすごく空腹でひげ剃《そ》りがしたかった。

僕はいつもボッシャー・ストリートの同業他社のほうでお世話になっているから、ヴィントン・ストリートの治安判事と会うのはこれが初めてだった。だがある年の正月元旦にこの人物に紹介されたバーミー・ファンジー＝フィップスが僕に話してくれたところでは、奴さんは避けるが勝ちな親爺《おやじ》さんだということであった。またこの点の真実性を、僕は断然身に染みて痛感させられたところであると言わねばならない。立って警官が訴状を走り読みするのを聞きながら、バーミーがこのソロン［古代アテナイの立法者］親爺を、スペインの宗教裁判の高位高官の愛すべからざる特性を数多く備えた二十分かたゆで卵と描写したのは、事実を大げさにでなく、むしろ控え目に言っていたのだと僕には思われた。

このイボ親爺の顔つきが、僕は好きではなかった。彼の態度は厳粛で、また話が進むにつれ、その顔は険《けわ》しく暗く恐ろしげになった。彼は鼻メガネ越しに僕をすばやくチラッ、チラッと見てよこし続け、いかなる鈍感な観察者にも、警官がこの聞き手の共感を全部ひとりじめしており、本件手続きにおけるチンピラ役の市民は被告人ギャッツビーであることは明らかに見てとれた。被告人ギャッツビーはムショ入りの宣告を受けようとしているところで、最終的に監獄島にたどり着く次第とならずにすんだらばごくごくラッキーだとの思いがますます僕を圧倒した。

しかしながら、糾問《きゅうもん》が終了し、何か言うことはあるかと聞かれたとき、僕は最善を尽くした。本件事件が起こった際、僕は足を伸長しもって警官をでんぐり返らしめる結果を出来《しゅったい》させたとは認めたものの、それは僕の側になんらアリエール・パンセというか含むところなき純然たる事故であったのだと僕は異議を申し立てた。長いことテーブルのところに滞留したため足がしびれ、それゆえひとえに脚の筋肉が伸ばしたかっただけであったのだと僕は述べた。

「時にはストレッチが必要だってことはご存じでしょう」僕は言った。

「当裁判所は」治安判事はこれに応えて言った。「君にそれを与えることを強く希望する。じゅうぶん長いストレッチ《刑期》をじゃ」

正当にもこれをお笑いと理解し、己《おの》がハートが真っ当な位置にあることを示そうと、僕は心底よりの馬鹿笑いを発した。すると法廷の差し出がましい嫌な奴が「静粛に！」と叫んだ。僕は裁判官閣下の機知縦横に笑い転げていただけなんですと説明しようとしたが、そいつはまた僕にシッと言い、裁判官閣下がふたたび水面に浮上した。

「しかしながら」鼻メガネを掛け直しながら彼は続けた。「被告人の若年さに鑑《かんが》み、当裁判所は寛大な措置をとることとする」

「ああ、やったー《ファイン》！」僕は言った。

「罰金刑《ファイン》」どう応えるべきかを全部心得ているらしき、この掛け合い漫才の相方は言った。「そのとおり。一〇ポンド。次の案件」

　僕は社会に対する負債を支払い、その場をとっとと立ち去った。

　懐かしき我が家に帰ると、ジーヴスは何かしらの家内の義務遂行に精励し週給を稼いでいる最中だった。彼は僕にもの問うがごとく目を向けてよこし、僕は彼に説明するべきだと感じた。僕の部屋が空っぽで、ベッドに寝た形跡がないのを見て、むろん彼は驚いたはずだ。

「法の手先たちと昨夜少々トラブルがあったんだ、ジーヴス」僕は言った。「ユージン・アラムは・手枷を・はめて・歩いていった［トマス・フッドの詩「ユージン・アラムの夢」］ってなことがあった」

「さようでございますか、ご主人様。きわめて苛立《いらだ》たしいことでございます」

「そうなんだ。僕はあんまり楽しくはなかった。だが治安判事のほうじゃ――僕は彼と喧々諤々《けんけんがくがく》の議論を戦わせてきたところなんだが――最高に楽しいひとときを過ごしていた。僕はそいつの単調な暮らしにひとすじの陽光を運んでやったんだ。治安判事ってものがお笑いの専門家だってことを、君は知っていたか？」

「いいえ、ご主人様。さような事実は管見《かんけん》の接する限りではございません」

「グルーチョ・マルクスのことを考えてもらえば、僕の言わんとするところはわかってもらえる。次から次へとギャグの応酬だ。ぜんぶ僕の持ち出しでだ。僕はただのボケ役で、またその経験は僕にはものすごく不愉快だった。とりわけ僕は良心的なグルメが朝食と呼べるような朝食をぜんぜん食べてなかったんだからな。君はブタ箱で一夜を過ごしたことがあるか、ジーヴス？」

「いいえ、ご主人様。その点につきましては、わたくしは幸運でございました」

「そういうことは食欲を途轍《とてつ》もなく猛烈に増進するんだ。そういうわけだから、もしよかったら僕のためにひと働きして、フライパンを持って大忙しって具合で立ち働いてもらいたいんだ。うちに卵はあったな、どうだ？」

「はい、ご主人様」

「卵はおよそ五十個は必要だろう。おそらくは同じく五十ポンドのベーコンといっしょに目玉焼きにしてだ。トーストだって要る。四斤《きん》もあれは多分じゅうぶんだろう。だがもっと必要だったらもっと出せるように、用意しといてくれ。それとコーヒーを忘れちゃだめだ――まあ、ポット十六杯分は頼みたいな」

「かしこまりました、ご主人様」

「それでその後は」僕はちょっぴり苦々しげに言った。「きっと君はジュニア・ガニュメデス・クラブにすっ飛んでいって、僕のこの不幸をクラブブックに記載するんだろう」

「恐れながらわたくしにはそういたすほか、手立てはございません。第十一条はきわめて厳格でございますゆえ」

「うん、君がそうしなきゃならないなら、きっとそうしなきゃならないんだろう。僕は君が執事たちが方陣を組んでる中に囲まれて、ボタンをちょきんと切り取られるなんてのはいやだからな。そのクラブブックの件だ、ジーヴス。Cの項、〈チーズライト〉の下に何もなかったってのは絶対に確かなんだな？」

「昨晩申し上げました点のほかは何もございません、ご主人様」

「そりゃあたいそう助けになるってもんだ！」僕は憂鬱《ゆううつ》げに言った。「気にせず言わせてもらう、ジーヴス。当該チーズライトは脅威に転じた」

「さようでございますか、ご主人様」

「それで僕としては君があのクラブブックに、あいつの銃を使用不能にしてやれるようなことどもを何か見つけ出してくれやしないかって期待してたんだ。だが、君にできないなら、君にはできないんだ、もちろんさ。よしわかった。それじゃあ急いで行って朝ごはんをこしらえてくれ」

僕はヴィントン・ストリートのゲシュタポたちがクライアント用にうれしがって提供している板ベッドの上で断続的に眠ったきりだった。したがってたっぷりの食事をとった後、僕はシーツの間にもぐり込んだ。ロロ・ビーミンスターのように、忘れてしまいたかったのだ。電話の音が僕を夢見ぬ眠りから飛び起きさせたのは、昼食時をゆうに過ぎた頃であったにちがいない。だいぶすっきりした気分で、僕はガウンを羽織り、電話機のところに行った。

フローレンスからだった。

「パーティー？」彼女はキャンキャン言った。

「ハロー？　君は今日ブリンクレイに行くって言ってたと思ったけど」

「いま出発するところよ。昨日の晩あたくしが帰った後、あなたがどうなさったか訊《き》きたくって電話したの」

僕は陰気な笑いを放った。

「そんなにものすごく上首尾じゃあなかったな」僕は言った。「僕は官憲に捕縛されたんだ」

「なんですって！　あなた、警察はあなたを逮捕したりしないっておっしゃったじゃない」

「しないさ。だけどしたんだ」

「あなた、今は大丈夫なの？」

「うーん、やつれた顔をしてるかな」

「だけど、わからないわ。どうして警察はあなたを逮捕したの？」

「話せば長い話なんだ。縮めて言えば、早い話、君が帰りたがってるのがわかったから、ポリ公が君を猛スピードで追っかけるのを見て、僕は片足を突き出し、そいつを転ばせて追撃不能にしちゃったんだ」

「んっまあ、なんてことでしょう！」

「そうするのが賢明な方針って思えたんだ。もうちょっとであいつは君のパンツのお尻を捕まえそうになってたし、それにもちろん君はそんな展開には我慢できないだろう。その結果僕は一夜を刑務所の房にて過ごし、ヴィントン・ストリート警察裁判所の治安判事との、試練の朝を経て来《きた》りなばなんだ」

「まあバーティー！」深く心動かされたふうに、彼女は無茶苦茶に僕に感謝し、僕はかまわないさと言った。それから彼女は突然はっと息を呑《の》んだ。まるでウェストコートの三番目のボタンのところにパンチを食らったみたいにだ。「あなた、ヴィントン・ストリートっておっしゃった？」

「ああ言った」

「んまあ、なんてことでしょ！　あそこの治安判事が誰だか知ってらして？」

「名前は教えてやれないな。名刺の交換をしたわけじゃないから。裁判所で僕らは彼のことを閣下って呼んでたんだ」

「その人、ダーシーの伯父様よ」

僕はええええっ、をやった。僕は少なからず驚いていた。

「まさか、ほんとかい？」

「本当よ」

「なんと。スープ好きの親爺さんかい？」

「そう。昨晩いっしょにディナーを頂いて、今朝被告人席であの人と顔を合わせるだなんて、考えてもみて！」

「そりゃあ間が悪い。なんて言っていいか難しいところだな」

「ダーシーは絶対にあたくしを許してくれないわ」

「えっ？」

「彼、婚約を破棄するわ」

僕にはわからなかった。

「どういう意味だい？」

「どういうういう意味ってどういう意味？」

「奴が婚約を破棄するだろうってのはどういう意味さ？　もうとっくに破棄されてたものと思ってたけど」

彼女はいわゆるさざ波のさざめくような笑い声というやつを発した。

「ううん、ちがうの。彼、今朝電話で譲歩してきたのよ。あたくしあの人を許してあげたわ。彼、今日から口ひげを生やし始めているのよ」

僕は大いに安堵《あんど》した。

「ああ、そりゃあよかった」僕は言った。それから彼女がああパーティー、を言いはじめると、僕は君はなんでああパーティーなんて言うんだい、と訊き、彼女は自分はあなたがとても騎士のごとく寛大だという事実を念頭に置いて言っているのだと説明した。

「あなたがあたくしに対して抱いているような感情を抱きながら、あなたみたいな立場に置かれた人で、そんなふうに行動できる人は多くなくてよ」

「ぜんぜんかまわない」

「あたくし、とても感動したわ」

「そんなこと、少しも気にしないでくれよ。それじゃあ本当にぜんぶが全部もとの鞘《さや》に収まったんだな？」

「ええ。だからお願い、あたくしがあなたといっしょにあそこにでかけたことは、彼には一言も言っちゃだめよ」

「もちろん言いやしないさ」

「ダーシーってとってもやきもち焼きなの」

「まさしくそのとおり。奴にぜったい知らせちゃだめだ」

「ぜったいよ。もしあたくしがあなたにいま電話してるって知っただけだって、あの人、ひきつけを起こしちゃうわ」

僕は寛大に笑ってそいつはジーヴスが不測の事態と呼ぶところのものだ、だって僕たちがおしゃべりしてるだなんてどうして奴に知りようがあるのさと言おうとしていた。と、僕の目はちょうど視界内に入ってきた大型の物体に惹《ひ》きつけられた。おツムを何センチかくるりと回すと、その大型の物体がG・ダーシー・チーズライトの膨満した肉体であることを確認できるようになった。ドアベルが鳴るのを僕は聞いていないし、奴が入ってくるのを僕は見ていない。だが紛れもなく奴はここにおり、またもや家付きの幽霊みたいにこの界隈《かいわい》に出没しているのだ。

7. 緑目の退職警官

ここは思考の敏速さが求められる瞬間である。人は他人に自分のうちの居間じゅうでひきつけしてまわってもらいたくはないものだ。その上電話の相手が誰かわかったら、奴がひきつけだけで済ましてくれるものかどうか、僕にはきわめて心もとないところだった。

「いいとも、キャッツミート」僕は言った。「もちろんさ、キャッツミート。よくわかった、キャッツミート。だがちょっと電話を切らなきゃならないんだ、キャッツミート。僕たちの共通の友人のチーズライトがたった今やってきたんだ。じゃあな、キャッツミート」僕は受話器を置き、スティルトンの方に向き直った。「今のはキャッツミートだった」僕は言った。

その情報になんらコメントを加えることなく、険悪な顔で僕を睨《にら》みつけながら、奴は立っていた。今や奴とヴィントン・ストリートの僕のホスト役とを結ぶ血縁の絆《きずな》を知らされていたから、肉親ゆえの類似点を僕は見て取ることができた。伯父も甥も両者とも目を細め、張り出した眉《まゆげ》毛の下から相手をにらみつける同じ手法の持ち主である。唯一の相違は、前者がフチなしの鼻メガネで相手を魂の根底まで貫き通すのに対し、後者は裸眼である点だけだ。

しばらくの間、この訪問者の興奮ぶりは、僕が真っ昼間にパジャマとガウン姿でいるところを目にしたせいだとの印象を僕は得ていた。午後三時にそういう格好でいたら、どうしたって一連の脈絡の思考を引き起こしがちである。だがどうもそういうことではなさそうだった。もっと深刻な問題が議題に上がっている様子だ。

「ウースター」トンネル通過中のコーンウォール行き特急みたいにガラガラ鳴る声で、奴は言った。「お前、昨晩どこにいた?・」

この質問が僕を動揺させたことを僕は認める。じっさい、一瞬、僕は心底動揺した。それから、僕に不利な証明など何にもしようがないのだと自分に思い出させ、また気をしっかりと取り直した。

「ああ、スティルトン」僕は陽気に言った。「さあ入れ、入ってくれ。あっ、もう入ってたか、そうか? まあいい、椅子に座って話をしてくれ。素敵な日だな、どうだい? ロンドンの七月は嫌いって連中は多いが、僕は七月が大好きなんだ。この月には何ていうか何か特別なところがあるように、僕にはいつも思われるんだな」

奴はロンドンの七月に興味はないという人々の仲間であるらしかった。というのは、奴はこの問題を更に追求しようとの意向をまったく示さず、ただいつもの鼻鳴らしをやっただけだったからだ。

「お前、昨晩どこにいた? このクソいまいましいシラミ野郎め」奴は言った。それで僕は気づいたのだが、奴の顔は紅潮し、頬の筋肉はヒクヒク動き、そして双眸《そうぼう》は、星々のごとく、天球より跳びあがっていた。

僕は冷静かつ平然とした態度でいってみた。

「昨日の晩だって?・」僕は考え込むげに言った。「ちょっと待てよ。七月二十二日の夜のことだな? うーん、ああ、その晩は――」

奴は何度かごくんと息を呑《の》み込んだ。

「忘れたようだな。思い出す手助けをしてやろう。お前は低俗なナイトクラブに、俺の婚約者、フローレンス・クレイといた」

「誰がだ、僕が？」

「そうだ、お前だ。そして今朝お前はヴィントン・ストリートの被告人席にいた」

「本気で僕のことを言ってるのか？」

「まさしく本気だ。俺はあそこの治安判事をやってる伯父貴から情報を得てるんだ。伯父貴は今日俺のフラットに昼食に来て、それで帰りがけに壁に飾ってあったお前の写真を見た」

「お前が僕の写真を壁に飾ってるとは知らなかったな、スティルトン。感動したよ」

奴はさらに興奮を続けた。

「集合写真だったんだ」奴はぶっきらぼうに言った。「そこにたまたまお前が入ってた。伯父貴はそいつを見ると、鋭く鼻をクンクンさせながらこう言った。〈お前はこの若者を知っておるのか？〉と。俺たちは同じクラブに属してるから、お前を避け続けることはできないんだが、俺たちの付き合いはその程度だって俺は説明した。俺の意志に任せてくれたなら、俺は十フィートの竿《さお》の先でだってお前になんか触れやしないと言おうとしていた。と、伯父貴が言葉を続けたんだ。まだ鼻をクンクンさせながら、伯父貴はこいつが俺の親しい友人じゃなくてよかったと言った。というのはこの男は自分の甥になかよくしてもらいたいような人間じゃないからってことなんだ。伯父貴はお前が今朝自分の面前に召喚され、警察官に暴行を加えた容疑で起訴されたと話してくれた。その警官は、ナイトクラブでプラチナブロンドの髪の女の子を追いかけようとしてるところを転ばされたっていうんでお前を逮捕したと主張してたんだ」

僕は唇をすぼめた。というか、すぼめようとしたが、なんだか機構がうまく働かないみたいだった。それでもなお、僕は力強く、気概を込めて話をした。

「そうか？」僕は言った。「個人的には、僕はナイトクラブでプラチナブロンドの女の子を追いかけるのに精を出してるような警官の言葉は信用しないことにしている。また君の伯父上についてだが、僕が彼の面前に召喚されただなんてとんでもないヨタ話を持ち出してきて――うむ、まったく、治安判事ってのがどんなもんかはわかるだろう。池や沼地の生き物中でもっとも下等な形態だ。ウナギのゼリー寄せを売るだけの脳みそも決断力もない男がいたら、そいつは治安判事になるもんなんだ」

「すると伯父貴がお前の写真を見たとき、他人のちょっとした空似を見間違えただけだって言うつもりか？」

僕は手を振った。

「ちょっとした空似とは限らない。ロンドンじゅうに僕そっくりの男はどっさりいるんだ。僕はごく平凡なタイプなんだな。エフレイム・ギャッツビーって名の男がいて――ストリートハム・コモンのギャッツビー家の一人だ――そいつはほとんど僕と瓜二つだって聞いたことがある。君の伯父上を名誉毀損《きそん》、人格中傷で訴えるかどうかって問題を考量する際には、むろん僕はこの点を考慮に入れなきゃいけないし、それからおそらく峻厳なる正義を慈悲の精神もて和らげようって決断に至ることだろう。だがそのろくでなしの親爺《おやじ》さんには、今後舌先を不用意に滑らせることがないようもっと注意するようにって警告してやるのが親切だろう。寛容さにも限界ってものがあるからな」

奴は陰険な顔をしておよそ四十五秒間くらい考え込んだ。

「プラチナブロンドの髪、とその警官は言ったんだ」この一時休止の後、奴はこう所見を述べた。

「その娘はプラチナブロンドの髪をしていたそうだ」

「きっとすごく似合ってたことだろうな」

「フローレンスがプラチナブロンドだってことは、きわめて重大な意味を持つと思う」

「持つわけがない。プラチナブロンドの娘なんてごまんといる。親愛なるスティルトン君、考えてもみるんだ。フローレンスがそんなナイトクラブに行くだなんてことがあると思うのか、そんな……お前、名前は何と言ってたっけか？」

「名前はまだ言ってない。だが『モトルド・オイスター』って名だったと思う」

「ああ、そうだ、聞いたことがある。真っ当な場所じゃない、と理解している。彼女がそんなところに行くだなんて信じられない。潔癖《けっぺき》で、知的な、フローレンスみたいな女性が？　いや、あり得ない」

奴は考え込んだ。うまく奴を手の内に入れたように思われた。

「昨日の晩、彼女は俺にナイトクラブに連れていってもらいたがってたんだ」奴は言った。「彼女の新作の取材だとかなんとか言ってた」

「だがお前はきわめて適切にもそれを拒否した？」

「いや、実は行くって言ってたんだ。それからちょっともめごとがあって、それでもちろんそいつは中止になった」

「そしてもちろん、彼女は家に帰って眠ったんだ。純粋で心優しきイギリス娘にほかにどうしようがある？　彼女がお前といっしょじゃなしでそんないかがわしい場所に行くなんてことが一瞬でも考えられるだなんて、僕には驚きだ。それもよりにもよって、お前の言うとおりだとすると、警官の群れがひっきりなしにプラチナブロンドの女の子を追っかけまわして行ったり来たりして、それでおそらくきっと長い一夜がふけてゆく間には、もっと恐ろしいことだって起こっているにちがいない、そんな店にだぞ。だめだ、スティルトン、そんな考えは捨てるんだ――そんな考えは、こう言ってよければ、お前にはふさわしくない――それに……ああ、ジーヴスが来た」たった今にじみ入ってきた天下一品のこの人物が、愛すべきシェイカーを運んできてたのを安堵《あんど》とともに見てとると、僕は言った。「何を持ってきてくれたのかな、ジーヴス？　君のスペシャルの何かか？」

「はい、ご主人様。チーズライト様におかれましては、おそらくはお飲み物がお気に召しは致すまいかと思料いたしましたゆえ」

「チーズライト氏はまさしくど真ん中大当たりでそいつがお気に召すところなんだ。僕はごいっしょできない、スティルトン、なぜなら知ってのとおり、ダーツ・トーナメントが近づいているんだからな。僕はこの頃いくらか厳格なトレーニングをしているところなんだ。だがお前にはジーヴスの素晴らしいカクテルを試すよう是非にと強く勧めたい。お前の不安……心配……動揺……そんなものは片付いてぜんぶ大丈夫になる。ああ、ところでジーヴス」

「さて、ご主人様？」

「昨夜僕がチーズライト氏とドローンズにて会談して帰宅した後、僕はためになる本を持ってベッドに直行すると言ったことを、君が憶えていはしまいかと思ったんだが？」

「おおせのとおりでございます、ご主人様」

「『ピンクのザリガニの謎』だったな？」

「まさしくさようでございます、ご主人様」

「早くそれが読みたくてたまらないというような趣旨のことを僕は何か言ったと思うんだが」

「わたくしの記憶の限り、それこそまさしくおおせのお言葉にほかなりません、ご主人様。あなた様は当該書物を持って丸く寝転がる時を待ちきれずにおいであそばされると、おおせでいらっしゃいました」

「ありがとう、ジーヴス」

「滅相《めっそう》もないことでございます、ご主人様」

彼はにじみ消え去った。そして僕は両腕をぞんざいに広げスティルトンの方に向き直った。わが人生においてここまで「ヴォアラ《ドーダ》！」と言いそうな心境に近かったときも、なかったように思う。

「聞いたか？」僕は言った。「これでわが身の潔白が証明されたってことにならないなら、どうしたら証明されようがあるもんだかわからないな。さてと、ジーヴスのスペシャルをご馳走しよう。素晴らしく爽快な気分になるはずだ」

ジーヴスのスペシャルは不思議である。前に述べたように、そいつは人のうちなる眠れるトラの目を覚ます一方で、まったく逆方向にも働く。つまり、あなたのうちなるトラが眠らずに目覚めていていかなる命運をも甘受する勢いで大活躍中というとき、それはそいつを鎮める、ということだ。獅子《しし》のごとくやってきて、一杯いただく、と、ヒツジのごとく去る、という次第になるのだ。むろん説明は不可能だ。事実を述べるまでである。

いまやスティルトンがそういう具合になっていた。前スペシャル期にあっては、怒り心頭に発し、いわゆる反逆、計略、強奪向き［『ヴェニスの商人』五幕一場］であった奴が、いまや僕の目の前でより善良でより優しき人物へと変貌《へんぼう》を遂げた。一杯目の途中、奴は最高に友好的な調子で、自分は僕のことを誤解していたと言った。僕はこれまでコルネイ・ハッチのタレントスカウトの目を逃れてきたうちで一番の至高のバカかもしれないが、フローレンスを〈モトルド・オイスター〉に連れていったりしてないことは明白だ。またそうしなかったのは本当に幸運だった、と、奴は付け加えた。なぜならもしそれが事実ならば、自分はお前の背骨を三つに叩き折っていたことだろうから、と。要するに、ものすごくなかよしで友好的だった。

「会話の最初のほうに立ち戻るが、スティルトン」奴のジョゼフ伯父さんは腕のいい眼科医に診《み》てもらった方がいいやぶにらみの間抜けであるとの点で合意に達した後、話題を変えて僕は言った。「フローレンスの話をするとき、お前が〈俺の婚約者〉という表現を使ったのに気がついた。ここから僕は、最後に会った後、平和のハトが一杯キュキュッとやったものと推論してかまわないんだろうか？　破棄された婚約は、再び締結されたと、そういうことだろうか？」

　奴はうなずいた。

「そうだ」奴は言った。「俺が一定の譲歩をし、一定の要求に応じた」ここで奴の手は上唇の上方をさまよい、苦痛の表情が奴の顔をよぎった。「今朝、和解が成立した」

「それはよかった！」

「お前、喜んでるのか？」

「もちろんだとも」

「ホー！」

「えっ？」

　奴は僕をねめつけた。

「ウースター、やめるんだ。お前は自分が彼女を愛してるってことを承知しているはずだ」

「バカバカしい」

「バカバカしいだって、コン畜生《ちくしよう》！　俺の目が誤魔化せると思ったら大間違いだ。お前は彼女を崇拝している。またこの口ひげ事件は、彼女を俺から奪おうとするお前の下劣な計略の一環だって、俺はまだ信じているんだ。ふん、俺に言えることは、もしお前が彼女にお世辞を言ってまわって、彼女の愛情を自分に向けようとしてるところを見つけたら、俺はお前の背骨を四つに叩き折ってやるってことだ」

「三つと、言ってたはずだが」

「いいや、四つだ。しかしながら、幸いなことに彼女はしばらくお前の手の届かないところに行くことになっている。今日彼女は、お前の叔母さんのウースターシャーのトラヴァース夫人のところにでかけるんだ」

　ほんの一言の不注意な言葉で、どんなに人がスープの中に着水することになることかは驚くべきことである。僕はあともうちょっとで、ああ、彼女から聞いてる、と言ってしまいそうなところだった。無論そうしていたらば致命的だったはずだ。ぎりぎりのところで、僕はなんとか「ああ、そうか？」に切り替えることができた。

「彼女はブリンクレイに行くのか？　お前もか？」

「俺は何日か遅れていく」

「いっしょに行かないのか？」

「道理をわきまえろ。彼女が言い張って俺に生やさせるクソいまいましい口ひげの初期成育段階で、俺が人前に出られるだなんて思うのか。腐れ口ひげのやつがいくらかでも生え揃うまで、俺は部屋から一歩も出ないつもりだ。さらばだ、ウースター。お前の背骨の話のことは、憶えてるな？」

その点は肝に銘じておくと僕は請け合い、奴はスペシャルを飲み干すと部屋を出ていった。

8．ブリンクレイ・コートよりの招待

翌日の僕は絶好調だった。ほぼ信じられないくらいにしゅわしゅわはじけるご機嫌気分で、明るい笑みと陽気な機知で周囲の皆を魅了していた。この黄金期において——黄金期という言葉で正しければだが——僕は水を得た花のように復活を遂げたと述べたとて決して過言ではあるまい。

まるで巨大な重石《おもし》が魂の上から転がり落ちたみたいだった。喫煙室で休憩しようとするたび、G・ダーシー・チーズライトに恒常的に大気中より実体化されては背後に忍び寄られ、一挙手一投足を見守られる試練を耐え忍ぶことを余儀なくされてきた者だけが、この地に無敵の疫病神が完全に不在であることを知りながら椅子に深く沈みこんで気つけの飲み物を注文できる安堵《あんど》を十分に理解することができるのである。思うに、僕の感情は、ある朝後ろを振り返ってもはやヒツジがいないことを知った時の、メリーさんの感慨におおよそ匹敵しよう。

そして——どんぴしゃり——これこそ人生と僕がひとりごちようとしていたその時、あの電報が届きだしたのだった。

一通目は僕が自宅にて朝食後のタバコに火を点けようとしているところに到着し、また僕はそいつをチクタク言っている爆弾を前にして覚える神経症的不快みたいな思いもて見やったものだ。電報なるものはあまりにしばしば僕の身の上に降りかかる峻烈なる危機の予兆だったか前触れだったか名前は何であれだ、そういうものであったから、僕としてはそれらを、何かが封筒の中から跳びだしてきて僕の足に嚙《か》みつくのではあるまいかと、不信の目もて眺めやるようになっていた。サー・ワトキン・バセット、ロデリック・スポードと、トトレイ・タワーズにある前者のコレクションよりくすね盗《と》るよう僕がダリア叔母さんに指示された銀のウシ型クリーマーの不吉な一件において運命が始動したのも、電報の訪れと共にであったことがご想起されよう。

であるならば、そいつを前にじっと考え込みながら――上に述べたように、不信の目もて眺めやりつつだ――これからふたたび地獄の大地が鳴動開始するのだろうかと僕が自問したのは、驚いたことではない。

それでもなお、そこにそれはあり、また是非両論を考量した上で、わが眼前にある道はただひとつであると僕には思われた――すなわち、それを開けるということだ。

僕はそうした。それはブリンクレイ・クム・スノッズフィールド・イン・ザ・マーシュより発信され、「トラヴァース」と署名がしてあり、もってそれが僕のダリア叔母さんか、あるいは彼女が何年か前に再婚した好人物、夫君のトーマス・P・トラヴァースいずれかの手になるものであることを明らかにしていた。その文面が「バーティー、イモ虫ちゃん」なる言葉で開始されていたという事実から、郵便局でペンを執《と》ったのは前者であると僕は推論した。トム叔父さんは女性の側よりも言葉づかいが慎重である。彼はいつも僕を「坊主や」と呼ぶのだ。

以下が通信の内容である。

バーティー、イモ虫ちゃん。あんた早く来なさい。
全部放り出してすぐ来るの。長期滞在の準備で。
頬ひげ野郎を励ますのにあんたが大至急必要。
愛を込めて、トラヴァース。

僕はその朝じゅうずっと、こいつのことを考え続けていた。それでドローンズに昼食に行く途中で返事を出した。もうちょっと説明がほしいとの短い要請だ。

頬ひげ《ウィスカー》って言った？　それともウィスキーって言ったの？　愛を込めて、ウースター。

帰ってみると、叔母さんから返事が来ていた。

頬ひげよ、バカ。ナントカの息子には短いけどまごうかたなき頬ひげがあるの。
愛を込めて、トラヴァース。

記憶というのはおかしなものだ。あまりにしばしばそいつは目的物に到達し損なう。頭の片隅で、どこかでいつか誰かが何かに関連して頬ひげの話をしたのを聞いたというぼんやりした印象があちこち行ったり来たりしていたのだが、僕はそいつが何だったかを突き止められずにいた。思い出せなかった。情報が欲しくば情報源に向かえとの古来よりの賢明なる方針に従い、僕はでかけていって以下の通信文を発信した。

ナントカの短い頰ひげの息子ってのは誰？　どうしてそいつに励ましがいるの？　電報にて詳細知らせよ。今現在五里霧中当惑困惑中。

愛を込めて、ウースター。

彼女が自制心を取り払った時、かくも数多《あまた》の周囲の人々をして己《おの》が帽子にしがみつかしめる、熱をふんだんに込めて叔母さんは返信してきた。

聞きなさい、このバカ。こんなふうにあたしに電報でひと財産使わせてどういうつもりよ？　あたしがお金でできてるとでも思ってるの？　ナントカの短い頰ひげの息子が誰かとかどうしてそいつを励ます必要があるかなんて考えないで。あたしの行ったとおり来て薄らぼんやりそいつを見てればいいの。ああそう、ところでボンド街のアスピナールに行って預けてあるあたしの真珠のネックレスを受け取って来る時持ってきて。わかった？　アスピナール。
ボンド街。真珠のネックレスよ。
明日には到着ね。
愛を込めて、トラヴァース

ちょっぴり動揺し、しかし降参はせず、僕は次のように返信した。

アスピナール＝ボンド街＝真珠のネックレス問題は完全了解。
だけど貴女《あなた》が見逃してるのは今ブリンクレイに行くのは考えるほど
すごく簡単じゃないってこと。厄介な問題とか色々あり。
複雑な事情、と言ってわかってもらえればだけど。すべては深い考慮を
要する。事態慎重に考量の上結論知らせる。
愛を込めて、ウースター

おわかりいただけよう。ブリンクレイ・コートは第二の我が家だしダリア叔母さんのフランス人コック、ムッシュー・アナトールの本拠地としてベデカー・ガイドの五つ星ではある——要するに、通常の状況であれば、招待されたら歓声をあげ急ぎ駆けつける場所である——が、現今の状況下にあって、彼《か》の地に向かう重大な問題があることを僕はたちどころに看破していた。フローレンスが同地におり、スティルトンが遠からず到着するという事実を指して述べていることは言うまでもな

い。
僕を躊躇《ちゅうちょ》させているのはこの点だった。すなわち到着して僕が滞在しているのを知ったならば、若きロキンバーが前者を追い求めて西の方よりやってきた「スコットの詩「マーミオン」」との結論に後者が跳《と》びつかないなどと誰に言えようか。またそんな考えが頭に浮かんだ挙句には、いかなる結果とあいなることかと僕は自問した。別れ際に僕の背骨に関して奴のした発言は、いまだ僕の記憶のうちに青々としている。僕の知る限り奴は発言には慎重な男だし、そいつの約束はおおむね信頼できる。したがってもし奴が僕の背骨を四つに叩き折ると言ったなら、それを叩き折る際にはきちんと四つにすることだろうと、人は確信していられるのである。

僕は不安で心休まらぬ一夜を過ごした。ドローンズで大騒ぎするような気分ではなかったから、早く帰宅して『ピンクのザリガニの謎』を再び読み始めていると、電話が鳴った。僕の神経系はひどくかき乱されていたから、その音を聞いて僕は天井に向け跳び上がった。やっとの思いで部屋をよろめき横断し、僕は受話器をとった。

電話線の向こうより流れきた声はダリア叔母さんの声だった。

うむ、流れきたと僕は言ったが、おそらく「轟《とどろ》き渡った」と言った方がもっとモ・ジュスト、すなわち適語であったろう。全天候下でクウォーンならびにピッチリーの庇護の下、英国のキツネを狩り立てて過ごしきた少女期および青春期は、この叔母の色目を赤レンガ色にし、その声帯に驚くべき出力を与えた。僕は自分でキツネ狩をしたことはない。だがどうやらそいつをするには強風の中、畑のあっち側に向けて絶叫するとかそういうことをだいぶやって過ごすものらしく、そういうことは習慣になる。ダリア叔母さんにひとつ欠点があるとすれば、小さな居間で一対一で話をする時にも、猟犬たちを連れて騎乗中、四百メートル先を通りかかった仲間に呼び掛けるみたいに話してよこす傾向がある点だ。その他の点では、彼女は大柄で陽気な人物で、だいたいメイ・ウエスト［初期ブロードウェー、二、三〇年代のハリウッドで活躍し「ヴァンプ」と呼ばれた肉体派女優］の線で構成されており、僕を含む誰からも愛されている。僕らの関係はいつだって徹頭徹尾、大のなかよしなのだ。

「ハロー、ハロー、ハロー」彼女は声を轟かせた。過ぎし日の狩猟の血が顕在化していることにお気づきいただけよう。「あんたなの、バーティー、かわい子ちゃん？」

　当の本人に他ならないと僕は言った。

「じゃあいったいどういう了見よ、お腰の上げ渋りの真似なんかして？　この間抜けのガダラの豚［『マルコによる福音書』五・十三］ったら。あんたが事情を考量するですって！　そんなバカな話生まれてこの方聞いたことがないわよ。あんたはこっちに来なきゃだめ。叔母様の呪《のろ》いを折り返し便で玄関ドアまで配達されたくなかったら、今すぐこっちに来るの。あのクソいまいましいパーシーとこれ以上独力で立ち向かわなきゃいけないなんてことになったら、あたし過労で壊れちゃうわ」

　彼女は息継ぎのため言葉を止めた。そこで僕は質問をした。

「パーシーってのは頬ひげの男のこと？」

「そいつよ。そいつがうちじゅうに陰気な空気を濃厚に放出してるの。霧の中で暮らしてるみたいなのよ。何かしら手がすぐに打たれないなら、何らかの手段に出る用意があるってトムは言ってるわ」

「だけどそいつがどうしたっていうのさ？」

「彼はフローレンスを狂おしく愛しているの」

「ああ、わかった。それで彼女がスティルトン・チーズライトと婚約していると思うにつけ、そいつの心は深く沈むんだな？」

「そのとおり。泥んこみたいに気分が悪くなるの。あの男はもの思うげにあっちこっちうろついてまわってるわ。ハムレットみたいな顔してね。あんたに来て、あの男の気を晴らしてもらいたいの。散歩に誘う。彼の前で踊る。おかしい小咄《こばなし》を話してやる。あの頬ひげの、べっこう縁のメガネ顔に、笑み誘うことなら何だっててよ」

むろん彼女の言わんとするところはわかった。ハムレットにうちにいてもらいたい女主人はいない。だが僕にわからないのはそもそもどうしてそんな男がブリンクレイの清澄な空気を汚染しに来なきゃならないのかという点だ。齢《よわい》重ねたるわが親戚が、客人についてはいたって選《え》り好みが激しいことを僕は知っている。数多の閣僚らですら、その門内への突入にしばしば失敗してきたものなのだ。僕はこの点を彼女に申し向け、彼女はその説明は簡単明瞭《めいりょう》だと述べた。

「あたしがトロッターと商談のまっ最中だって話はしたでしょう。あの家の全員をうちに呼んでるの——パーシーの継父のL・G・トロッター、パーシーの母親のトロッター夫人、それとパーシーご本人よ。あたしはトロッターだけでよかったんだけど、トロッター夫人とパーシーもついて来ちゃったのよ」

「わかった。いわゆるセット販売ってことだな」僕は愕然《がくぜん》とし、言葉を止めた。記憶が玉座に回帰して、短い頬ひげがなんとかかとかいう話に聞き憶えがあったわけが今わかったのだ。「トロッターだって？」僕は叫んだ。

彼女は非難がましげに怒声を放った。

「そんなふうにきんきん叫ぶんじゃないの。鼓膜が破れるところだったわ」

「だけどトロッターって言った？」

「もちろんトロッターって言ったわよ」

「そのパーシーの名前はゴリンジじゃない？」

「疑問の余地なくそのとおりよ。本人が認めてるわ」

「それじゃあたいへん申し訳ないけど、叔母上様、僕にはどうしたって行かれないよ。前述ゴリンジがフローレンスの本からでっち上げた芝居に僕から千ポンドせびり取って突っ込ませようとするのをベッドカバーみたいにきっぱりと拒絶したのは、ほんのこないだのことなんだ。であるならば、本人にご対面することがどれほど困惑に満ち満ちたものとなろうかは、容易にご想像いただけるってものじゃない。僕はどこを見ていいものか、途方に暮れることになる」

「心配してる件がそれだけなら、忘れてもらって大丈夫よ。あの男、どこかよそから千ポンド引っ張ってきたってフローレンスが言ってたわ」

「うーん、そりゃあ驚いた。どこからゲットしたんだい？」

「フローレンスは知らないの。あの男が秘密にしてるのよ。金は手に入ったから話を進められる、ぜんぶ大丈夫だって言うだけなんですって。だからあの男に会うのに遠慮する必要はないの。あいつがあんたのこと世界最大のシラミ野郎って思ってるからどうだって言うのよ？　みんなそうでしょ？」

「聞くべきところはあるかな」

「じゃあ来るのね？」

僕は心もとなげに下唇を噛みしめた。スティルトンのことを考えていたのだ。「はっきりおっしゃい、この脳たりんちゃん」この肉親は声を荒げて言った。「なんで黙り込んでなんかいるの？」

「考えてたんだ」

「それじゃあ考えるのはやめにしていいお返事を頂戴な。こう言ってご判断に影響するかどうか、アナトールはただいま途轍《とてつ》もない絶好調でいるとは申し上げておこうかしらね」

僕は跳び上がった。もしそういうことなら、ご馳走のテーブルに列席するお仲間に加わらないのは明らかに狂気の沙汰《さた》であろう。

これまでアナトールのことには少しばかりしか触れてこなかったから、今この機会に、彼の料理はたんなる言葉によってその驚くべき至芸を語りつくすのは不適切であるような、百聞は一賞翫《しょうがん》にしかずという芸術品であることを述べさせていただこう。アナトールの手になる昼食が口中でとろけ、ウェストコートのボタンをはずして椅子にだらんともたれ掛かって、重苦しく息をつきこの上は人生に何ら望むところなしと感じたその後、何がなんだかわからないでいるうちに彼の手になる晩餐《ばんさん》がやってくる。それももっと手の込んだ、盛り付け全体が通常人の望みうる天国にほど近いものであるような。

したがって僕が奴の愛する女性と……うむ、おそらく必ずしも仲むつまじいとまでは言わないにせよ、確かに彼女の近辺をうろつきまわってはいる……のを見てスティルトンがいかに猛烈な怒りを発揮表明しようとも、奴のうちなる悪魔の目を覚ますリスクは引き受けねばならぬ、と僕は感じた。むろんわが身が千に引き裂かれ、十四ストーンも目方のあるオセロが散らばった肉片上で「シャッフル・オフ・トゥー・バッファロー」〔ミュージカル、『フォーティーセカンド・ストリート』（一九三三）挿入のダンス曲〕を踊っているというのは不快だが、その時アナトールのタンバル・ド・リー・ド・ヴォー・トゥールーズ風をお腹いっぱいにしていると思えば、間違いなくその不快も軽減されようというものだ。

「行くよ」僕は言った。

「いい子ちゃんね。あんたがパーシーのことを引き受けてくれるとなれば、あたしはトロッターのことに存分に集中できるわ。それでこの商談成立のためには、これでもかって集中が必要なんだから」

「商談ってなんなの？　ぜんぜん話してくれないじゃないか。このトロッターってのは何者なのさ？　何者であるとしてだけど」

「アガサのところで会ったの。アガサの友人よ。リヴァプールでいくつも新聞社を持っててロンドンにも拠点を設立したがってるの。それでうちの『ブドワール』を買わせてやろうとしてるとこなんだわ」

僕はびっくり仰天した。まったく予想だにしなかったことだ。『ミレディス・ブドワール』はいつだってこの叔母のだいじなメス仔ヒツジ〔『サムエル記』下十二・三〕なのだと思っていた。彼女がそれを売り払おうとしていると知って僕は驚愕した。ロジャースがハマーシュタイン売却を決意したと聞くようなものだ〔一九四〇年代、五〇年代のブロードウェーミュージカルの黄金期を築いた作曲家リチャード・ロジャース、作詞家オスカー・ハマーシュタイン二世への言及〕。

「だけどいったい全体どうして？　貴女は『ブドワール』を息子のごとく愛しているんだと思ってたのに」

「愛してるわよ。だけどあれを維持するためにトムのところに行ってお金を引っ張り出そうってがんばり続ける重圧に、すっかり疲れちゃったの。あの人にまた小切手を頂戴ってお願いしはじめる度に、あの人〈だけどあれの経営はまだ成り立たないのかい？〉って言って、それであたしが〈そうなの、ダーリン、まだ成り立たないのよ〉って言って、するとあの人が〈ふーむ！〉って言って、こんな調子が続いたら、次のクリスマスまでにうちは困窮者手当てを受けなきゃいけなくなるって付け加えるの。あんまり過ぎるのよ。赤ん坊をぞろぞろ引きずって通りで人に白いヒースの花を買ってくれってせがんでる女になったような気がするの。だからアガサのところでトロッターに会った時、人知のあたう限りなんとしても、この人こそうちを買収してくれる人ってあたし決めたんだわ。あんた何て言ったの？」

「〈ああ、そう〉って言ったんだ。それは残念だって付け足すところだった」

「そうよ、とっても残念だわ。だけど避け得ないことなの。トムは日に日に出し渋りするようになってるわ。あたしのことは深く愛してるんだけど、もう十分だって言うの。じゃあ明日来るわね。ネックレスのこと、忘れないでね」

「朝のうちにジーヴスを取りにやるよ」

「いいわ」

彼女としてはまだ話があるようだったが、その時舞台袖から女性の声がして「三分経過でーす」と言い、もう何シリングだか幾らかふっかけられるのを恐れる女性の鋭い叫び声と共に電話を切った。

ジーヴスがしたたり入ってきた。

「ああ、ジーヴス」僕は言った。「明日ブリンクレイに向かうことになった」

「かしこまりました、ご主人様」

「ダリア叔母さんが僕に向こうでわれらが旧友パーシー・ゴリンジにちょっぴり祝祭の精神を吹きこんでやってほしいってご希望なんだ。あいつはただ今あの界隈《かいわい》を汚染中なんだな」

「さようでございますか、ご主人様？　さてと、ご主人様、来週ロンドンに午後の間戻ることをお許しいただくことは可能でございましょうか？」

「もちろんだとも、ジーヴス、もちろんさ。何かお祭り騒ぎがあるんだな？」

「ジュニア・ガニュメデス・クラブの月に一度の昼餐会《ちゅうさんかい》でございます、ご主人様。わたくしが座長の任を務めるべく依頼されております」

「そりゃあぜったい務めなきゃいけない。君にふさわしい名誉だ」

「有難うございます、ご主人様。むろん同日中に戻ってまいる所存でございます」

「もちろん君がスピーチをするんだろう？」

「はい、ご主人様。座長のスピーチは必須でございます」

「一同床を転げて大笑いするはずだ。ああ、ジーヴス、忘れるところだった。ダリア叔母さんが僕にネックレスを持って来いって言ってる。ボンド・ストリートのアスピナールにある。ちょっとでかけて朝のうちに受け取ってきておいてくれるか？」

「かしこまりました、ご主人様」

「それとも一つ言い忘れるところだった。パーシーは例の千ポンドをどこからか引っ張ってきたそうだ」

「さようでございますか、ご主人様？」

「僕より嚙みでのある耳の持ち主に接近したにちがいない。どこの間抜けかと思うじゃないか」

「はい、ご主人様」

「どこかのすっとんとんなんだろうな」

「おおせのとおりと存じます」

「とはいえだ、そういう奴は存在するんだ。今は亡きバーナム氏［アメリカの興行師。一八一〇—九一］が、一分ごとに新しく間抜けが生まれると言ったのは真理を衝《つ》いていたとは、これでわかるな」

「まさしくさようでございます、ご主人様。これでご用はお済みでございましょうか?」

「ああ、済んだ。おやすみ、ジーヴス」

「おやすみなさいませ、ご主人様。荷造りのお世話は明朝させていただきます」

9．貴婦人の奸計

翌日静けき夕暮れ時も迫る頃、笑みなす田舎の野辺を快適にドライブした後、僕はブリンクレイ・コートの門を通り抜けて車を停め、わが女主人殿に到着を報せに歩きだした。彼女はねぐらというか私室の巣穴にいて、一杯の紅茶とアガサ・クリスティーを傍らにくつろいでいた。僕が登場すると彼女は口ひげにすばやい一瞥《いちべつ》をよこしたが、水浴中に驚かされたニンフみたいに跳《と》び上がって「そのご面相は時計を千個止めてきたご面相かしら?」［「これが千艘の船を出帆させた顔だったのか?」マーロウ『ファウストゥス博士』。トロイアのヘレネへの言及］とかいうようなことを何かブツブツ言ったほかは、何の批評も加えなかった。胸のうちに貯めているんだなとの印象を得るというものだ。

「ハロー、爬虫《はちゅう》類ちゃん」彼女は言った。「着いたのね、どうよ?」

「着いたとも」応えて僕は言った。「この髪三つ編に結い上げて、隅から隅まで準備万端でね。とってもご機嫌なピッピーを捧げますよ、齢《よわい》重ねた親戚殿」

「あんたにもお返しするわ、お間抜けちゃん。それできっとあたしのネックレスのことは、忘れてきたんでしょうね」

「とんでもない。ほら持ってきたよ。これ、トム叔父さんがクリスマスに贈ってくれたものだよね？」

「そのとおりよ。あの人あたしがこれをディナーのとき着けてるのを見るのが好きなの」

「そうじゃない奴がいるかい？」礼儀正しく僕は言った。そいつを手渡すと僕はバタつきトーストを一切れいただいた。「うーん、なつかしき我が家にふたたび戻ってくるのは、いいもんだなあ。僕の部屋はいつものとこでいいんだね？　それでブリンクレイ・コートの内外の調子はどうなの？　アナトールは好調？」

「過去最高だわね」

「とってもいたずらっぽい顔つきだね」

「ええ、元気よ」

「トム叔父さんは？」

照り輝く夕べの顔に、影が差した。

「トムはまだちょっと底打ち中ね、可哀そうな人だわ」

「と言うと、パーシーのせいだね？」

「ご明察」

「このゴリンジの野郎の具合に変化はないの？」

「当然ないわよ。フローレンスがこっちに来てからというもの、ますます悪くなったわ。あの男を見るたびにトムは顔をしかめてるわよ。とりわけ食事中はね。パーシーがアナトールの料理に手をつけずに押しやるのを見なきゃならないでいると、頭に猛烈に血が上って消化不良になるんだって言ってるわ。あの人の胃腸がどんなに過敏かは知ってるでしょ」

僕は彼女の手をぽんと叩いた。

「元気を出してよ」僕は言った。「僕がパーシーを力づけてやるさ。フレディー・ウィジョンがいつかの晩コルク二個と糸ちょっとで、どんな苦悩に苛《さいな》まれた顔にだって笑みを運ばずにはいられないようなイタズラを教えてくれたんだ。ドローンズの連中はみんな腹をよじって大笑いだった。もちろんコルク二個くらいはあるよね？」

「欲しけりゃ二十個だってあげるわ」

「よかった」僕はピンクの砂糖衣のかかったケーキをとった。「パーシーはそれでよしと。ほかの人材はどんななの？　トロッターとフローレンスのほかには誰かいるの？」

「まだいないわ。シドカップ卿とかいう人が明日ドロイトウィッチに塩水浴に行く途中でディナーに立ち寄るとかなんとかかってトムが言ってたけど。あんたその人のこと聞いたことあって？」

「一度もないな。その人物は僕には封印された書物に等しい」

「トムがロンドンで会ったとかいう人なの。どうやら古銀器についてはちょいとした目利きらしいわ。それでトムは自分のコレクションを見せたがってるの」

僕はうなずいた。この叔父は重篤な古銀器蒐集依存症患者なのだ。ブリンクレイ・コートとチャールズ街の彼の部屋はどちらも、僕だったらそんなモノを持ってるところを見られるくらいだったら死んだほうがマシみたいな物で一杯である。

「そのシドカップ卿ってのは、きっといわゆる美術通ってやつなんだろうな？」

「だいたいその線の何かだわね」

「ああ、蓼《たで》食う虫も好き好きとかそういうことだろ、ねえ？」

「明日にはボーイフレンドのチーズライト君がご到着だし、その次の日はダフネ・ドロアーズ・モアヘッドが来るわ。彼女は小説家なの」

「知ってる。フローレンスが話してくれた。その人から連載を取ったんだってね」

「そうよ。鉱山に塩を撒《ま》いとくには、実に賢明な手だと思ったの」

何のことやらわからなかった。この女性は謎掛けをしている叔母みたいに思えた。

「鉱山に塩を撒いとくって、どういう意味さ？　どういう鉱山のこと？　鉱山の話なんか聞いたのははじめてだな」

口の中がバタつきパンで一杯でなかったら、彼女はきっと舌をチッと鳴らしていたことだろう。というのは通路が開くやいなや、僕の物わかりの遅さに苛立《いらだ》ったというふうに、我慢ならぬげに話しだしたからだ。

「あんたってほんとに底知れないバカだわね、バーティーちゃん。あんた鉱山に塩を撒いとくって聞いたことないの？　公認の取引上の予防措置だわよ。クズ鉱山を持っててどこかのアホに売りつけたいってとき、あんたはそこに一オンスかそこら金《きん》を振り撒いといてそのアホにそこの資産価値を実地検分に来いって呼びつけるの。そのアホはやってきて金を見てこれこそ願ってもないシロモノだって思って小切手帳に手を伸ばすってこと。あたしもおんなじ原理でやってみたの」

僕はまだ五里霧中でいたから、そう述べた。するとこんど彼女は舌をチッと鳴らした。

「わかんないの、バカ？　あたしは『ブドワール』がトロッターに魅力的に見えるようにってあの連載を買ったの。あの男は、ダフネ・モアヘッドの作品が登場って予告を見て、ものすごく感銘を受けるのよ。〈ひゃあ！〉ってあの男はひとりごちるの。〈ダフネ・ドロアーズ・モアヘッド他だって！『ミレディス・ブドワール』ってのは、たいした雑誌にちがいないな〉って」

「だけどそういう人たちってのは、金を出す前に帳簿とか数字とか色々見たがるんじゃないの？」

「アナトールの料理を一週間かそれ以上食べ続けた後ならそうじゃないの。だからあの男をここに招待したのよ」


僕は彼女の意図を理解したし、またその論理は健全であると思われた。アナトールのランチやディナーには、人を蕩《とろ》かして冷静な判断力を弱らせるところがある。このところずっとそいつで腹一杯にしてきた後ならば、L・G・トロッターは薔薇《ばら》色の霧みたいな中を歩きまわり、ボーイスカウトみたいに小さな親切を右に左に振り撒きたくって仕方がなくていることだろう。あともう何日かこういう処遇を続けたら、奴はお願いだから言い値の倍額を受け取ってくれと彼女に懇願しはじめるはずだ。


「実に賢明だ」僕は言った。「うん、貴女《あなた》のやり方で間違いないと思うよ。アナトールはロニョン・オー・モンターニュを出してくれてるの？」

「それとセル・ダニョー・オ・レテュ・ア・ラ・グレックもね」

「それじゃあ間違いなしだ。拍手喝采以外はぜんぶ終了だ。だけどわからないところがあるんだけど」僕は言った。「フローレンスはラ・モアヘッドは、女流文筆家の中では一番値の張る連中の一人で、彼女に点線上にサインさせるよう同意させるには金の財布を盛大にうち振らなきゃならないんだって話してくれた。その点間違いない？」

「間違いないわ」

「それじゃあ一体全体」持ち前の明敏さで僕は言った。「どうやってトム叔父さんから必要額を引き出したのさ？　叔父さん今年は所得税を払ったんじゃないの？」

「払ったわよ。あの人の悲鳴はロンドンまでも聞こえたはずだわ。可哀そうなあの人。ああいうことがどんなにあの人を苦しめることかしら」

　彼女は真実を語っていた。トム叔父さんは退職するまで東方の豪商をやってどっさり稼ぎ、うんうんうなるほどおあしを持ちあわせているのだが、内国税徴収の地獄の番犬どもにそいつをさらわれて我が物にされることに根深い異論があるのだ。苦労してやっと稼いだ金と離れ離れにさせられた後、叔父さんは部屋の隅に縮こまって頭を抱え、破滅と社会主義立法の不吉な趨勢《すうせい》とこんな調子が続いたら我々はどうなることやらについて何週間もぶつぶつ言い続けるのである。

「どんなにか苦しむとも」僕は同意した。「途轍《とてつ》もなく苦悩する魂さ、そうだろ？　それなのに、にもかかわらず、貴女は叔父さんからちょっとしたひと財産にちがいない金額をうまいことせびり取った。どうやってやったの？　昨日の晩貴女が電話で言ってたことからすると、この頃の叔父さんはかつてないほど出し渋りムードでいるって印象を僕は得てる。貴女の話を聞いて僕の描いた心象風景は、耳を後ろに突き出して協力を拒む男の絵だ。バラムのロバ［『民数記』二二、二三］みたいにね」

「あんたにバラムのロバのことなんか何がわかるのよ？」

「僕かい？　僕はバラムのロバのことなら隅から隅まで知ってるんだ。ブラムレイ・オン・シーのオーブリー・アップジョン牧師の教育機関において生徒をやってた時代、僕は聖書の知識で賞を取ったことがあるって忘れたの？」

「ぜったいカンニングしたに決まってるわ」

「全然そんなことはない。僕の勝利は純然たる功績の結果だ。だけど、その話はいいから、どうやってトム叔父さんの財布から蛾《が》を追っ払うように仕向けたのさ？　石炭バケツにどっさり妻の策略が要ったにちがいないよ」

　僕は愛する叔母がクスクス笑いをしたなどとは言いたくはない。だが彼女の唇から発された音は、まぎれもなくクスクス笑いに酷似した音であった。

「ええ、あたしなんとかしたのよ」

「だけど、どうやって？」

「どうやってかなんて気にしないで、この疫病神の詮索好きのガキったら。あたし、なんとかしたんだわよ」

「わかった」その件はそれまでにして僕は言った。彼女は情報を漏洩《ろうえい》したくないのだと、何かが僕に告げたのだ。「それでトロッターとの取引の方はどうなってるの？」

　僕はむき出しの神経に触れてしまったらしい。彼女の唇からクスクス笑いが消え、彼女の顔色――すでに述べたように、いつも赤味がかっている――は、色相を深め、濃厚な藤紫色に変わった。

「あの男のクサレ内臓なんか水膨れすればいいんだわ！」かつてクウォーンやピッチリーのメンバー仲間を鞍上で痙攣《けいれん》的に跳び上がらしめた爆発性の熱を込めて、彼女は言った。「あの悪党野郎ったら、どうしたもんだかわからないの。アナトールのランチを九回とアナトールのディナーを八回胃液といっしょに腹に納めてながらよ、それでいて肝心の話に取り掛かるのを拒否してよこすの。あの男ったらもぐもぐ言ってね――」

「一体全体何のためにもぐもぐ言うんだろうね？」

「――それで口ごもるの。あの男、その話題を避けるの。あたし全神経を集中してあの男にざっくばらんな話をするよう仕向けてるんだけど、どうしても押さえつけられないの。あの男、イエスも言わないし、ノーも言わない」

「そんな歌があったな……いや、男じゃなくって〈彼女はイエスも言わないし、ノーも言わない〉［ジェローム・カーン作曲、ミュージカル『ザ・キャット・アンド・ザ・フィドル』（一九三一）の挿入歌］だったっけ。その歌なら風呂場でだいぶ歌ってるんだ。こういう曲さ」

　僕はリフレインを心地よいバリトンで演奏したが、アガサ・クリスティーを前頭骨後方に食らってやめにした。齢重ねた親戚は、B級西部劇映画に出てくる誰かみたいにお尻から火を噴いているように見えた。

「あんまりあたしを苦しめないで、ねえいい子のバーティーちゃん」彼女はやさしく言った。そして夢想らしきもののうちに落ち込んでいった。「あたしが何が問題だと思ってるかわかる？」夢想より目覚め、彼女は続けて言った。「あたし、あの男の非協力態勢はママトロッターのせいだと思うの。何らかの理由で、あの女はこの取引を成立させたくなくって、それであの男にだめって言ってるのよ。そうとしか説明のしようがないわ。あたしがアガサのところで会った時、あの人あとは諸条件を決めるだけみたいな言い方をしてたもの。だけどここ数日、あの男まるきり控え目になっちゃって、まるで上からの命令で動いてるみたいな様子なの。あんたがあの二人にディナーをおごった晩、夫の方は妻の踵《かかと》に踏みつぶされてるって印象を受けなかった？」

「ひどく受けたな。彼女が笑いかければ喜びのあまり感涙にむせび、彼女がしかめっ面をすれば恐怖にうち震えるってふうだった。だけどどうして彼女が『ブドワール』買収に反対しなきゃいけないんだい？」

「あたしに訊《き》かないでよ。完全な謎だわね」

「こっちへ来てから、彼女を怒らせたりなんかしてない？」

「ぜったいないわ。あたしずっと素敵な女主人でいるもの」

「だけどそういうことだ、ということだね？」

「その通りよ。まったくクソいまいましいったら、まったく！」

僕は同情するげにため息をついた。僕のハートは優しくできていて、痛みやすいのだ。それでこの愛すべき親戚がもしもしもしもしかしてと悲しがっている光景は、レンガ一トンどっさり分くらい僕の心を痛ませた。

「残念だね」僕は言った。「もっといい結果を望んでたのに」

「望んでたわよ」彼女は合意して言った。「モアヘッドの連載で大成功間違いなしって確信してたのに」

「もちろん彼はただよくよく考えているだけかもしれない」

「それはそうね」

「よくよく考えてる男ってのは当然にもぐもぐ言うものだ」

「口ごもりもする？」

「おそらく口ごもりもする。するなとは言えない」

われわれはL・G・トロッターのもぐもぐ言いと口ごもりの問題を詳細な分析に付し、考察をさらに一層深めていたはずだった。しかし、この瞬間ドアが開き、悩みやつれた顔が覗《のぞ》き込んできた。その顔は両サイドを短い頬《ほお》ひげによって、中心部をべっこう縁のメガネによって、美観を大きく損なわれた顔であった。

「ちょっとすみません」苦悩にゆがんだその顔は言った。「フローレンスを見かけませんでしたか？」

ダリア叔母さんは昼食後その光栄に浴してはいないと応えた。

「ごいっしょじゃないかと思ったんですが」

「いっしょじゃないわ」

「そうですか」依然ありとあらゆる感情を露わにしながらその顔は言い、後退を開始した。

「ヘイ！」消える寸前のその顔に向かってダリア叔母さんが叫んだ。彼女は机のところに行って淡黄色の封筒を取り上げた。「この電報が彼女宛にたった今届いたの。会ったらあの娘《こ》に渡してくれる？　それでせっかくここに来たんだから、あたしの甥っ子のバーティー・ウースターに会っていって頂戴な。ピカディリーの誇りよ」

うむ、僕が誰かを知ったら奴はつま先立ちして部屋中を踊ってまわるだろうと期待していたわけではないし、また奴はそうはしなかった。奴は僕に長々と、非難に満ちた表情をくれた。コックがゴキブリに殺虫パウダーを振り掛けるときに後者が前者を見るのと本質的に同じ目でだ。

「僕はウースター氏には手紙を送ったことがあります」奴は冷たく言った。「電話でも話しました」

奴は最後まで僕を非難するげに見た後、回れ右をして行ってしまった。ゴリンジ家の者がそうやすやすと忘れないことは明白だった。

「あれがパーシーよ」ダリア叔母さんが言った。

それくらいはわかったと僕は答えた。

「あの男が〈フローレンス〉って言うときの顔に気がついた？　激しい雷雨の中の瀕死《ひんし》のアヒルみたいだったわ」

「それと貴女が」僕のほうでも訊ねた。「〈パーティー・ウースター〉って言ったときのあの男の顔に気がついた？　飲んでたビールのジョッキの中に死んだネズミを見つけた男みたいだった。愉快な人物じゃあない。僕のタイプじゃないな」

「そうね。実の母親だって吐き気をこらえずには正視できないはずだって思うでしょう、どうよ？　ところがあの男ったらママトロッターの自慢の種なの。彼女はブレンキンソップ参事会員夫人を憎んでるのと同じくらい、息子のことを愛してるの。その晩のディナーのとき、彼女ブレンキンソップ参事会員夫人の話はした？」

「食事中何度かね。彼女はどういう人なの？」

「リヴァプール社交界における、ママトロッターの一番のライヴァルよ」

「リヴァプール社交界のライバルなんてものが存在するの？」

「もちろんするわよ。わんさとね。どっちがリヴァプール社交界の無冠の女王になるかをめぐって、トロッターとブレンキンソップは互角に鎬《しのぎ》を削り合ってるって聞いてるわ。ハナ差の叩き合いってことね。昔のニューヨーク上流階級の覇権をめぐる死闘の話で読んだような具合らしいわ。だけどあたしはどうしてこんな話をしてるのかしら？　あんたは夕焼け空の下、パーシーの後を追いかけてお得意の下ネタであの男を元気づけてやってるはずでしょ。あんた、下ネタの蓄えはどっさりあるんでしょうね」

「ああ、あるとも」

「それじゃあ行きなさいな、お若いの。親愛なる友よ、いまひとたび寄せ波に向かえ、いまひとたび。さもなくばわれら英国の死もてその壁を埋めん［『ヘンリー五世』三幕］。ヨーイックス！　タリーホー！　ハーク・フォーラード！」狩場の符牒《ふちょう》に立ち戻り、彼女は付け加えた。

　さてと、ダリア叔母さんが人に行けと言うならば、人は行くのである。何が身のためかをわきまえているならば、であるが。しかし広大な地平に向かいゆきながら、僕はまったく陽気な気分ではなかった。パーシーのあの表情は、彼が気難しい観衆となるであろうと僕に告げていた。ヴィントン・ストリート警察裁判所にての寄り合いの際、スティルトン・チーズライトのジョセフ伯父さんのうちに認めた厳格さの多くを、それは備えていた。

　したがって屋外に出て奴の姿がないことを知っての満足は少なくなかった。安堵《あんど》し、僕は追いかけっこをやめ、新鮮な空気を吸いながらあちらこちらを散策し始めた。それでまだたいして吸い込んでもいなかったのだが、と、奴がいて、僕の進行方向前方真正面のシャクナゲの茂みの周りをまわってまわっていたのだった。

10. パルナッソスの詩人

頬《ほお》ひげがなかったら、奴だとわかったとは思えない。ダリア叔母さんの私室に顔を突っ込んでよこしてからわずか十分くらいしか経《た》っていないはずだが、この短期間のうちに奴の外貌《がいぼう》は全面的に変化していた。ついさっき別れた時の、激しい雷雨に打たれ意気消沈したアヒル姿から、陽気で元気一杯な姿に奴は変貌を遂げていた。奴の様子は快活で、奴の笑みは明朗で、奴の態度物腰には、今にもタップダンスを踊りはじめそうな男の気配が少なからずあった。まるでフレディー・ウィジョンのコルク二個と糸ちょっぴりでやるイタズラを見て、少なからぬ時を過ごしてでもきたみたいにだ。

「やあ、ハロー、ウースター」奴は上ずった調子で叫んだ。まるでバートラム君にお目にかかれたお蔭様で幸せ一杯のご機嫌上々になれたと言わんばかりだ。「散歩かい、なあ?」

僕はああ僕は散歩をしているところだと言い、奴はそれ以上に賢明で立派な行動はとり得ないとでも思っているようににこにこ微笑《ほほえ》んでみせた。「実に聡明な人物だ、ウースターという男は」奴はこう言っているみたいだった。「彼は散歩をしているじゃないか」、と。

ここで短い会話の中断があり、その間奴は僕を好ましげに見つめ、ダンスのステップを試そうとするみたいにすいと足を滑らせた。それから奴は素敵な夕べだと言い、僕はその見解に賛同した。

「あの日没」奴は言い、それを指差した。

「実に見事だな」僕は同意した。地平線全体が光り輝くテクニカラーで燃え立っていたからだ。

「あれを見ていると」奴は言った。「この間『パルナッソス』誌に書いた詩を思い出す。ちょこちょこっと書いた小品なんだが、君は聞きたいんじゃないかなあ」

「ああ、聞きたいな」

「『日没のキャリバン』って題名だ」

「日没のなんだって？」

「キャリバンだ」

奴はこほんと咳払いをし、始めた。

おれは男と立っていた
日の落ちる様を眺めながら。
大気はざわめく夏の香に満ち
勇ましきそよ風が角笛のごとく歌っていた
燃え立つ西の空より
深紅色、紫鋼玉色、黄金色、暗褐色の空
そして藍玉よりも碧《へき》色なるはヘレンが瞳
彼女は座り

イリウムの都の高き塔から
眼下なるギリシャ天幕の暗く暮れゆく様を眺めいやる。
すると彼
わが傍らに立つこの男は
うすのろまぬけのけだもののごとあくび放ち
曰く。
「おおい、
あの夕日を見てると
一切れの
生焼けのローストビーフを思い出さないか？」

このモルソーというか断章の朗誦をより効果的にせんがため閉じていた目を、奴は開けた。

「辛辣《しんらつ》だな、もちろん」

「ああ、ものすごく辛辣だ」

「これを書いた時、僕はひどく辛辣な心持ちでいたんだ。チーズライトって名前の男は知ってるだろう。僕の念頭にあったのは、あいつのことだ。実際に僕たち二人して日没を見ながら佇《たたず》んだことはない。だがこれこそまさしくあいつが日没を見たら言いそうなことだって思ったんだ。僕の言う趣旨がわかってもらえればだが。僕の言うことは正当かなあ？」

「まさしく正当だとも」

「魂なしの土くれの塊だとは思わないか？」

「骨の髄まで魂なしだ」

「繊細な感情はなしだな？」

「皆無《かいむ》だとも」

「あいつのことをかぼちゃ頭のうすのろ野郎と述べるのは、正当だろうか？」

「まったく正当だ」

「そうだ」奴は言った。「彼女は幸運にも奴から逃れきった」

「彼女だって？」

「フローレンスさ」

「あ、そうか。何から幸運にも逃れきったんだって？」

　片手なべの中でポリッジが煮え立つみたいにぐつぐつうめきながら、奴はもの思うげに僕を見た。僕は観察と推論のできる男だ。それで奴がじゅわじゅわ音たてる様を見るにつけ、奴の身の上にごく最近、ふくらし粉みたいに奴をあわ立て、次の二つの選択肢――（a）その場に立ったまま破裂する（b）鬱積《うっせき》した感情を最初に出会った人物にぶちまける――以外にとる術《すべ》をなくすような何事かが起こったのは明白だった。おそらく奴にとっては最初にやってくる人物が非ウースター的属性を帯びた生き物であった方がもっとよかったのだろうが、しかし望むすべてを手に入れることなどできはしないのだし、自分は選り好みできる立場になぞないのだと我と我が身に言い聞かせたものと推察される。

　奴は選択肢（b）を選んだ。

「ウースター」僕の肩に手を置きながら、奴は言った。「質問してもいいかなあ。君の叔母上は僕がフローレンス・クレイを愛しているという話を、君にしたかい？」

「ああ、してくれたとも」

「そうじゃないかと思ったんだ。彼女は数多の素晴らしい美質を備えてはいるものの、いわゆる口の堅い女性じゃあないからな。僕はここに着いてすぐ、彼女に内密の話を打ち明けざるを得なくなった。なぜなら彼女は僕が死んだタラみたいな顔をしてうろつきまわってるのは、一体全体どういうわけかと訊《き》いたからだ」

「あるいはハムレットみたい、ってことだな？」

「ハムレット、あるいは死んだタラだ。その点の違いは重要じゃない。僕は彼女に、それは僕がフローレンスを焼き尽くすほどの情熱で愛していて、それなのに彼女があのうすのろ間抜けのチーズライトと婚約していると知ったからだと告白した。さながらそれは頭に破滅的な一打を食らったかのようだった、とだ」

「サー・ユースタス・ウィルビーみたいにだな」

「失礼、なんて言った？」

「『ピンクのザリガニの謎』だ。彼はある晩自宅の図書室でおツムをぶん殴られる。それで僕の意見じゃあ、犯人は執事なんだ。だけど、君の邪魔だったかな」

「ああ、邪魔だった」

「すまない。君は頭に破滅的な一打を食らったみたいだったと、言っていたところだったかな」

「その通りだ。僕はそのショックに動揺した」

「いやらしい衝撃だったことだろうな」

「ああそうだ。僕は驚愕《きょうがく》した。しかし、いまや……君の叔母上がフローレンスに渡すようにって僕に預けた電報のことは憶えているか？」

「ああ、あの電報だな」

「あれはチーズライトからだったんだ。あいつは婚約を破棄してよこした」

無論、僕にはこいつがショックで動揺しているときの姿がどんなかを知るよしもない。だがこの言葉を聞いて僕がしたのに勝るほどの仕事ぶりが奴にできたかどうかは疑問である。日没は僕の眼前でシミーを踊るみたいにゆらゆら揺れた。そして近くで晩ごはんのイモ虫を捕まえていた一羽の小鳥は、一瞬ちらちら揺れる二羽の小鳥たちに見えた。

「なんと！」僕は心の底から動揺し、咽喉をガラガラ言わせた。

「本当だ」

「奴が婚約を破棄したって？」

「まさしくその通り」

「ああ、なんてこった！　どうして？」

奴は首を横に振った。

「ああ、それはわからない。僕が知っているのは、厩舎《きゅうしゃ》の庭でフローレンスがねこの耳をくすぐってやってるところに会ったから近寄っていって、〈ほら、君宛の電報だ〉と言い、すると彼女は〈ほんとう？　きっとダーシーからだわ〉と言ったってことだけだ。僕がその名を聞いて身震いしている間に、彼女は封筒を開けた。そいつは長い電報だった。だが最初の何文字見るかどうかで、彼女は鋭い悲鳴を発したんだ。〈悪い報せかい？〉僕は訊いた。彼女の目はきらりと発光し、そのかんばせに冷たく、誇り高き表情が浮かんだ。〈全然そんなことはなくてよ〉彼女は答えた。〈素敵な報せだわ。ダーシー・チーズライトが婚約を破棄してきたの〉」

「ひゃあ！」

「〈ひゃあ！〉と言うのももっともだ」

「それ以上、彼女は何か君に言わなかったのか？」

「いいや。彼女はチーズライトについて一つ二つ辛辣なことを言い、僕は心底よりそれに賛同した。そして菜園の方向に大股に歩き去ってしまった。それで想像してもらえるように、雲の上を歩いてるような心持ちで僕はその場を離れた。俗語を使用する今日の傾向に僕は異を唱えるものだが、しかし思わずひとりごちていた言葉が〈ウーピー！〉であったと告白することを、僕は恥とは思わない。失礼、ウースター、行かなきゃならない。じっとしていられないんだ」

そしてこの言葉と共に、奴は野生馬みたいに飛び跳ねていってしまい、僕は一人ぼっちで状況の変化に直面しなければいけなくなった。

陰気な危機意識を覚えつつ、僕はそうしていた。それでももし読者諸賢が「だけど、どうしてさ、ウースター？　ぜんぶがぜんぶ順調じゃないか？　チーズライトとの結婚がだめになったとしたって、ここにはパーシー・ゴリンジがいて、白人の責務「世界を文明化する白人の責務というキプリングの言葉」を引き受けてくれようって準備万端血気盛んでいるんだから、何が問題だって言うのさ？」とおっしゃるならば、僕はこう答えよう。「ああ、だけど君はパーシー・ゴリンジを見たじゃないか」と。つまりだ、いくら反動のせいだといったって、自ら好き好んで頬ひげをはやし、日没に関する詩を書こうなんて男の求婚を、フローレンスが受け容れるとは思えない。むしろ僕には、デート相手がいなくなり、昔なじみのおためし済みの相手――すなわち哀れなバートラム君――にふたたび手を伸ばそうというほうが、ずっとありそうに思えるのだ。前にもそういうことはあった。またこういうことは習慣になりがちなものだ。

スティルトンのこういう不規則走行を引き起こしたのがいったい何であるのか、僕には想像もつかず途方に暮れていた。まるでわけがわからない。ご記憶でおいでだろうが、つい先だって会った時には、奴は愛がその絹の足枷《あしかせ》を結びつけたる者の特徴を十全に表していた。別れ際の僕らのおしゃべりはすべてこの点を疑いようのないまでにありありと指し示していた。まったくなんてこったである。つまりだ、当該クソいまいましい女の子に気まぐれの恋以上の感情を持っているのでなければ、俺の愛する女性をちやほやしたら貴様の背骨を四つにへし折ってやるなどとは言わないものだ。

であるならば、愛のともしびを消したりなんとかするような、いかなることが奴の身の上に起こったのであろうか？

あの口ひげを生やすことの緊張が、奴にとってはあまりにもあんまり過ぎたということだろうか、と、僕は自問した。三日目あたりに鏡に映った自分の顔を見てしまい――三日目というのはいつだって危険な時だ――結婚のよろこびなんかじゃあ、とってもこんな真似は引き合わないと思ってしまったのだろうか？　愛する女性と無毛の上唇のどちらを選ぶかと求められて奴は決断を下し、結果、唇の方が圧倒的な地滑り的大勝利を収めてしまったということとなのだろうか？

内部情報は馬の口から直接聞こうとの意図をもち、僕は菜園に急ぎ向かった。もしパーシーの言うことが確かなら、そこにはおそらくフローレンスがいて、首をうなだれて行ったり来たりしているはずなのだ。

彼女は首をうなだれてそこにいた。しかし行ったり来たりはしていなかった。彼女はスグリの茂みにかがみ込み、神経を張りつめさせた体《てい》でスグリを食べていた。僕を見ると彼女は身体をまっすぐに起こし、僕は前置きなしでレス、というか本質に切り込んだ。

「パーシー・ゴリンジから話は聞いた。いったいどういうわけだ？」僕は言った。

彼女は情熱をたぎらせたふうにスグリをごくんと呑み込み、その様は激しくかき乱された魂のありようを物語っていた。そして僕には、パーシーの言葉から予期されたとおり、彼女が濡《ぬ》れたメンドリよりも怒り狂っているのがわかった。彼女の顔つきは、一年分のドレス代のお小遣い全額そっくりダーシー・チーズライトの頭をパラソルでぶん殴る特権に使いたいという女の子の顔であった。

僕は続けて言った。

「リュートの中に亀裂が生じた［テニスンの詩「マーリーンとヴィヴィアン」］と、奴は言っていた」

「何のことかしら？」

「君とスティルトンのことだ。パーシーによれば、リュートは元のリュートじゃない。スティルトンが婚約を破棄したと、奴は言った」

「そうよ。もちろんあたくし、よろこんでいるわ」

「よろこんでるだって？　君はこの状況が気に入ってるのか？」

「もちろんだわ。ピンク色の顔と自転車ポンプで膨らませたみたいなでか頭を持った男から予期せず解放されて、よろこばない女の子がいると思って？」

僕はひたいを押さえた。僕は明敏な頭脳の持ち主である。僕にはこれが愛の言葉ではないことがわかったのだ。つまりだ、ジュリエットがロミオについてそんなことを言うのを聞いたら、人は憂慮のあまりすばやく眉《まゆ》を上げ、いったいこの若いカップルは大丈夫なのかといぶかしく思うことだろう。

「だけど君が奴に最後に会った時には、ぜんぶがぜんぶ完璧にオーケードーキーらしかったじゃないか。どんなにいやいやだとしたって、奴は口ひげを生やすって納得したんじゃないか」

彼女は身体をかがめ、またスグリを食べた。

「口ひげとは関係ないわ」ふたたび身体を浮上させると、彼女は言った。「ぜんぶがぜんぶ、ダーシー・チーズライトが低級で愚劣でぐずぐず這《は》いまわってうねうね這い歩いてコソコソくねりまわって辺りをうかがってまわる見下げ果てたイモ虫だってせいなの」彼女は食いしばった歯の間から発声しながら、言葉を続けた。「あの男が何をしたかわかって?」

「見当もつかない」

彼女はまたもやスグリを食べて気持ちをすっきりさせ、鼻孔から火炎のごとく息をしながら上層大気中に浮上した。

「あの男、昨日あのナイトクラブにこっそりでかけていって調査したの」

「ひゃあ、なんてこった！」

「そうよ。一人の人間に、そこまで品位を落とそうがあろうだなんて思ってもみないじゃないの。だけどあの男は人を金で釣ってウェイター頭の予約帳を見る許可をもらってあの晩あなたの名前でテーブルが予約されてたって究明したんだわ。それであの男の下等な疑念が確認されたの。あの男はあたくしがあなたといっしょだったってことも知っているわ。きっと」スグリの茂みにかがみこんで「警察官なんかをしていると、あんなふうに下劣で、人のことを嗅《か》ぎまわるような心性の持ち主になるんだわね」

僕は愕然《がくぜん》としたと述べたとて、けっして過言ではない。それだけではない、僕はびっくり仰天していた。スティルトンみたいな間抜け顔の脳たりんに、こんなにも超人的なスケールの探偵仕事ができようだなんて、僕には驚くべき大発見だったのだ。むろん僕は奴の体格にだったら、いつだって一目置いている。だが雄牛を一撃で打倒する能力は、多かれ少なかれ奴のことをそれでおしまいにしていると思ってきたのだ。一瞬たりとも僕は、エルキュール・ポアロをして息を呑《の》ましめ、「なんてこった、ホー！」と言わしめるような推理能力があいつにあろうだなんて思ってもみなかった。これでつまりその人物がオールを川に突っ込んでは引っ張りあげることに血道をあげて人生を費やしてきたからといって、またそんなのは思いつく限り最高にバカバカしい時間のつぶし方であるからといって、そいつを過小評価してはならないことがわかろうというものだ。

フローレンスが言ったように、こういうまったく想定外の狡猾《こうかつ》さは、たとえほんの短い期間であったとはいえ、奴が警官隊にいたことの結果だろう。ぺえぺえの新人に制服と制靴が支給される際には、トップ連中はそいつを脇へ呼び出し、そいつが自ら選んだ職業において役に立つはずのことをいくつか教えてやるのだ。明らかにスティルトンはその教えをきちんと守り、おそらく血痕を測定したり葉巻の灰を採集したりなんてことが、知らず知らずのうちにできるようになっていたのだろう。

しかしながら、本状況の同局面に対し、僕はほんの束の間注目したに過ぎない。僕の思考ははるかに大きな重要性と重大性〔『ハムレット』三幕一場〕――ジーヴスならこう言ったことだろう――を帯びた事柄に集中していた。僕が言っているのは――今やすべてご了解いただけよう――かなり厄介さを増したと思われる、B・ウースターの立場、のことだ。スグリに満腹したフローレンスはその場を立ち去ろうとし、僕は鋭い「ホーイ！」でもって彼女を引き止めた。

「あの電報だけど」僕は言った。

「そのお話はしたくないの」

「僕はしたい。僕のことは何か書いてあった？」

「ええ、たくさんあったわ」

僕は何べんか息を呑み込み、カラーの内側を指でなぞった。あるかもしれないとは思っていたのだ。

「奴は僕に対してしようって計画について、何かほのめかしていたかい？」

「あなたの背骨を五つにへし折るって言ってたわ」

「五つだって？」

「五つと言ってたと思うわ。あなたあの男にそんなことさせちゃだめよ」フローレンスは熱を込めて言った。また彼女がそれに否定的なのは、むろん嬉しいことだった。「背骨をへし折るですって！　そんな話、聞いたことないわ。あの男、恥を知るべきよ」

そして彼女は二日酔いの朝の悲劇の女王みたいに歩きながら、家の方向に去っていった。

ジーヴスが明滅する光景と呼ぶのを聞いたことがある景色〔トマス・グレイ「墓畔の哀歌」〕はいまや色を失い、ディナー前の着替えの銅鑼《どら》が打ち鳴らされる時間になろうとしていた。アナトールのディナーに遅刻するなんて真似がどんなに無分別かを僕はじゅうじゅう承知していたが、それでも部屋に入って夜会用の礼装に着替えようという気分には、どうしたってなれなかった。いろんなことで頭の中があんまりにもいっぱいで、僕は茫然自失状態でその場に留まっていた。有翼の夜の生き物たちがくるくる飛んで集まっては僕を見物し、くるくる飛び去っていったが、僕はじっと考え込んだまま微動だにせずにいた。ダーシー・チーズライトみたいな凶悪漢につけ狙《ねら》われている男は、考えうる限りのことを考えておく必要があるのだ。

　そしてそれから、まったく突然、僕を取り巻く世界中が炭鉱みたいに真っ暗闇の夜のとばりの間から、かすかな明かりが兆《きざ》しだした。それは地平線全体を照らしながら拡がり、そして僕にはわかってしまったのだが、全般的に見て、僕の立場はご安泰だ。

　ご理解いただけよう、今この時まで僕が気づかずにいたのは、僕がブリンクレイにいるなんてことをスティルトンはこれっぽっちも知らないという事実だ。僕は帝都にありと思い込んでいるからには、奴が捜査網を張るのはロンドン内部の話だ。奴は僕のフラットを訪れ、ベルを鳴らし、返答がないのに途方に暮れて立ち去ることだろう。奴は僕が立ち寄ると思ってドローンズに入りびたる。やがて僕が立ち寄らないものだから、またもや途方に暮れてそっと立ち去ることだろう。「彼《か》の人来《きた》らず」［テニスン「シャロット姫」］と、奴は言うことだろう。間違いなく歯を軋《きし》らせながらだ。それで歯軋りなんかしたって、どうなるものでもない。

　それでもちろん、こうなってしまったからには、奴がブリンクレイを訪れる可能性は皆無だ。婚約を破棄した男は、相手の女の子がいるとわかっている田舎の邸宅にのこのこでかけてゆくものではない。うむ、つまりまさかそんなことはあり得ない。奴が来られないのは当然だ。もし現在この世の中に金輪際《こんりんざい》完全にチーズライトなしという場所がひとつあるとしたら、それはウースターシャー州ブリンクレイ・クム・スノッズフィールド・イン・ザ・マーシュ、ブリンクレイ・コートである。

大いに安堵《あんど》し、僕は脚を持ち上げて唇に歌もて部屋へと急いだ。ジーヴスがそこにいて、現実にストップウォッチを持っていたわけではないものの、明らかに若主人様の遅刻にちょっぴり首を横に振っていた。僕が入っていくと、彼の左の眉毛が目に見えて震えた。

「ああ、わかってる。遅くなった、ジーヴス」服を脱ぎながら僕は言った。「散歩に行ってたんだ」

彼は寛大にその説明を受け容れた。

「たいそうごもっともなことでございます、ご主人様。今宵ほどにうつくしき晩には、あなた様におかれましてはきっと庭園ご散策をお楽しみでおいでのことであろうと愚考いたしておりました。ただいまチーズライト様に、あなた様ご不在の理由はおそらくそれゆえであろうと申し上げたところでございます」

11・背骨存亡の危機

シャツを半分脱ぎかけ、半分は着たまま、僕は昔のおとぎ話に出てくる、魔法使いに不用意な口のきき方をして呪《のろ》いをかけられた男みたいに凍りついていた。僕の耳はワイヤーヘアードフォックステリアの耳みたいに立ち上がり、また僕には自分のこの耳がまるきり信じられなかった。

「チャーチ氏、と言ったか?」僕は震える声で言った。「なんだって、ジーヴス?」

「さて、ご主人様?」

「君の言ってることがわからないんだ。君は……君は僕に……君は本当にスティルトン・チーズライトがこの家屋内にいると断言するのか?」

「はい、ご主人様。チーズライト様は先ほどお車にてご到着あそばされました。こちらにてお待ちでおいでのところにお目にかかりました次第でございます。あの方はあなた様とご会見されたき旨ご要望あそばされ、あなた様のご不在が続くことにご立腹のご様子でいらっしゃいました。やがて晩餐《ばんさん》の時間間近に迫り、この場をお離れあそばされたものでございます。ご発言より、お食事終了後あなた様とご接触をおとりになられたき由と理解いたしました」

僕は無言でシャツに手を入れ、ネクタイを結びはじめた。僕は震えていた。いくらかは不安から、またいくらかは当然の義憤からだ。これはちょっとあんまり過ぎると思ったと述べたとて、事実の歪曲《わいきょく》にはならない。つまりだ、ダーシー・チーズライトががさつな男だとは承知している。パーシーが言ったとおり、夕陽を見たって生焼けのローストビーフとの類似性くらいしか見出せないような脳たりんだ。しかし、いくらががさつな脳たりんだとて、一定量のデリカシーやら真っ当な感情やら何かしらを持っていてくれるものと期待する権利が人にはある。こんなふうにフローレンスと婚約解消しておいて、その一方で自分との交際を彼女に押しつけてくるだなんてやり方は、繊細な感情を持ち合わせた男ならば誰だってそう思うだろうが、僕にはあんまりにもぎりぎり限界な行為だと思われた。

「あるまじき行為だ、ジーヴス！」僕は叫んだ。「あのカボチャ頭の間抜けには、何が適切かって意識がないのか？　あいつには気配りとか分別ってものがないのか？　まさしく今月今夜、電報を通じ――また僕にはそいつがクソ電報だと信じるありとあらゆる理由があるものだが――奴はレディー・フローレンスとの関係を険悪化させたということを、君は知っているのか？」

「いいえ、ご主人様。管見《かんけん》の接する限りではございません。チーズライト様はわたくしにお打ち明けくださいませんでしたゆえ」

「奴はこっちに向かう途中で郵便局に立ち寄って電報を書いたにちがいないんだ。だって奴が着くよりそんなに前じゃない時間に、そいつは到着したんだからな。そんな真似を電報でやって、郵便局員に空前絶後って大笑いをくれてやるなんて話を考えてもみるんだ。その上厚顔無恥にもこの家に上がり込もうだなんて！　ご丁寧にクリームソースまで添えて盛り付けしてくれてるようなもんじゃないか、ジーヴス。きつい言い方をしたくはないんだが、だがダーシー・チーズライトを言い表す言葉はひとつしかない――〈野暮天〉って言葉だ。君は目をむいて何を見ているんだ？」彼の目が意味ありげに僕の上に釘付けされているのに気づき、僕は訊《き》いた。

彼は静謐《せいひつ》な厳格さでもってこう言った。

「あなた様のネクタイでございます。残念ながら、合格レベルに達してはおりません」

「いまはネクタイの話なんかをしている場合か？」

「はい、ご主人様。完璧なるバタフライ・ノットを目指すべきところ、あなた様におかれましてはそれをご達成ではいらっしゃいません。お許しをいただけますならば、わたくしがご調整申し上げましょう」

彼はそれをし、また実に見事な仕事をしてくれたと言わねばならない。だが僕はじりじり苛立《いらだ》ち続けていた。

「わかってるのか、ジーヴス、僕の命が危機にさらされているってことが？」

「さようでございますか、ご主人様？」

「そうだとも。あのソーセージ野郎……僕はG・ダーシー・チーズライトのことを言っている……ときたら、僕の背骨を五本にへし折ろうとの意図を公式に宣言したんだ」

「さようでございますか、ご主人様？　何ゆえにでございましょう？」

僕は事実をつまびらかにした。そして彼は現状況は不快であるとの見解を明らかにした。

僕はとっておきの目で彼をにらんでやった。

「そこまで言ってくれるのか、ジーヴス」

「はい、ご主人様。きわめて不快でございます」

「ホー！」僕は言った。スティルトンの台詞《せりふ》をちょっぴり拝借してだ。それでおそらくいまだかつて人類が直面したことのない史上最大の悲惨なこんがらがりを述べるのにもっといい言葉が君に思いつかないならば、僕としては喜んで進んで自腹を切ってロジェの類語辞典を提供しようと言ってやろうとしたところで、銅鑼《どら》が鳴り、僕は飼い葉桶を求めあわてて走り去らねばならなくなった。

ブリンクレイ・コート滞在初日のそのディナーを振り返るに、それがこれまで席を連ねたうちで最も快適な会合のひとつであったとは思わない。状況を考えるならば皮肉なことに、深鍋と浅鍋の魔術師アナトールは最大至高の力を発揮してみせてくれていた。僕の記憶が正しければ、彼は一同に、以下の料理を提供した。すなわち、

ル・フレッシュ・キャヴィア
ル・トマトのコンソメ
レ・ザリガニのクリーム煮シルフィード風
レ・ワカサギ唐揚げ
ル・なんとかドリのポテトチップ添え
ル・アイス・クリーム

そしてもちろん、レ・フルーツとル・カフェもだ。だがこれらみんなで力を合わせてウースター頭に与えてくれた印象は、あれはコーンド・ビーフ・ハッシだったのかもしれないなあ、というもの

だった。パーシーが毎食配給時にそうするとダリア叔母さんが言ったように、僕も手をつけずに皿を押し返したとは言わない。だが一連のコース料理は僕の口中で灰に転じた。テーブルの向かい側に座ったスティルトンの姿が、僕の食欲を鈍らせたのだ。

たんに気のせいだと思うのだが、最後に会った時より、奴は上方向にも両横方向にもいちじるしく成長を遂げたように見えたし、サーモン色をした奴の顔にほの見える表情は、奴の心のうち――奴のそれを心と呼んでいいとしてだが――を占めている思いが何であるかをあまりにも明々白々に表していた。奴は食事中、八回から十回は僕に怒りの表情を向けてよこした。だが冒頭に、後で僕と話がしたいという趣旨の発言をした他は、話しかけてはこなかった。

また、その件について言うなら、奴は誰にも話しかけなかった。奴の態度物腰は徹頭徹尾、耳の聞こえない殺人狂のラバのそれだった。奴の右側に座ったトロッター雌は、近頃の教会バザーにおけるブレンキンソップ参事会員夫人の疑問の余地ある行動に関する大河ドラマでもって奴を喜ばせようと骨を折ったが、奴の反応は相変わらず――パーシーならばこう言ったことだろうが――何か頭のめぐりの遅い間抜けな動物みたいに口をぽかんと開けて彼女を見つめ、黙って食料をむさぼり食らうに留まっていた。

ほとんどしゃべらず、冷たく誇り高い顔をしてパンを丸めるだけのフローレンスの隣に座り、この祝宴の間、僕にはどっさりものを考える暇があった。それでコーヒーがやってくる時までに、僕は計画を立案し、戦略を完成させていた。やがてダリア叔母さんが手弱女《たおやめ》らの引き上げ時の笛を吹き、男たちにはポートワインの時間としたところで、僕はご婦人方のご退場を奇貨としてフランス窓を通って庭に抜け、先行隊が敷居をまたぐより先に広大なる地平に到着していた。この賢明なる動きがスティルトンの唇にしゃがれた叫び声を発さしめた否か、僕には確言できない。だが通りすがりの岩につま先をぶつけたシンリンオオカミの遠吠えみたいな声が何やら聞こえたような気がする。わざわざ戻って何か言ったかと奴に訊ねたりはせず、僕は広々とした庭園内へと前進した。

もし状況が違っていたら――むろんぜんぜん違っていなかったわけだが――こういう食後のそぞろ歩きから、僕は少なからぬよろこびを享受したことだろう。つまり大気はざわめく香気に満ち、星々の盛大に散りばめられた天空よりは勇ましきそよ風が角笛みたいにうなりをあげていた。だけど星々に照らしだされた庭園を鑑賞するためには、相当穏やかな気分でいる必要があるわけだし、僕の心は穏やかとははるかほど遠い状態にあったわけだ。

どうしたらいい？　と、僕は自問し続けた。だいじな背骨を無傷で守りきるための賢明なる方策は、明朝一番に僕のツーシーターに乗り込んで、大いなる地平に向けてホー！　と出発することだと思われた。背骨をイン・スタトゥ・クオというか現状に維持するためには、胸のむかむかするようなコソついた真似をやることが必要らしい。つまり最大限の不断の努力によってのみ、スティルトンから逃げおおせて奴の邪悪なたくらみを挫《くじ》くことが可能となるのだから。僕はこれから若い雄ジカだか雄ノロジカだったかが香草の生える丘の上を駆け抜けるがごとく［『雅歌』八・十四］、と、前にジーヴスが言うのを聞いたみたいにしてかなりの時間を過ごすことを余儀なくされるのだろうし、またウースター家の者は若年だろうが年配だろうが、雄ジカとか雄ノロジカなんかのレベルに身を落とすことには不快の思いを抱くものだ。我々には我々のプライドがある。

僕は明日になったら山頂の雪のごとく解けて消えてしまってアメリカかオーストラリアかフィジー島かどこかへしばらく行ってしまおうとの決意に達したところだった。と、ざわめく夏の香気が強烈な葉巻の香りで一層増幅され、ぼんやりした人影が近づいてくるのが見えた。スティルトンだと思って若い雄ジカだったか雄ノロジカの行動様式をちょっぴりとるべく身構えた緊迫した一瞬の後、誰かがわかった。トム叔父さんがいつもの夜のぶらつきをやっているだけだった。

トム叔父さんは庭をぶらつくのが大好きな親爺《おやじ》さんだ。白髪まじりの頭とクルミみたいな顔をして――いや、今の話に何か関連があるというわけではない、もちろんだ――ついでだから話しているだけに過ぎない――低木の茂みや花々の間を朝に宵に歩くのが好きなのだ。特に夜歩くのが好きだ。というのは叔父さんはちょっぴり不眠症を患っていて、部族の呪術医が、寝る前に新鮮な空気を吸うことで安息感が得られると彼に言ったからだ。

僕を見ると叔父さんは本人確認のため立ち止まった。

「バーティー、坊主かい？」

僕はその点を真実と認め、彼は煙をぷかぷか吹かしながら僕の隣にやってきた。

「どうしてあわてて出ていったんじゃ？」食堂から消えた時の素早いアヒルの真似を指して、叔父さんは訊《き》いた。

「いやー、ちょっとそうしようかと思って」

「ふむ、とはいえたいして見逃したこともない。なんて連中じゃ！　あのトロッターって男にはうんざりするわい」

「ああ、そう？」

「あいつの義理の息子のパーシーにはうんざりするわい」

「ああ、そう？」

「それでチーズライトって男にもうんざりじゃ。みんながみんなわしをうんざりさせる」トム叔父さんは言った。彼は第一幕に登場する陽気な宿屋の主人みたいなホスト役ではないようだ。彼は自宅内にいる客人の少なくとも九十四パーセントをあからさまな嫌悪の念もて見やり、ほとんどの時間を連中を避けようとして費やしているのだ。「誰がここにチーズライトを招いたんじゃ？　ダリアだろう。だがなぜかはけっしてわからん。地獄に落ちた有害若造じゃ、もしそんなもんがいるとしてじゃがの。だがダリアはこういうことをするやつなんじゃ。前にはあれの姉のアガサを招待したことすらあったくらいだからの。ダリアと言えばじゃが、バーティー、なあ坊主や、わしはダリアが心配なんじゃ」

「心配？」

「たいそう心配しておる。何か心配事があるにちがいないんじゃ。お前、こっちに着いてから、ダリアの様子がおかしいとは思わんかったかの？」

僕は考え込んだ。

「いや、そうは思わないけど」僕は言った。「だいたいいつもとおんなじ様子に見えるけどなあ。おかしいっていうのは、どういう意味？」

トム叔父さんは心配げに葉巻を振り立てた。彼とわが叔母は、愛情に満ちた、なかよし夫婦なのだ。

「たった今のことじゃ、ダリアの部屋に行っていっしょに外を歩かんかと訊ねたんじゃ。ダリアは行かない、なぜなら夜外に出るといつも蛾《が》やら小バエやら何やらを吸い込んでしまうし、重たいディナーの後でそんなものを飲み込むのは身体によくないと思うからと言った。それからわしらはあれやらこれやらをぺちゃくちゃしゃべくって、と、突然ダリアが気を失いそうな有様になったんじゃ」

「卒倒したってこと？」

「いや、実際に卒倒したわけじゃあない。垂直に直立してはいた。だが彼女はふらふらよろめき、頭のてっぺんを手で押さえておった。幽霊みたいに蒼《あお》ざめて見えた」

「変だなあ」

「実に変だ。心配なんじゃ。ダリアのことを思うと心配でならん」

僕は考え込んだ。

「何か叔父さんの言ったことのせいで、うろたえてるってことはない？」

「あり得んの。わしの銀器のコレクションを見に明日やってくるシドカップって男のことを話していたんじゃ。お前は一度も会ったことはなかったの？」

「うん、ないな」

「間抜けのバカもんじゃ」周囲の人間の大半を間抜けのバカもんと考えているトム叔父さんは言った。「しかしどうやら古銀器やら装身具やらについてはたいそうな物知りであるらしい。いずれにせよ有難いことにあいつはディナーに寄るだけじゃからの」もてなしの心に満ちた持ち前の言い方で彼は付け加えた。「だがわしはお前の叔母さんの話をしていたんじゃったの。彼女はよろめき幽霊みたいに蒼ざめていたと話していたところじゃった。実際のところ、彼女は働きすぎなんじゃ。あの『マダムズ・ナイトシャツ』だったか何だったか、あの新聞じゃな。あれが彼女を疲労させて影のようにさせとる。まったくバカな話じゃわい。あれをあのトロッターに売り払って厄介払いができたら、ありがたいこった。彼女を疲労させて影のようにさせるばかりか、わしにはひと財産使わせおる。金、金、金、きりがないんじゃからのう」

それからトム叔父さんはひとしきり、少なからぬ熱を込め、所得税と付加税について語り、いずれ近いうちにパン配給所の列で会おうと暫定的な約束をした後、夜陰に消えていった。そして僕は、いまや夜も更けたことだし部屋に戻っても安全だろうと思い、そちら方面へ向かった。

気持ちがいくらかゆったりしてくるにつれ、僕はトム叔父さんがダリア叔母さんについて話してくれたことをまた思い返していた。皆目《かいもく》わからなかった。むろんディナーの時、僕は頭が一杯で上の空だった。だがたとえそんな具合でも、叔母さんが衰弱性の病気か何かの捕らわれになっている様子を見せていたら、それと気づいたはずだ。僕に思い出せる限り、彼女はいつもの元気と活力でもってメニューにあったさまざまな料理を貪り食っていたようだった。だがトム叔父さんは叔母さんを幽霊みたいに蒼ざめて見えたと言った。叔母さんみたいに赤ら顔の人には、なかなか大変な手間のいる話だ。

謎めいている、とは言わないまでも、変だ。

僕はこの件についてまだまだ思いにふけっており、それで『ピンクのザリガニの謎』に出てくる探偵のオズボーン・クロスだったらどうしただろうかと考えていた。と、ドアの取っ手が回転して僕はハッと瞑想《めいそう》から覚めた。それからドア板を強烈に打ち据える音が続き、それで僕は夜の一休み前に施錠した自分はなんと賢明であったことかと感じ入ったのだった。つまりただいま聞こえてきた声は、スティルトン・チーズライトの声であったからだ。

「ウースター！」

僕は読もうとしていた『ザリガニ』を置いて立ち上がり、鍵穴に唇を当てた。

「ウースター！」

「よし、わかった。わが友よ」僕は冷たく言った。「今やっとお前の声が聞こえたところなんだ。用件は何だ？」

「お前と話がしたい」

「ふん、そういうわけにはいかないんだ。僕をほっといてくれないか、チーズライト。一人でいたいんだ。ちょっと頭痛がするんでね」

「俺が取り掛かったら、ちょっとの頭痛じゃすまない」

「ああ、だがお前に取り掛かってもらうわけにはいかないんだ」僕は賢明にも当意即妙の答えを発し、それから椅子のところに戻って文学研究を再開した。あいつを論争で負かしてやったことを心地よく意識しながらだ。奴は僕の名誉を毀損《きそん》するようなことをいくつか言い、もうちょっとドアをばんばんやったり取っ手をガチャガチャさせた後、とうとう立ち去ってくれた。間違いなく恐ろしいのろいの言葉を吐きながらだ。

ドアにまたノックの音がしたのはそれからだいたい五分後のことだった。こんどはものすごく優しく奥ゆかしい音だったから、僕としてはそいつが誰の手になるものか識別するのに苦労はなかった。

「君か、ジーヴス？」

「はい、ご主人様」

「ちょっと待ってくれ」

彼を入室させるために部屋を横切りながら、下半身が切り身にされたみたいにがくがくしているのに気づいて僕は驚いた。先ほどの客人との口頭の果し合いは、思っていた以上に僕を動揺させていたのだ。

「たった今スティルトン・チーズライトの訪問を受けたところなんだ、ジーヴス」僕は言った。

「さようでございますか、ご主人様。ご結果はご満足のゆくものであったと信ずるところでございますが」

「ああ、僕はあのバカモノを途方に暮れさせてやったんだ。あいつは何の障害もなく僕の聖域に潜り込めるものと思い込んでたらしいが、ドアに鍵が掛かってるってわかってすっかり愕然《がくぜん》としたみたいだった。だがこの出来事は僕をちょっぴり弱らせたから君がウィスキー・アンド・ソーダを持ってきて僕を助けてくれたら、すごくうれしいんだ」

「かしこまりました、ご主人様」

「僕としてはそいつを正しいやり方で調整して欲しい。いつか君が話していた十人力とかいうご友人は誰だったかな」

「ギャラハッドなるお名前の紳士様にございます。しかしながらその方をわたくしの友人とご想定あそばされる点で、あなた様は思い誤りをされておいででいらっしゃいます。彼は故アルフレッド・テニスン卿の詩の登場人物でございます」

「その点は重要じゃない、ジーヴス。僕が言わんとしていたのは、そのウィスキー・アンド・ソーダの強さは十人力にしてもらいたいということだ。調整の際には躊躇《ちゅうちょ》なしでやってもらいたい」

「かしこまりました、ご主人様」

彼は救難の使いへと旅立ち、僕はふたたび『ザリガニ』に専念しはじめた。しかし手掛かりを収集し、容疑者に尋問を開始するかどうかのところで、僕の読書はまた中断された。握りこぶしでばんばんドアを叩く音が不快に轟《とどろ》き渡った。この訪問者をスティルトンだと思い、僕は立ち上がって先ほどと同じく鍵穴から奴を叱責《しっせき》してやろうとした。と、外界よりあんまりにもみずみずしく精力一杯で、猟犬とキツネの間で物事を学んだ人物の口より発声されたものでしかあり得ない絶叫が聞こえてきた。

「ダリア叔母さん？」

「ドアを開けなさい！」

僕はそうした。すると彼女は突入してきた。

「ジーヴスはどこ？」叔母さんは訊いた。明らかに大変興奮した様子だったから、僕はかなり警戒して彼女を見た。トム叔父さんがよろめいていたと述べた後であるから、僕としてはこの熱性の動揺が気に入らなかったのだ。

「どうかしたの？」僕は訊いた。

「もちろんどうかしたわよ、バーティー」長椅子に沈み込み、今にも泡をぶくぶく吹きだしそうな有様で、齢《よわい》重ねた親戚は言った。「お手上げなの。ジーヴスだけが家庭内であたしの名が泥にまみれるのを救ってくれられるのよ。早いことあの野郎をお出しなさいったら。そして彼に空前絶後って勢いで、脳みそを働かせてもらいましょう」

12. 贋の真珠

僕は彼女の頭のてっぺんをやさしくぽんぽん叩いて落ち着かせてやろうとした。「ジーヴスはすぐに戻るからね」僕は言った。「そして魔法の棒の一振りで、間違いなくすべてを解決してくれるんだからね。ねえ、話してよ、わが震えるポプラの君。何がそんなに問題なの？」

彼女は手負いのブルドッグの仔犬みたいに息を詰まらせた。叔母というものがこんなに神経質な姿を見せるのは、およそ稀有なことだ。

「トムのせいなの！」

「その名の叔父さんのこと？」

「いったいぜんたいこの界隈《かいわい》にトムが何人いると思って？」常の力強さを回復し、彼女は言った。

「そうよ、トーマス・ポーターリントン・トラヴァース、あたしの夫よ」

「ポーターリントンだって？」僕は言った。ちょっとショックを受けていた。

「たった今あたしの部屋によたよたやってきたの」

僕は知的にうなずいた。トム叔父さんがそうしたと話していたのを思い出したのだ。ご記憶の通り、それは彼女が手を頭に押しつけているのを彼が見た時のことである。

「わかった。うん、そこまでは了解。場面、貴女《あなた》の部屋。貴女が座っている姿が見える。トム叔父さんよたよたと登場。それからどうしたの？」

彼女はしばらく沈黙していた。それから彼女としては静かな声で話しはじめた。つまりどういうことかというと、マントルピース上の花瓶はがたがた言ったものの、天井から漆喰《しっくい》は落ちてはこなかったということだ。

「ぜんぶ話した方がいいわね」

「そうしてよ、親愛なるご先祖様。何であれ胸からぜんぶ吐き出したほうがいいよ」

彼女は二匹目の手負いのブルドッグの仔犬みたいに息を詰まらせた。

「長い話じゃないわ」

「よかった」僕は言った。遅い時間だったし多忙な一日を過ごした後だったからだ。

「夕方あんたがこっちに着いた後、あたしたちが話してたこと憶えてるでしょ……バーティー、あんたってほんとに胸がむかむかするような生き物だわよ」一瞬本筋から外れて、彼女は言った。

「あんたの口ひげって、悪夢の中で見た以外で一番わいせつなシロモノだわね。それを見てるともうひとつの恐ろしい異界にまっしぐらに連れてかれる気がするの。どうしてあんたそんな無分別な真似をしでかしちゃったの？」

僕はちょっぴり厳粛にチッと舌打ちをした。

「僕の口ひげのことは構わないで。愛する肉親様。口ひげのことはほっといてくれれば、口ひげの方でも貴女《あなた》のことはほっとくから。今日の夕方僕らが話していた時って、貴女は言ってる途中だったね？」

彼女は不機嫌にうなずきながらこの叱責《しっせき》を受け容れた。

「そうね、横道に逸れてる場合じゃなかったわ。肝心の点に貼《は》り付いてなきゃ」

「糊《のり》みたいにぺたりとね」

「夕方あたしたち二人が話してた時、あんたは一体どうやってトムにダフネ・ドロアーズ・モアへッドの連載料を出させたのか不思議だって言ったでしょ。憶えてる?」

「憶えてるとも。まだ不思議だ」

「うーん、簡単な話なの。出させてないのよ」

「へぇっ?」

「トムは一ペニーだって出してないの」

「それじゃあどうやって——?」

「教えてあげる。あたし、真珠のネックレスを質入れしたの」

僕は彼女をまじまじと見た……うむ、おそらく「畏敬の念に打たれて」という表現が適当であろう。乳母《うば》の腕の中で弱々しく泣いたりげっぷをしたり——こんな表現をお許しいただけるとしてだが——していた赤子の頃よりの知己であるこの女性の、人生の指針たるモットーは〈何でもあり〉だと僕は思っていた。しかしいつだって天井なしのこの人物にしたって、こいつはずいぶんと進歩的な真似をしたものだと思われた。

「質入れしたの?」僕は言った。

「質入れしたのよ」

「質屋に預けたってこと? 借金の抵当に? 担保として?」

「その通りよ。それしか方法がなかったの。鉱山に塩を撒《ま》いてやるためにはあの連載がどうしても必要だったし、あの吸血女のモアヘッドの金の渇きを癒《いや》すためになんかトムは五ポンドだってぜったいに渡しちゃくれなかったの。〈ナンセンス、ナンセンスじゃ〉って、彼は言い続けたわ。〈まったく問題外、まったく問題外じゃ〉ってね。それであたしロンドンにこっそり出かけてあのネックレスをアスピナールに預けてレプリカを作るよう頼んで、それから質屋に行ったの。質屋って言い方は不適切かしらね。あたしの相手はもっとずっと高級なの。どっちかって言うと金貸しって言った方がいいかしらね」

僕は一小節かそこら口笛を吹いた。

「それじゃあ今朝僕が受け取った品は贋物《にせもの》だったの？」

「養殖真珠ね」

「うひゃあ！」僕は言った。「たいした叔母さんだな！」僕は遠慮しながら言った。女性の感情を傷つけるのは気が進まないし、彼女が何か心配事を抱えている時にはとりわけそうなのだが、しかし潜在的問題点を指摘してやるのは甥の義務だと思われたのだ。「それで……こんなことを言って貴女の一日を台無しにしたくはないんだけど、でもトム叔父さんに見つかったらどうなるの？」

「それがまさしく問題なの」

「僕もそうだと思った」

彼女は三匹目の手負いのブルドッグの仔犬みたいに息を詰まらせた。

「クソいまいましい不運さえなかったら、百万年掛かったってあの人になんかわかりゃしなかったの。ありがたいことにトムには、コイヌール［ムガール帝国代々所有の大ダイアモンド、一八五二年にヴィクトリア女王に献上され英国王室の宝冠を飾る］とウールワースで売ってる安物の区別もつかないんだから」

　叔母の主張は理解できた。すでに述べたように、トム叔父さんは古銀器に関しては灼熱《しゃくねつ》のコレクターで、燭台やら葉状装飾やら渦巻模様やら帯状渦巻やらに関しては教えられることなど何もありはしないのだが、多くの男性にとってと同じく、彼にとって宝石類は封印された書物に等しいのだ。

「だけど明日の晩トムはそのことを発見するの。なぜかは教えてあげる。たった今トムがあたしの部屋に来たって言ったでしょ。それであたしたちしばらくああだこうだっておしゃべりしていたのね。楽しくなかよくよ。ところが突然、あの人……ああ、何てことでしょ！」

　僕はもういっぺん同情を込めておツムをぽんと叩いた。

「しっかりして、ご先祖様。トム叔父さんは突然どうしたって言うの？」

「あの人突然、明日来るシドカップ卿って人は、古銀器狂ってだけじゃなく、宝石の専門家でもあるって言ってよこしたの。それでその人が来たら、トムはあたしのネックレスを見てもらえるよう頼むんだって言ったの」

「ひゃあ！」

「あの人、あれを彼に売りつけた山賊野郎は、自分の純真無垢《むく》をいいことにずっと高い値段を吹っかけたんじゃないかっていつも疑ってたって言うの。シドカップはその点をはっきりさせてくれるだろうって、トムは言うのよ」

「うひゃあ！」

「〈ひゃあ！〉は適切な発言だったわ。あと〈うひゃあ！〉もだわね」

「それで貴女は頭のてっぺんを押さえてよろめいたんだね？」

「それでなの。その人間のかたちをした悪魔が真珠のネックレスを贋物だって見破って秘密を漏《も》らしまくるまでにどれくらい時間が要ると思う？　十秒くらいだわね。それより短くはないとしたってだわ。そしたらどうなって？　あたしがよろめいたからって責められて？」

もちろん責められはしない。彼女の代わりに、僕が自分でよろめいて、それもものすごく猛烈によろめいてやりたいくらいだ。バートラム・ウースターよりはるかに頭の回りの遅い男だとて、僕の目の前に座り、興奮してパーマ頭を抱えているこの叔母が、途轍《とてつ》もない窮地にある叔母であるとは認識できよう。彼女の頭上を危機が襲っており、彼女の友人および彼女に好意を寄せる人々によって何らかのごく巧妙な組織的対処が成されぬ限り、そいつは家庭を煮えたぎる坩堝《るつぼ》のうちに真っさかさまに落とし込もうとしているのである。

僕は結婚生活についてはかなり詳細に研究をしてきているし、つがいのキジバトの一方がもう一方のキジバトの悪事の証拠を握ったとき、どういうことが起こるかを知っている。ビンゴ・リトルはしばしば、もしビンゴ夫人が何かしら入手できそうな奴の悪事の証拠を握ったならば、月は血に染まり［『黙示録』六・十二］現代文明は根底から揺らぐことになろうと僕に言う。他の知り合いの既婚者たちもだいたいおんなじようなことをいうのを聞いてきたし、またもちろん悪事を暴かれるのが細君のほうであった場合でも、同様の巨大変動が生じるものだ。

今日に至るまで常に、ダリア叔母さんは強力な中央集権政府を維持するブリンクレイ・コートのボスであった。しかし、なんらかの理由でトム叔父さんが自分が『マダムズ・ナイトシャツ』と呼びつづける、そもそもの最初からいっぺんだって好きであったためしのない定期刊行物に載せる連載小説を買うために妻が真珠のネックレスを質入れしたことを発見したならば、叔母さんはある朝目が覚めてみたら民衆が蜂起してその旨を声高に述べているのを知った絶対君主とか独裁者とかだいたいおんなじような立場に立つことになろう。トム叔父さんは優しくておツムの軽い親爺《おやじ》さんだが、しかしいくら優しくておツムの軽い親爺さんだとて、条件さえ整えばものすごくいやーな人物になれるのである。

「うーん！」ほっぺたを指でいじりながら僕は言った。「あんまりよろしくないなあ」

「ぜんぶおしまいだわ」

「そのシドカップって奴は明日来るって言ってたよね？　それまでに身辺整理をする時間はない。どうりでジーヴスにSOSを送るわけだ」

「彼だけが、あたしを死に勝る破滅から救い出せるの」

「だけど、いくらジーヴスでもこの問題を解決できるかなあ？」

「あたし、彼をぜったいに信用してるの。とにかく彼ってとんでもない解決屋でしょ」

「そりゃそうだ」

「彼、あんたを何べんも深い深い穴ぼこから引っ張りあげてくれたじゃない」

「そのとおり。僕はしばしば言うんだが、彼みたいな男はいない。いるもんかだ。もうとっくに戻って来ていい頃なんだけどな。彼は僕がため懐かしき旨酒《うまざけ》を大ジョッキに一杯、取りに行ってくれてるんだ」

彼女の双眸《そうぼう》に奇妙な光がきらめいた。

「当然あたしがいただけるんでしょうね！」

僕は叔母の手をひたひた叩いた。

「もちろんだとも」僕は言った。「もちろんさ。書いてあるとおりにご服用いただいて構わない。バートラム・ウースターは悩める叔母が隣で舌をべろべろさせてるって時に飲み物供給を独り占めするような男じゃない。貴女の必要は僕のより大きいんだ。誰だったか誰かさんが担架に載った怪我人に言ったみたいにさ［フィリップ・シドニー（一五五四―八六）が、戦死する間際に飲み物を与えられて言った言葉］。ああ、来た！」

ジーヴスが不老不死の万能薬を捧げもってやってきた。僕らはほんの一瞬たりとも無駄にすることなく、そいつの受け入れ準備を完了した。僕は彼から水差しを受け取り、うやうやしい身振りでわが齢《よわい》重ねたる親戚にそいつを差し出した。短く「泥があんたの目に入らんことを」をやって、彼女はそれを深々と飲み込んだ。それから僕は残りをひと呑《の》みで飲み干した。

「ああ、ジーヴス」僕は言った。

「さて、ご主人様？」

「耳を貸してくれ」

「かしこまりました、ご主人様」

今は亡きわが父の妹を一目見ただけで、レス、というか本質を明晰《めいせき》に言語で伝えようとするならば、その役目は僕がせねばならぬことがわかった。一杯やった後、彼女はある種の氷結状こん睡状態に陥ってしまい、もの見えぬ目で前方を凝視し、追跡されて興奮した雄ジカみたいにぜいぜいあえぐ［『詩編』四二・二］傾向を示していたのである。またこの点は驚くまでもない。宿命の手によっておんなじようなトリニトロトロール爆弾をお尻の下で爆発させられて、陽気な気分でいられる女性はほぼ皆無《かいむ》であろう。トム叔父さんの発言後の彼女の心境は、彼女が狩場にあった時代、持ち馬に鞍《くら》から振り落とされた上、さらにそいつに身体上に横倒しになってこられた際に彼女がきっと頻繁《ひんぱん》に経験したであろうものと、ほぼおなじ性質であるにちがいないのだ。また彼女がたった今自分の分を摂取した深きヒッポクレーネの泉［キーツ「夜鶯によせるオード」］は堅牢かつ内在的意味に満ち満ちたものであったとはいえ、明らかにただ表面を引っ掻《か》いただけに過ぎないのである。

「ちょっと緊迫した事態が突然降って湧《わ》いてきたんだ、ジーヴス。それで僕たちとしては喜んで君の忠告と助言が聞きたい。こういう状況なんだ。ダリア叔母さんは真珠のネックレスを持っている。トム叔父さんからのクリスマスの贈り物だ。叔父さんのセカンドネームは、むろん君は知らなかったにちがいないがポーターリントンだ。今朝君がアスピナールで受け取ってきたやつだ。ここまではいいか？」

「はい、ご主人様」

「ここから話がこんがらがってくるんだ。僕の言わんとするところを明確にするならば、そいつは真珠のネックレスじゃないんだ。ただいま立ち入る必要のない理由から、叔母さんはトム叔父さんのメリークリスマスネックレスを質入れしちゃったんだ。ただいま叔母さんが保有するものはほとんどあるいはまったく本質的価値を持たない模造品なんだ」

「はい、ご主人様」

「驚いた様子がないが」

「はい、ご主人様。今朝当のネックレスを拝見いたしました際、その事実は認識いたしておりました。わたくしの受け取りましたものは養殖の模造品とただちに看破いたしたところでございます」

「なんてこった！　そんな簡単にわかるものなのか？」

「いいえ、ご主人様、さようなことはございません。眼識のない者ならば欺《あざむ》かれること必定と拝察いたします。しかしながらわたくしはある時期、宝石類取引に従事しております従兄弟《いとこ》の後援を得、何カ月か宝石類を研究してすごしたことがあるのでございます。真正品の真珠には核がございません」

「何がないって?」

「核でございます、ご主人様。真珠の内部に、ということでございます。養殖真珠には核がございます。養殖真珠は真正の真珠とその点において異なるのでございます。すなわち真珠貝中に異物を挿入し、もって貝を刺激し、よって貝をして幾層もの真珠質にて同異物を覆わしめた結果の産物であるがゆえでございます。大自然の刺激物は常にきわめて微小であるがため目には見えぬものでございますが、養殖された模造品の核は、強度の照明の前に養殖真珠をかざすことにより通常は識別可能でございます。トラヴァース夫人のネックレスに対し、わたくしのいたしましたことがこれでございます。鑑別用検査鏡《エンドスコープ》を用いる必要もございませんでした」

「何をだって?」

「真珠鑑別用検査鏡でございます、ご主人様。養殖真珠内を内視し、核を識別するための器具でございます」

僕は真珠貝の世界に対するちょっとした胸の痛みを意識していた。こういう不幸な二枚貝たちの一生というのは、次から次へと不幸続きの一生にちがいないな、と——正当だと思うのだが——感じながらだ。とはいえ僕の主たる感情は、驚きであった。

「なんてこった、ジーヴス! 君は何でも知っているのか?」

「いいえ、さようなことはございません、ご主人様。たまたま宝石類がわたくしの趣味のごときものというだけでございます。無論ダイアモンドにつきましては、鑑定方法は異なってまいります。ダイアモンドの真贋を確定いたしますためには、サファイア先の蓄音機針が必要となってまいりますーーすなわち、あなた様におかれましては必ずやご承知のことと拝察いたしますが、同碧玉《へきぎょく》の硬度は九でございますーーそれにて当該鉱石の底面にごく小さく試験的に傷をつけるのでございます。真正のダイアモンドは、申し述べるまでもないことでございますが、モース硬度計上硬度十の唯一の物質でございます。身の回りにございます硬い物のほとんどは、硬度計上おおよそ硬度七でございます。しかしながら、あなた様のお話はどのようなことでございましたでしょうか？」

僕はまだちょっぴり目をぱちぱちさせていた。ジーヴスが立て板に水で話しだす時、時々こういうふうになることがある。懸命な努力で、僕は気を取り直して話を続けられるようになった。

「ああ、話の核心はそこのところなんだ」僕は言った。「ただいまダリア叔母さんの手許にあるあのネックレスは、訓練をつんだ君の眼識が告げるとおり、さかまく核のカタマリで、書かれた値段だけの値打ちのあるものじゃない。そのとおり。さてと、ここが肝心のところだ。このシナリオに何の厄介事も導入されてこなければ、すべてはこともなしだったんだ。なぜってトム叔父さんには本当のネックレスと贋《にせ》のネックレスの違いなんか、何カ月かかったってわかるわけがないんだから。だけど途轍もない厄介事が導入されてきちゃったんだ。叔父さんの友達が明日やってきてそいつを見る。それでその友達っていうのは、君みたいに宝石類の専門家なんだ。価値のない替え玉にそいつが目を向けた瞬間に、どういうことが起きるものかはわかるだろう。発覚、破滅、荒廃、そして絶望だ。真実を知ったトム叔父さんはカンカンに怒る。そしてダリア叔母さんの威信はワイン洋酒類のリスト中どすんと急降下するんだ。わかってもらえるか、ジーヴス？」

「はい、ご主人様」

「それじゃあ君の見解を聞かせてもらおう」

「不快なことでございます、ご主人様」

打ちひしがれた叔母をトランス状態から回復させられるものなぞなんにもないと僕は思っていたのだが、しかしこれは効いた。彼女はぐったりもたれかかっていた椅子から、まっすぐ舞い上がるキジみたいに起き上がった。

「不快ですって！　なんて言葉を使うのかしら！」

僕は叔母の悲嘆に共感したものの、手を上げて彼女を制止した。

「お願い、黙ってて、ご先祖様！　そうだ、ジーヴス、君の言うとおり、ちょっぴり不快寄りだな。しかし君ならおそらく何か建設的な提案をしてくれるんじゃないかってみんな考えてるんだ。君の解決策を聞かせてもらえると嬉しいな」

彼は口脇の筋肉を遺憾《いかん》げに引きつらせた。

「これほどの規模の問題となりますと、ご主人様、かような申しようをお許しいただけますならば、すぐさま解決策をご提示できますものではございません。本件問題に検討を加える必要がございます。しばらくの間廊下を歩いて回って宜しゅうございましょうか？」

「もちろんだとも、ジーヴス。どんな廊下でもいいから廊下じゅう歩きたいだけ歩き回ってくれ」

「ありがとうございます、ご主人様。ご満足いただけるご提案を持って、まもなく戻ってまいります」

僕は彼を送り出してドアを閉め、齢重ねた親戚に向き直った。彼女はというと、鮮やかな紫色に顔を染め「不快でございます、ですって」とつぶやいていた。

「貴女《あなた》がどんな気持ちか、僕にはよくわかる、血肉を分けたる肉親よ」僕は言った。「何かセンセーショナルな問題を投げかけた時、ジーヴスはぜったいに跳《と》んだり跳ねたりぐるぐる目を回したりなんかはしないで剝製《はくせい》のカエルの冷静な無表情を維持するほうを好むんだって、貴女に警告しとくべきだった」

「〈不快でございます〉ですって！」

「僕はもうそんなに気にならなくなってるんだ。でもときたまは、今夜そうしちゃいそうになったみたいに、ちょっとは断固たる叱責をお見舞いしそうになる。つまり経験が僕に教えてくれるところなんだけど……」

「〈不快でございます〉ですって、何てことでしょ！〈不快でございます〉ですって！」

「わかる、わかるよ。ああいう彼の態度は神経中枢にはかなり苦痛だ、うん、そうだよね？だけど、僕が言いかけてたみたいに、問題が何であれ、その後には必ず素敵な解決策が続くってのが経験の教えてくれるところなんだ。誰かさんが言ったように、剝製のカエル来《きた》りなば、素敵な解決策遠からじ、だろ？」

　彼女はしゃんと座り直した。その双眸《そうぼう》に希望の光が兆《きざ》しだしているのが見えた。

「彼、ぜったいに方途を見つけてくれるって思う？」

「絶対に確信している。彼はいつだって方途を見つけるんだ。彼がウースター家の旗印の下に仕え始めてより、彼が方途を見いだすたびに一ポンド貰ってたらいいのになって思うくらいだ。トトレイ・タワーズで彼がどうやって僕にロデリック・スポードをやっつけさせてくれたかを、思い出してよ」

「そうね、そうだったわね」

「そうだったとも。最初、スポードは暗黒の脅威だった。次の瞬間、牙《きば》をぜんぶ抜かれたただのゼリーのかたまりさ。僕の足許にひれ伏してた。とにかくジーヴスを絶対的に信頼すればいい。ああ」僕は言った。ドアが開いたのだ。「ほら彼が来たよ。頭の後ろをとび出させ、その瞳を知性とか何やかやできらめかせて。何か考えついてくれたのか、ジーヴス？」

「はい、ご主人様」

「そうだと思ってた。たった今、君はいつだって方途を見いだしてくれるって言ってたところなんだ。さてと、それじゃあ披露してくれ」

「トラヴァース夫人をご救助申し上げる手段はひとつございます。この災いの海、より――シェークスピア［『ハムレット』三幕一場、ハムレットの独白］」

　どうして彼が僕をシェークスピアと呼ぶのか僕にはわからなかったが、さらに続けるようにと促した。

「続けてくれ、ジーヴス」

　彼は続けた、いまやダリア叔母さんの方に向き直ってだ。彼女はというとこれから丸パンを貰うクマみたいに、じいっと彼を見つめていた。

「奥様、ウースター様がお話しくださいましたとおり、その宝石類専門家がまもなくご当家をご訪問されますならば、われわれの最善の計画はその方のご到着前に当のネックレスを消失に至らしめることであろうかと拝察いたします。わたくしの申します意図をいくらかつまびらかにいたしますならば、奥様」じりじりと焼き焦げ音を発するこの女性よりの、あたしのことをクソいまいましい魔法使いだとでも思っているのかとの質問に応え、彼はこう続けた。「わたくしが念頭に置いておりましたのは、夜盗による住居侵入と申しますような性質の事柄で、その結果当該宝飾品が盗み取られることになるといった類《たぐ》いのことでございます。容易にご理解いただけますように、奥様、当該ネックレスをご検分においであそばされた当の紳士様は、検分すべきネックレスがもはや存在しないとなりましたならば――」

「検分できない、ってことね？」

「まさしくさようでございます、奥様。レム・アク・テティギスティ［「汝はそれを針にて触れたり」プラウトゥス『綱引き』五幕二場］でございます」

僕はレモン頭を横に振った。僕はこれよりはもっとマシなものを期待していた。僕にはかの偉大なる頭脳がついにパアになったのだと思われたし、そのことは僕を悲しい気持ちにした。

「だけど、ジーヴス」僕はやさしく言った。「どこからその夜盗を仕入れてくるのさ？　陸海軍放出物資品店か何かからかい？」

「あなた様が同任務お引き受けにご同意くださるものと思料いたしておりました、ご主人様」

「僕がだって？」

「きゃあ、そうだわ」ダリア叔母さんが言った。彼女のかんばせは舞台の上の月みたいに明るくなっていた。「あなたの言うことってなんて正しいのかしら、ジーヴス！　それくらいのこと、あたしのためにしてくれるのを、あんたは気にしやしないわね、バーティー？　もちろん気にしないわ。話はわかったわね？　あんたははしごを持ってくる。あたしの部屋の窓の外にそいつを立て掛ける。

部屋に入る。ネックレスをくすね盗《と》って猛スピードで逃げ去る。そして明日あたしはトムのところに涙の洪水まみれになって行ってこう言う。〈トム！　あたしの真珠が！　なくなっちゃったのよ！　昨晩あたしが眠ってる間に、いやらしいならず者が忍び込んでこっそり盗み取っていったんだわ〉そういうことよ。そうだわね、ジーヴス？」

「まさしくさようでございます、奥様。ウースター様には簡単容易なお仕事でございましょう。以前ブリンクレイ・コートに滞在いたしました後、窓を防護しておりました鉄格子が取り外されましたことに、わたくしは気づいております」

「そうよ、前にみんなで外に締め出された時の後、外させたの。あなた、憶えてるわね？」

「きわめて鮮烈に記憶いたしております、奥様」

「だからあんたを邪魔だてするものは何もないのよ、バーティー」

「何もないさ。ただ――」

僕は言葉を止めた。僕は「何もないさ。ただいかなる形態ないし様式であれそういう任務を引き受けることに対する僕の全面的絶対的拒絶の他は」と言おうとしたところだった。しかし僕はそれらの台詞《せりふ》が唇を通過する前にそいつを抑制した。自分がその企図の危険性および困難性を過剰に大きく想定し過ぎだということに気づいたのだ。

結局のところ、そんなに大して危険なことはなんにもない。僕ほどの敏捷《びんしょう》性と機敏性を備えた者にはバカバカしいくらいに簡単な芸当だ。むろん、夜中こんな時間に外に出たりするのは面倒な仕事ではある。しかし、僕のよだれ掛けおよび揺りかご時代にしばしばひざの上で僕をあやしてくれ、ある時ゴム製のおしゃぶりを僕が呑み込みかけた時には、僕の命を救ってくれたことは言うまでもない、ほかならぬその女性の頰《ほお》にばら色を取り戻してやるために、それくらいのことはする用意が僕にはあった。

「ぜんぜんまったくない」僕は心から言った。「ぜんぜん何にもないさ。貴女はネックレスを渡してくれる。それで後は僕がやる。貴女の部屋はどこ？」

「左側の一番端よ」

「右了解」

「左よ、バカ。これから部屋に戻って、準備してるわね。ああまったく、ジーヴス、おかげで胸の重石《おもし》が取れたわよ。生まれかわったみたいな気がするわ。あたし、家じゅう歌ってまわったら、いやかしら？」

「さようなことはまったくございません、奥様」

「たぶん明日の朝一番に始めるわ」

「何時なりとご都合のよろしき折に、奥様」

彼は寛大な笑み、というか彼の自分の顔に許す限り最大限笑みに似た何物かを浮かべ、彼女を送り出すとドアを閉めた。

「トラヴァース夫人がかようにおよろこびあそばれるご様子を目にいたすは嬉しきものでございます、ご主人様」

「ああ、君は確かに強壮剤みたいに叔母さんを元気づけてくれた。はしごを見つけるのは、難しいことじゃないんだな？」

「ええ、さようでございます、ご主人様。菜園脇の道具小屋の外にございますのを、たまたま見知っております」

「そうだった。君に言われて思い出した。きっとまだそこにあるな。それじゃあ出発だ。もしそれを……君の言い回しはどういうんだったか？」

「なさねばならぬことならば、すばやくやれよ［『マクベス』七幕一場］でございます、ご主人様」

「そのとおりだ。鼻歌を歌ったり口ごもったりして、立っていたって何にもならない」

「はい、ご主人様。人事には潮の流れというものがございまして、高波を捕らえるならば、幸運に至るのでございます［『ジュリアス・シーザー』四幕三場］」

「まったくそのとおり」僕は言った。

僕だってこんなにうまくは言えない。

この冒険は嬉しいくらい順調にいった。僕は予言どおり道具小屋の脇にはしごを見つけた。そして野原を横切りはるばる目的の場所までよっこら運んでいった。僕はそいつを立て掛けた。僕はそいつに上った。ほぼあっという間に僕は窓を通り抜け、床上を静かに横切っていた。

うむ、実を言うと、そんなに静かに横切ったわけではない。なぜなら僕はたまたま通路上にあったテーブルと衝突して、かなり結構な物音を立ててそいつを転倒させてしまったからだ。

「そこにいるのは、誰？」びっくりしたふうに、闇の中から声が訊《き》いた。

これは僕を面白がらせた。「ああ」僕は面白がって自分の胸に言った。「ダリア叔母さんが自分の役に入れ込んで、こいつを大当たりの大ヒットにするのに必要な興趣を添えようとやってくれているんだな」なんて芸術家だろうかと僕は思った。

するとそいつはまた、「そこにいるのは、誰？」と言った。それはさながらきんきんに冷たく冷やした手が僕の心臓の上に置かれたみたいだった。

なぜならその声は赤ら顔の僕の叔母の声ではなかったからだ。それはフローレンス・クレイの声だった。次の瞬間、室内に光があふれ、そして彼女はそこにいて、ピンクの室内キャップをかぶり、ベッドの中で身を起こしていた。

13．はしごの怪

読者諸賢におかれては、テニスンとかいう人の書いた「騎兵隊の突撃」なる詩をもしやご存じでおいでかどうかはわからない。十人力の大力の男の話をしていたときにジーヴスがその名に言及した詩人の作品である。あれはけっこう有名な詩だと思うし、僕は齢《よわい》七歳かそこいら辺のみぎり、客人にウースター若様をご披露しようという時に居間に呼び寄せられては朗誦をやらされたものだ。「バーティーは、それはそれは上手に朗誦するんですのよ」と、母は言ったものだ――彼女は事実を歪曲《わいきょく》していたと述べて構うまい、なぜなら僕はほぼいつだって台詞《せりふ》をとちったからだ――それで安全な場にとっとと逃げ出そうと試みて引きずり戻された後、そいつをやっつけたものだった。すべてがすべてものすごく不快だったと、人びとは僕に言ったものだ。

さてと、懐かしき古き時代のとりとめのない追憶方面にちょっぴり逸れる前に僕が言おうとしていたのは、それから長の年月のすぎる間に、ただいま話題のその詩の大半は記憶から抜け落ちてしまったものの、しかしそのオチの部分はまだ思い出せる、ということだ。おそらくご存じだろうが、その詩はこんなふうに進む。

タム・ティドゥル・アップティー・パン
タム・ティドゥル・アップティー・パン
タム・ティドゥル・アップティー・パン

そしてそれからどんぴしゃりのキメ台詞に続く。そいつは、

誰かがへまをやった。

僕はいつだってそこのところは忘れなかった。それで、今ここにその話を持ち出してくる理由は、このピンク色の室内キャップをかぶった女の子を見てびっくり仰天しながら立ち尽くしつつ、僕はあの騎兵隊の連中が感じたにちがいないのと、まさしくおんなじ心持ちになっていた、ということが言いたいからだ。明らかに誰かがここでへまをやった。それでその誰かというのはダリア叔母さんだ。左側の一番はじの部屋がぜんぜん自分の部屋とはほど遠いシロモノであるという時に、どうして自分の部屋は左側の一番はじよと僕に言わねばならないものかは、僕の想像できる範囲を超えている。スティルトン・チーズライトならば隠れた動機と呼ぶであろう物を、人は徒《いたずら》に追い求めるのみである。

しかしながら、おばさんなどというものの心理過程を理解しようなんてしたって無益である。それに今は安閑《あんかん》と思索にふけっていられる場合ではない。感性の人たる男子が女の子の寝室に深夜遅く石炭袋みたいにどさんと到着してしまったという時に最初にしなければならないのは、ともかく

も会話を進行させることである。そして今や僕はこの目的がため、一意専心努力していた。こういう状況で、気まずい間やきまりの悪い沈黙くらいいけないものはないのだ。

「やあ、ハロー」僕は言った。できる限りなんとか明るく陽気にだ。「あのう、君が絡まりあった心配事のもつれを編みつくろっていた〔『マクベス』二幕一場、「心配事のもつれを編みつくろう眠り」〕にちがいない時間にお邪魔しちゃって本当に申し訳ないんだけど、僕は庭に息をしに行っていて、そしたら鍵を掛けて締め出されちゃったことがわかって、それで家じゅうの目を覚ますよりは一番手近な開いた窓からさっと入るのが一番いい考えだろうって思ったんだ。家じゅうの目を覚ますってのがどんなもんかはわかるだろう。みんなそういうのは嫌うものだからさ」

この主題を展開し、さらに話し続けてもいられたはずだ。つまりうまい線で行けてると僕には思えたし……つまり、夢遊病のふりをするよりはずっとマシってことだ。つまりその、「ここはどこ?」とかいう真似のことだ、あんまりにもバカバカしすぎる……しかし、彼女は突如さざ波のさざめくような笑いを放ち始めた。

「んもう、バーティー!」彼女は言った。それも、ご注目いただきたい。女の子たちが僕に普通言う、呆《あき》れてうんざりした「んもう、バーティー!」とはまるで違う言い方でだ。「あなたってなんてロマンチックなんでしょ!」

「へぇ?」

彼女はまたさざめくような笑いを放った。むろん彼女が助けを求めて叫び声をあげたりとかそういうことをしなかったのは安堵《あんど》だった。しかし僕はこの陽気さを理解困難と感じたものだ。おそらく同じようなご経験がおありではなかろうか――人々がハイエナみたいにバカ笑いするのを聞きながら、何が面白いのか皆目《かいもく》わからないでいる、という状況である。不利な立場に置かれた、という気持ちのするものだ。

彼女は僕を変なふうに見ていた。あたかも子供がいて、そいつが水のたまる脳みその持ち主だと認めはするものの、そいつに対する情愛は感じざるを得ない、というみたいにだ。

「こういうのって、まさしくあなたがやりそうなことだわ！」彼女は言った。「あたくしがもうダーシー・チーズライトとは婚約してないってあなたに言ったから、それであなたはあたくしの許に駆けつけずにはいられなかった。あなた、朝まで待てなかったんでしょう？　あたくしが眠っている間に、あたくしにそうっとキスをしようって思ったんでしょ？」

僕は天井方向におそらくは十五センチほど跳び上がった。僕は愕然《がくぜん》とした。またそれには正当な理由があると思う。つまり、コン畜生だ、異性との関係においてきちんとした節度を維持してきたことを常に誇りとしている男は、朝一時に眠っている女の子にキスするために意図的にはしごによじのぼったなどと思われるのをきらうものだ。

「違う、とんでもない！」動揺のあまりひっくり返してしまった椅子を元に戻しながら、僕は言った。「思い違いもはなはだしい。僕が事実のあらましを述べていた際、君の注意はちょっとの間よそに向いてたんじゃないかな。僕が言ってたのは、君が聞いてなかっただけなんだけど、僕は庭に空気を吸いに出て、鍵が閉められて入れなくなって――」

彼女はまたもやさざ波のさざめくような笑いを放った。彼女の顔に浮かんだ、例のバカな子供をいとおしげに見る表情はますます強くなった。

「あたくしが怒っていると思ってらっしゃるんじゃないでしょう？　もちろん怒ってなんかいなく

てよ。あたくし、とっても感動しているの。キスして頂戴、パーティー」

うむ、人は礼儀正しくあらねばならない。僕は指示されたとおりに行った。しかしこいつはちょっと予定外だと不安に感じながらだ。僕はこの全体的ななりゆきがぜんぜん好きではなかった。全部が全部、あんまりにも下品な展開であるように思われた。熱烈な抱擁《ほうよう》から脱出して後ずさりした時、彼女の顔の表情が変わっているのに僕は気がついた。彼女はいまや僕のことを一種思索的なおももちで見つめていた。僕の言わんとするところをおわかりいただけるか、新しい生徒に一瞥《いちべつ》をくれている女家庭教師みたいにだ。

「お母様は断然まちがっていらっしゃるわ」彼女は言った。

「母さんだって？」

「あなたのアガサ伯母様よ」

これには驚いた。

「君はアガサ伯母さんをお母さんって呼んでいるの？　うーん、いや、いいんだ、君がそれでいいんだったら。むろん君次第だ。伯母さんのどこがまちがってるって？」

「あなたのことよ。お母様はあなたはバカで考えなしの脳たりんで、何年も前にどこかいい病院に入れられてて当然だっていつもおっしゃるの」

僕は高飛車なふうにすっくりと身を起こした。骨の髄まで傷ついていた。そうか、僕のいない場所であのご婦人はいつもそういうことをべらべらしゃべっているのか、そうか！　まったく、結構なことだ。失礼ながら言わせてもらうが、あのご婦人の不快きわまりない息子のトーマスのことを、僕は長年わが胸で大切にはぐくみ育ててきたも同然なのだ。つまりだ、あのガキがロンドン経由で学校に戻る時には我が住まいにて奴を引き受け、贅沢に食べ物を与えてやるのみならず、無私の心でオールド・ヴィックやマダム・タッソー蠟人形館に連れて行ってやった。この世界に、感謝の心というものは存在しないのであろうか？

「そう言うの、そうなの？」

「お母様ってあなたのことで、ものすごくおかしいのよ」

「おかしいだって、えっ？」

「あなたの脳みそは雄クジャクのみたいだっておっしゃったのは、お母様なのよ」

無論、僕さえそれと望めばここは雄クジャクの問題について考察を深め、羽毛のあるお仲間の登録者名簿中、彼らがＩＱについていてどの辺りに位置するものかを究明する格好の機会となり得よう。だがしかしこの問題はほかしておくことにした。

彼女は室内キャップをかぶり直した。先ほどの抱擁のせいで片側にちょっぴり寄りすぎてしまっていたのだ。彼女は依然として僕をさっきの思索的なおももちで見ていた。

「お母様はあなたは唐変木《とうへんぼく》だっておっしゃるの」

「何だって？」

「唐変木よ」

「わからないなあ」

「これは昔風の言い方なの。お母様が言わんとしてらっしゃるのは、お母様はあなたのことを最低男で完全にダメってお考えでいらっしゃるってことだと思うわ。だけどあたくしはお母様のお考えはまったく間違っているし、あなたには人が思うよりもずっと沢山いいところがあるんだって言って差し上げてるの。あたくしそのことが、あなたがあの書店で『スピンドリフト』を買ってらっしゃるところを見たときにわかったのよ。憶えていらっしゃる？」

その出来事のことは忘れてはいない。ぜんぶがぜんぶ、不幸な誤解だったのだ。僕はジーヴスにスピノザ――哲学者とかそんなようなものだと理解している――とかいう名前の男の作品を買ってやると約束した。すると書店の男は、スピノザなどという人物は存在しないとの見解を表明し、僕が探しているのはおそらくこれであろうと『スピンドリフト』を手渡してよこしたのだ。それで僕がそいつをつかむかどうかしたところでフローレンスがやってきたのだ。僕がそいつを買ったと思い込んで自分の万年筆の緑色のインクで僕のためにそいつにサインしてくれるのは、彼女にとっては一瞬の早業だった。

「その時あたくし、あなたが暗中で明かりをまさぐり求め、良質の文学を読んでご自分を教化しようとしてらっしゃるってことがわかったの。あなたの内側に深く埋もれていて、表に引っ張り出してやるだけでいい物があるってことが。芽吹きかけたあなたの精神の秘められた可能性を育てるのはとても興味深い仕事だろうって、あたくし自分に言い聞かせたの。内気で引っ込み思案なお花のお世話をするようなものだわ」

僕は少なからず怒りをあらわに憮然《ぶぜん》とした顔をしてみせた。内気で引っ込み思案のお花だって、ちゃんちゃらおかしい、と、僕は思った。僕は「ああ、そうかい？」みたいな、何か皮肉な台詞を言おうとしたところだったのだが、と、彼女が言葉を続けた。

「あたくしならあなたを陶冶《とうや》して差し上げられるわ、バーティー。あなたはご自分を向上させたいんだしそれでもう仕事は半分終わったようなものよ。最近あなた、何を読んでいらっしゃるの？」

「うーん、あれやらこれやらでここ数日は読む時間がとれなくっているんだけれど、今は『ピンクのザリガニの謎』ってやつをコツコツ読み進めているところなんだ」

彼女のほっそりした身体はベッドカバーの下にだいたい隠れていたが、そこを戦慄《せんりつ》が走ったとの印象を僕は得た。

「んもう、バーティー！」彼女は言った。こんどはもっと通常の調子に近い言い方でだ。

「ああ、ものすごく面白い話なんだ」僕は強硬に主張した。「サー・ユースタス・ウィルビーっていうこの准男爵は、図書室で頭を叩き割られているところを発見される――」

苦痛の表情が彼女の顔によぎった。

「お願い！」彼女はため息をついた。「まあ、何てことでしょ」彼女は言った。「芽吹きかけたあなたの精神の秘められた可能性を育てるのは、苦しい仕事になりそうね」

「僕が君ならそんな真似はしないでおくな。やめとくことだってのが、僕からの助言だ」

「だけどあたくし、ドローンズ・クラブで煙草を吸ったりお酒を飲んだりする他には何にもしない暗黒のうちに、あなたを置き去りにするなんていうのは嫌なの」

僕は彼女の誤謬《ごびゅう》を訂正した。彼女は事実を間違って理解している。

「僕はダーツだってやるとも」

「ダーツですって！」

「実を言うと、ごく近いうちに僕は今年度のクラブ・チャンピオンになるはずなんだ。僕にとっちゃあ、お茶の子さいさいの仕事さ。誰にだって聞いてみてもらいたいな」

「T・S・エリオットを読んでいられる時に、あなたってどうしてそんなふうに時間を無駄に費やして過ごせるの？　あたくしが見たいのはあなたがもっともっと——」

　僕がもっとどういうことをしてる姿を見たいというのか、彼女は言わなかった。どうせ何か汚らわしい、教育的なことだったんだろうが。つまりこの時、誰かがドアをノックしたからだ。

　これは僕が予想だにしなかった出来事だった。そしてそれは僕のハートを、産卵期のサケみたいに飛び跳ねさせ、前歯とこんがらがらせた。僕はジーヴスがさかんな憶測で［キーツの詩「初めてチャップマン訳のホーマーを披見して」］と呼ぶのを聞いたことがある目でもってドアを見た。ひたいからは汗がにじみ出していた。

　フローレンスもちょっぴりびっくりしている様子だった。ブリンクレイ・コートに向けて出発する際には、自分の寝室がこんなにも社交の中心地になろうだなんて予測していなかったことだろう。僕が昔一時期よく歌っていた曲があって、そのリフレインというかサビのところは「さあみんなモードのところへ行こう」［一九〇四年の流行歌］という言葉で始まっていた。ダリア叔母さんの家の屋根の下に集《つど》う客人たちを、同様の感情が衝《つ》き動かしているかのようだった。それでもちろんそういうことは可哀そうなこの娘を動揺させていた。夜中の一時に女の子はちょっぴりプライヴァシーを好むものだ。競馬場でスナック・バーをやっていたとしたって、こんなにもプライヴァシーのない目には遭えない。

「そこにいるのは、誰？」彼女は叫んだ。

「俺だ」深く響きのある声が応えた。そしてフローレンスは喉元に手をはたきつけた。舞台上でない場所でされるのは、まるきり見たことのないしぐさだ。

　つまりだ、その深く響きのある声はダーシー・チーズライトの声であったのだ。長い話を短くすれば、あの男がまた戻ってきたのである。

フローレンスがドレッシング・ガウンに伸ばす手は、いちじるしく熱を帯びていた。またシーツの間から飛び出す際の彼女の立ち居振舞いに、僕は熱いシャベルの上のえんどう豆の気配を感じ取った。彼女はクールで冷静でごく落ち着き払った現代娘の一人で、普段だったら眉《まゆ》をひと上げする以上は何にも得られないのが普通である。しかし、こうして自室じゅうがウースターだらけで一杯一杯という時に愉快な訪問者スティルトンをお迎えすることが、彼女を若干以上に慌《あわ》てふためかせたのが僕には見てとれた。

「何の用？」

「君からきた手紙を持ってきた」

「マットの上に置いておいて」

「マットの上に置いておくなんかするものか。君と直接対決したい」

「夜中のこんな時間に！　部屋に入ってなんかこられないでしょ！」

「そこのところで」スティルトンはきっぱりと言った。「君はとんでもない大間違いをしている。俺は、入らせてもらう」

ジーヴスが前に、鋭い逆上した詩人の目がぐるぐる回って天上から地上を、地上から天上を見ている［『真夏の夜の夢』五幕一場］というようなことについて何か言ったのを僕は憶えている。フローレンスの目がぐるぐる回って見ている様は、それとだいたいおんなじような具合だった。むろん彼女を悩ませているのが何かはわかった。ミステリー・スリラーでみんながいつも悩まされる昔ながらの問題――すなわち死体の始末をどうつけるか、である――本件の場合、バートラムの死体を、だ。もしスティルトンが入ってくるとなると、当座の間バートラムをどこかに収納保管しておくことが必須である。しかしそこで浮上する問題は、どこへ、だ。

部屋の反対側には衣装箪笥があり、彼女はそこへ急行すると扉をさっと開けた。

「はやく！」彼女はシューシュー声で言った。またここで「S」の音の含まれない語をシューシュー言わせようとしたってそいつは無理だなんて言ってもらってもどうしようもない。彼女は自らの責任でそいつをやり遂げたのだ。

「ここよ」

その提案は賢明と思われた。僕はそこに飛び込み、彼女は扉を閉めた。うむ、実を言うと、閉めようとしたのだと思う、が、扉は閉まらず、少し開いていた。それで僕は以下に続く会話を無線電信で聞くみたいに明瞭《めいりよう》に聞き取ることができたのだ。

スティルトンが会話の口火を切った。

「さあ、君から来た手紙だ」奴は堅苦しく言った。

「ありがとう」彼女は堅苦しく言った。

「どういたしまして」奴は堅苦しく言った。

「鏡台の上に置いておいて頂戴」彼女は堅苦しく言った。

「いいとも！」奴は堅苦しく言った。

こんなにも堅苦しくしゃべりが大はやりの夜は、僕ははじめてだと思う。

おそらく奴が当の書簡を指示通り置いていたと推測される短い間があった後、スティルトンがふたたび話しはじめた。

「俺の電報は受け取っていただけたかい？」

「もちろんあなたの電報は受け取ったわ」

「俺が口ひげを剃《そ》り落としたのには気がついたか？」

「ええ」

「君の陰険な不正行為が発覚して、俺の最初の行動がそうすることだった」

「あたくしの陰険な不正行為って、いったい何のことをおっしゃってらっしゃるのかしら？」

「ウースターのシラミ野郎とナイトクラブにこっそりでかけてゆくことを陰険な不正行為と言わないなら、どう言い表したものかご教示いただけたらば大変ありがたいな」

「あたくしの本のために雰囲気づくりが必要だったってことはおわかりいただけるでしょう」

「ホー！」

「それから〈ホー！〉っておっしゃるのはやめて」

「俺は〈ホー！〉って言い続けるとも」スティルトンは気概を込めて反論した。「君の本だって、けっ！　本なんて話を俺は信じやしない。君が今まで一度だって本を書いたことがあるかだって、俺は信じやしないさ」

「あらそう？　それじゃあいまや第五版が出ていてまもなくスカンジナヴィア語に翻訳される予定の『スピンドリフト』はどうなのかしら？」

「きっとあのゴリンジのシラミ野郎の作品だろう」

この品のない侮辱的発言はフローレンスの目に炎をひらめかせたものと思う。彼女の声は、確かにそういう事実を示唆していた。

「チーズライトさん、あなたいくらかお飲みでいらっしゃるのね！」

「まったくそんなことはない」

「それじゃああなた、お気が違ったにちがいないわ。あたくし、あなたにそのカボチャ頭をご親切にここから片付けて頂けると嬉しいですわ」

確信はないが、この言葉を聞いてスティルトンは歯軋《はぎし》りをしたものと僕は考える。コーヒー・ミルが突然動き出したみたいな変な音が確かにした。僕の心地よい避難所に聞こえてきた声はしゃがれて震えていた。

「俺の頭はカボチャみたいじゃない！」

「カボチャみたいだわ」

「ぜんぜんまったくカボチャみたいじゃあない。バーティー・ウースターの権威をもってそう言わせてもらう。奴は俺の頭はむしろセントポール寺院のドームのようだと言った」奴は言葉を止めた。それからぴしゃっと叩く音がした。どうやら自分のひたいを強打したらしい。「ウースター！」動物的なうなり声を発しつつ、奴は叫んだ。「俺はここに俺の頭の話をしに来たんじゃない。俺はウースターの話をしに来たんだ。あのずるずるしたヘビ野郎が、人の後ろをコソコソ這《は》い回って人の恋人を盗み取るんだ。家庭破壊者ウースター！　どんな女性も安全じゃいられない、草むらのヘビ、ウースター！　ウースター、現代のドン・なんて名前だったか！　君は奴との密会をうまいことやってたんだ。君は俺をうまいことだましてるつもりでいた、そうじゃないか？　俺には君のいやしむべき……君のいやしむべき……クソ、なんて言ったっけかな？……君のいやしむべき……だめだ、消えちまった」

「あなたもその素敵な例に倣《なら》って消えちゃえばよろしいのに」

「口実だ！　思い出せると思ってたんだ。君のいやしむべき口実が俺にお見通しじゃないとでも思ってたのか？　俺に口ひげなんか生やさせようなんて茶番をやって。あの口ひげの一件は、俺と手を切って草むらのヘビ野郎のウースターに乗り換えられるようにって計略だってことが、俺にわからないとでも思ってるのか？〈あたくし、どうしたらあのチーズライトを片付けられるかしら？〉君は自問したんだ。〈あら、わかったわ！〉君は言った。〈あたくし、あの人に口ひげを生やしてって言うことにしましょ。あの人クソいまいましい口ひげなんかぜったいに生やすもんかって言うわ。そしたらあたくし、ホー！　生やしてくださらないの、そう？　結構だわ、それじゃああたくしたちの関係はおしまいね、って言うんだわ。それで決まりよ〉ってな。俺が君の要求に従ったことは、君にはいやらしいショックだったにちがいない。君の計画はだいなしになった、と想像するが？　君はそうなるとは予測してなかったんだろう？」

フローレンスは、エスキモーだって凍りつかせるような声で言った。

「ドアはあなたのすぐ後ろですわ、チーズライトさん。ハンドルを回せば開きましてよ」

奴は彼女にふたたび食ってかかった。

「ドアのことなんかどうだっていい。俺は君と爪はじき者のウースターの話をしてるんだ。これで君は奴とひっつくんだろ。と言うか、俺が奴の顔を踏みつけにしてやり終えた後の、残骸とな。俺の言うとおりだろう？」

「そうよ」

「君はあの人間シソーノーローと結婚するつもりなんだな？」

「そうよ」

「ホー!」

うむ、もしあなたが僕の立場にいて、これらの言葉を聞き、邪悪がすでにここまではびこりきってしまったことをはじめて理解されたならばどんなふうに振舞われるものか、僕にはわからない。あなたはおそらく激しく跳び上がられることだろう。僕がしたように。きっと僕はこの迫り来る運命に気づいていて然《しか》るべきだったんだと思う。だけども何らかの理由で、おそらくはスティルトンのことにあんまりにも思考を傾注していたせいで、僕は気づいていなかった。僕が最低限に深刻な見解を抱いている女の子との、こういう突然の婚約宣言は、僕を根底から動揺させた。その結果、すでに述べたように、僕は激しく跳《と》び上がったのだった。

それでもちろん、誰にも見つからずにお忍びでいたいとして、激しく跳び上がるのが賢明でない場所がひとつあるとしたら、それは女性の寝室の衣装戸棚の中だ。僕の突然の動きによって持ち場を離れていま僕の頭上に降り注いできたものが正確なところ何であったのか、僕には言えない。だが帽子箱だったのだと思う。何であったにせよだ、そいつは静けき夜に、石炭が石炭シュートから地下貯蔵庫にがらがら落ちてゆくみたいな音をあげ、僕は鋭い悲鳴を聞いた。一瞬後、扉がこじ開けられ、紅潮した顔がのぞき込んで僕をにらみつけた。そのとき僕はその帽子箱を、もしそいつが帽子箱だったとしてだが、頭から払い落とそうとやっていた。

「ホー!」スティルトンは言った。のどに骨が刺さったねこみたいに苦しげな言い方だった。「そこから出てこい、ヘビ野郎」奴は付け加えて言った。奴は僕の左耳にとり付いて、そいつを力強く引っ張っていた。

僕は瓶のコルクが抜けるみたいにスポンと飛び出した。

14・煩悶する魂

こういう時に何と言うべきかは、いつだってちょっぴり困難である。僕は「ああ、そこにいたのかスティルトン。こんばんは」と言った。だがそれは間違いだったようだ。なぜなら奴は背中にコガネムシが入ってでもいるみたいに震えただけで、奴の目のギラギラはさらに増したからだ。われわれ全員を心安らかならしむるためには、ここはものすごくたくさん、僕の側の人当たりのよさと如才《じょさい》のなさが必要とされるところだと僕は理解した。

「お前はきっと驚いていることだろう――」僕は始めた。だが奴の手は警官隊に戻って交通整理をやってるみたいに上を向いたままだった。それから奴はごろごろ轟《とどろ》いてはいたものの、静かな声で言った。

「俺は廊下で待ってる、ウースター」奴はそう言うと、大股に歩き去った。

こういう台詞《せりふ》を言わせた精神が、僕には理解できる。奴の内なるプリュー・シュヴァリエというか勇ましき騎士が、表に現れたのだ。チーズライトのことを、口から泡を吹くまで挑発してやることは可能だが、奴に自分がイートン校の卒業生でプッカ・サヒブ［第一級、真正のを意味するヒンディー語で、真正の紳士の意］であることを忘れさせることはできない。イートン校の卒業生は異性の前で乱闘はしない。プッカ・サヒブもそうだ。彼らは第二当事者側とどこか人目につかない場所で二人きりになれる時まで待つのである。

僕はこういう繊細なる感性を全面的に是認してやまないものだ。というのはつまり、おかげで僕は天下泰平な身の上になれたからだ。いまや僕は、偉大な将軍たちが事態の加熱しすぎた時に威厳を保ちつつ行う、あの巧妙なる転進を遂行することによって何にせよ不快な性格の事態を回避することが可能になった。あなたはこういう将軍を窮地に追い詰めたと思って急襲を仕掛けるべく準備万端用意している。ところが、驚きかつまた悔しいことに、靴下を引き上げて武器に最後の磨きを掛けているときに、将軍がもはやそこにいないことに気づくのである。彼は部隊を引き連れ、軍用鉄道を退却していってしまったのだ。

はしごが準備万端、僕を待ち構えてくれているからには、僕も同じように快適な立場にある。廊下は僕にとって何の意味も持たなかった。僕が廊下なんかに出てゆく必要はない。僕がしなければならないのは、窓をそっと通り抜け、一段目の横木に足を載せ、心も軽くテラ・フィルマというか磐石《ばんじゃく》の大地へと降り立つことだけだ。

しかし、最も偉大な将軍たちをもぺしゃんこにできる状況がひとつある——すなわち、もし切符を買いに駅によっこらしょとでかけていって、あれから軍用鉄道が爆破されてしまっているのを知ったとしたら、ということだ。その時あなたは彼が頭を掻《か》き掻き下唇を嚙《か》みしめる姿を目にすることだろう。近時の会話中、どこかの時点で、そいつは影も形もなしに消えていたのだ。

いったいはしごがどうしてしまったのかは、僕には解決不能な謎だった。しかしその点についてはは後でよくよく検討すればいい。今現在明らかなのは、ウースター頭脳の精華をもっと喫緊《きっきん》の課題に傾注しなければならない——すなわち、どうやってドアを経由してスティルトンと閉塞した空間にて二人きりになる——ほっそりした体型の男が、こういう心理状態のときに閉塞した空間で一番二人きりになりたくない人物とだ——ことなく、この部屋から脱出したらいいのか、ということだ。僕はこの点をフローレンスに告げた。また彼女もシャーロック・ホームズのように、この問題が疑問の余地なく一定の興味を提示する点に同意してくれた。

「あなたここに一晩中いるわけにはいかないわ」彼女は言った。

僕はその主張の正当性を認めた。しかしただいまのところいったいぜんたい他にどうしたらよいのかわからないのだと付け加えて述べた。

「君、シーツを結んでそいつで僕を地面に降ろしてやろうとは思ってくれないよね？」

「ええ、思ってあげないわ。飛び降りたらどう？」

「そうして粉々に砕け散るんだな？」

「砕け散らないかもしれないわ」

「他方、砕け散るかもしれない」

「うーん、たまごを割らずして、オムレツは作れなくてよ」

僕は彼女を見つめた。そいつは僕がこれまで聞いたことのある女の子の言葉じゅうで、一番バカバカしいやつだと思えた。僕はもうちょっとで、「君のオムレツの話なんてコン畜生だ！」と言いそうなところだった。と、何かが僕の脳みその中でポンと音立ててはじけ、あたかも何かすごく元気の出る強壮剤をどっさり一服飲み込んだみたいになった。寝たきりの病人を長椅子から起き上がらせてキャリオカ［映画『空中レヴュー時代』（一九三三）のアステア＝ロジャースのダンスシーンで使われたルンバ曲］を踊りださせるおめざを飲んだような気分になってだ。しっかりした手つきで、僕はドアを開けた。そしてスティルトンがこれから一仕事始めてやろうという大量殺人者みたいに僕のところに近づいてくると、僕は人間の目の威力でもって奴を抑制した。

「ちょっと待て、スティルトン」僕はもの柔らかな調子で言った。「己《おの》が怒れる情動に身を委ねる前に——と、こういう言い方でよければだが——お前にはドローンズ・クラブ・ダーツ・スウィープで僕を引き当てたってことを忘れないでいてもらいたいものだな」

これで十分だった。あたかも街路灯に衝突したみたいに唐突に立ち止まると、奴は諺《ことわざ》に出てくるねこのごとく目をむいて立ち尽くした。諺の中のねこというのは、ジーヴスによると、「ほしい」よりも「できない」の方を先にするのだそうだ［『マクベス』二幕二場］。それで僕にはそれこそ今スティルトンがやっていることだと裸眼でもって見てとれた。

袖からホコリを払い落とし、静かな笑みにて微笑《ほほえ》み、僕は続けてたたみ掛けてやった。

「状況はわかってるだろう？」僕は言った。「僕の名前を引き当てることで、お前は普通の男とは一線を画することになった。最も粗悪な頭脳の持ち主にもわかるように——僕はお前のことを言っているんだ、チーズライト君——ことをつまびらかにするならば、普通の男はピカディリーをのんびり歩いている僕を見たら、ただ〈ああ、あそこをバーティー・ウースターが行くな〉と言うだけだが、くじで僕を引き当てたお前は、〈あそこを俺の五六ポンド一〇シリングが行く〉って言うんだ。そしておそらくお前は僕の後を追いかけてきて、近頃の交通事情はとっても危険だから道路を横断する時には十分注意するようにって言うんだな」

奴は手を上げ、顎《あご》に指を当てた。僕の言葉が無為に費やされてはいないことが見てとれた。袖口を打ち払い、僕はまた続けた。

「お前が考えているような暴力沙汰にもし及んだとして、どうしたら僕はあのダーツ・トーナメントで勝利を収めて六〇ポンド近くの金をお前のポケットに仕舞わせてやれるんだろうなあ？　お前のバズーカ頭で、そいつを考えてみるがいいさ、親愛なるチーズライト君」

むろんこれは緊迫した苦闘であったが、長くは続かなかった。理性が勝利したのだ。張りつめた心のありようを雄弁に語る低いうめき声をあげ、奴は後退し、そして陽気な「それじゃあおやすみ、わが友よ」とやさしい手の一振りと共に、僕は奴を置いて自室に向かった。

部屋に戻ると、えび茶色のドレッシングガウンを着たダリア叔母さんが、それまで座っていた椅子から立ち上がり、燃え盛る目で僕をにらみつけ、声を出そうともがいた。

「さあて！」か弱い身体には大きすぎる厚切り肉をのどに詰まらせたペキニーズ犬みたいに言葉を詰まらせながら、彼女は言った。その後、言葉を発するのはあきらめ、彼女はただ立ってガラガラ音を出しているだけだった。

この状況でこれはちょっとあんまりだと思ったと僕は言わねばならない。つまりだ、もし燃え盛る目と声帯のトラブルを保有する権利のある人間が誰かいるとしたら、僕の見るところ、それは僕だ。つまりだ、事実を考慮していただきたい。戦隊に発令する際のこの女性の間抜け頭の大へまのせいで、僕はフローレンス・クレイと祭壇に向かって歩く予定になってしまい、デリケートな神経中枢にとっては永久的なダメージとなりうる試練に立ち向かわされてきたのである。にらみつけられ、ガラガラ音を出されるどころか、自分は明確な説明を要求し、納得させてもらうべき立場にあるとの意見を僕は強く持っていた。

この点を彼女に申し向けるべく咳払いをすると、彼女は感情を克服し、話しはじめられるまでになっていた。

「さあて！」民衆の罪をこれから罵る女小預言者みたいな顔で、彼女は言った。「あんたの貴重なお時間をお邪魔してお伺いさせていただいてよろしいかしらね。あんたいったいぜんたい自分が何して遊んでると思ってるの、この間抜け顔のバーティーちゃん？　もう朝の一時を二十分くらいも過ぎてるっていうのに、あんたこれっぽっちも行動を起こさないじゃないの。あんたがこんな六歳の子供にだって十五分もあればちゃんとやって片付けられるような簡単容易なお仕事に取り掛かるのを、あたしに一晩中起きて待ってろっていうの？　あんたみたいな堕落したロンドンっ子にはまだまだ宵の口なんだろうけど、あたしたち田舎もんはちゃんと寝たいの。どういうつもり？　どうしてぐずぐずしてるの？　いったいぜんたいあんた今までじゅう何してたのよ、このむかむか顔のチーズ男ちゃんったら？」

僕はうつろで陰気な笑いを放った。そいつをまったくとんちんかんに解釈し、牧場のお仲間たちの真似はお願いだからもっとふさわしい機会にまわして頂戴と彼女は僕に懇願した。僕は自分に、落ち着かなきゃいけない……落ち着け、と言い聞かせていた。

「貴女《あなた》のご質問にお答えする前に、ねえ齢《よわい》重ねたご親戚よ」猛烈な努力で自分を抑制しながら僕は言った。「僕にもひとつ質問をさせてもらおうか。貴女の部屋の窓は左の一番はじだなんて、どうして貴女は僕に言ったのかを、いくつか簡単な言葉で教えてはもらえないかな？」

「左の一番はじよ」

「失礼、もういっぺん言って？」

じゃ？」

さかんな憶測をどっさりやりながら僕を見つめながらだ。「あんたまさか間違った部屋に入ったん
「家に向かったら、もちろんそこは……」彼女は言葉を止め、愕然《がくぜん》として悲痛な声を発した。例の
「ああ、家から見てか？」強烈にわかってきた。「家に向かってってことだと思ったんだ」

「家から見てね」

「あれ以上間違った部屋もありえない」

「誰の部屋だったの？」

「フローレンス・クレイのだ」

彼女は口笛を吹いた。この状況のドラマ性を彼女が捉え損なっていないことは明らかだった。

「あの子、ベッドで寝てたの？」

「ピンクの室内キャップをかぶっていた」

「そして彼女は目を覚ましてあんたを見つけたのね？」

「ほぼたちどころにだ。僕はテーブルか何かを倒しちゃったんだ」彼女はまた口笛を吹いた。

「あんた、あの子と結婚しなきゃ」

「そのとおり」

「とはいえあの子の方であんたを欲しがってくれるかどうかは疑問だけど」

「ところが僕は肯定的な内部情報を得てるんだ」

「あんたが決めてきたの？」

「彼女が決めたんだ。僕たちは婚約した」

「その口ひげにもかかわらず？」

「彼女はこの口ひげが好きなんだ」

「そうなの？　病的だわ。だけどチーズライトはどうするのよ？　あの人と彼女は婚約してるって思ってたけど？」

「もうしてない。終了だ」

「喧嘩別れしたってこと？」

「全面的にだ」

「そしていまや、彼女はあんたをお買い上げしたのね？」

「そのとおり」

　憂慮の色が彼女のかんばせに差し入った。折節のぞんざいな態度にもかかわらず、また時として僕のことをいろいろ悪しざまに罵るにもかかわらず、彼女は僕のことを心から愛していて、僕の幸福は彼女にとっての重大事なのだ。

「あの子はあんたにはちょっとご高尚過ぎるでしょう、どうよ？　あたしがあの子のことわかってるとすると、あの子あんたが〈ヤッホー！〉も言い終えないうちに、あんたにW・H・オーデンを読ませるわ」

「彼女はもうそういう可能性をほのめかしている。僕の記憶が正しければ、彼女が言ってたのはT・S・エリオットって名前だったと思ったけど」

「あの子、あんたを陶冶《とうや》しようって言ってた？」

「そう思う」

「あんたそんなの嫌でしょう」

「ああ」

彼女は理解ありげにうなずいた。

「男ってのはそういうものよ。あたしの結婚が幸福なのは、あたしが一度だってトムに指一本出してこなかったって事実のせいだって思ってるの。アガサはウォープルスドンを陶冶しようとしてるし、彼の苦悩は恐ろしいもののはずだわ。アガサはこの間あの人に禁煙させて、それで足をわなに突っ込んじゃったシナモン色のクマみたいに、あの人おとなしくしてるのよ。フローレンスはあんたに、禁煙しろって言ってきた?」

「まだだ」

「言うわ。それで次はカクテルよ」彼女はなんとかかんとかいったものをどっさり込めて僕を見つめた。彼女が深い自責の念のとらわれになっているのが見てとれた。「あたし、あんたを大変な窮地に陥れちゃったみたいだわね、かわいこちゃん」

「気にしないでよ、ご先祖様」僕は言った。「こういうことってのはあるものさ。僕が心配してるのは貴女の苦境で、僕のじゃない。僕たちは貴女を、ジーヴスの言葉を借りれば災難の海より救出しなきゃならなかった。他のことは何だってそれに比べたら重要なことじゃないんだ。僕が自分を思う気持ちは、強めのドライマティーニにおける、ジンに対するベルモットの割合くらいに過ぎないのさ」

彼女は明らかに感動していた。僕がものすごく間違っているのでなければ、彼女の目は、流されざる涙に濡《ぬ》れていた。

「あんたってとっても利他的だわね、かわいいパーティーちゃん」

「そんなことないさ、ぜんぜんない」

「あんたを見たって、高貴な魂が備わってるなんて誰も思いやしないのに」

「僕を見て、誰がそう思わないんだって？」

「それでもしあんたがそんなふうに思ってくれてるなら、あたしに言えるのはそれであんたの評判は上がるんだし、それじゃあそれでいきましょうってことだけだわ。あんた行ってあのはしごを右の窓に掛けたほうがいいわね」

「左の窓ってことだね？」

「うーん、それじゃあ正しい窓にって言い方にしましょう」

僕は勇気を出して、悪い報せを告げた。

「ああ」僕は言った。「だけどあなたが見逃してるのは――たぶん僕が言い忘れたせいだろうけど――思わぬ障害が発生して、僕たちの目的と目的物にちょっぴりいけない真似をしようとしているってことなんだ。はしごはなくなった」

「どこに？」

「右の窓というか、間違った窓って言うべきところかな。僕が外を見ると、そいつは消えていた」

「バカな。はしごは空中で解けて消えたりしやしないわ」

「消えるんだ。僕が保証する。ブリンクレイ・クム・スノッズフィールド・イン・ザ・マーシュのブリンクレイ・コートにおいては消えるんだ。他での状況はどんなか知らないが、ここブリンクレイ・コートではほんのちょっと目を放した隙《すき》にああいうものは消えてなくなることになってるんだ」

「はしごが消えたってこと？」

「僕が主張しようとしているのはまさしくそういうことだ。そいつはアラブ人みたいに天幕をたたんで、音なく姿を消したんだ」

彼女は明るい藤紫色に変色した。そして思うに何かクウォーン／ピッチリー流の罵り言葉といった性質のモノを吐き出そうとした。つまり彼女は動揺した時に言葉を控える女性ではないからだ。しかしこの時ドアが開き、トム叔父さんが入ってきた。僕はあんまりにも放心状態だったから、叔父さんがよたよたしていたかどうか識別はできなかった。しかし一瞥《いちべつ》しただけで、彼が断然興奮しまくっているのは十分わかった。

「ダリア！」叔父さんは叫んだ。「お前の声が聞こえたと思ったんじゃ。こんな遅い時間に何をしとるんじゃい？」

「バーティーが頭痛なの」頭の回転の速いわが親戚が答えて言った。「この子にアスピリンを飲ませてやってたのよ。頭の具合は少しはよくなって、バーティー？」

「ちょっとはよくなってきたみたいだ」僕は彼女に請け合った。僕も頭の回転は速いのだ。「外に出てるにはちょっぴり遅いんじゃない、トム叔父さん？」

「そうよ」ダリア叔母さんが言った。「あなたこそこんな時間まで何してるのよ、あたしの良き時も悪しき時も伴侶の君ったら？　とっくの大昔に寝てなきゃいけないわ」

トム叔父さんは首を横に振った。彼の様子は厳粛だった。

「寝るじゃと、女房殿？　わしは今夜は一睡もせんつもりじゃ。あまりにも心配にすぎる。この家は、夜盗でいっぱいなんじゃ」

「夜盗ですって？　どうしてそんなこと思いついたの？　あたし、夜盗なんて見てないわ。あんたは見た、バーティー？」

「一人たりとも見ちゃいない。なんて変なんだろうって思ったことを憶えている」

「あなたきっとフクロウか何かをご覧になったんだわよ、トム」

「わしははしごを見たんじゃ。寝る前に庭をそぞろ歩いていた時のことじゃ。窓のひとつに立て掛けてあった。わしは間一髪のところでそいつを片付けた。一分でも遅かったら、夜盗たちが何千と流れ込んで来ておったはずじゃ」

　ダリア叔母さんと僕はちらりと目線を交わし合った。消えたはしごの謎が解かれて僕たちはいくらか嬉しかったのだと思う。おかしなことだが、本のかたちのミステリーのどれほど熱烈な愛好家だとて、実生活の中にそういうものがひょっこり現れた時には、必ずや嫌な気分になるのが人間である。

　叔母はトム叔父さんの興奮を鎮《しず》めようとした。

「たぶん庭師が使ったはしごが立て掛けっぱなしで忘れられてただけでしょ。とはいえ、もちろん」彼女は思慮深げに言葉を続けた。きっとちょっぴり地ならしをしておいても害はないと思ったのだろう。「あたしの高価な真珠のネックレスを狙《ねら》って、押し込み強盗が入る可能性はいつだってあるとは思うけれど。あたしそのことを忘れてたわ」

「わしは忘れとらん」トム叔父さんは言った。「一番最初にそのことに思い当たっておった。わしはお前の部屋にまっすぐ行ってあれを手に入れ、玄関ホールの金庫に入れて鍵をしておいた。あそこからあれを盗み出すには、泥棒もよほど知恵が立たねばならんわい」彼はささやかな誇りを込めてそう付け加え、部屋を出ていった。彼の後には、いわゆる意味深長な沈黙が残された。

叔母は甥を見やり、甥は叔母を見やった。

「なんてことでしょ！」前者が言い、会話をふたたび進行開始した。「さてとどうしたらいい？」

これは厄介な事態だという点に僕は同意した。実際、どうしたら事態がこれより厄介になりようがあるものか、すぐには言えないくらいだった。

「組合わせ錠の数字がわかるなんてことはない？」

「希望なしだわね」

「もしかしてジーヴスだったら金庫破りができるかもしれない」

彼女は明るくなった。

「絶対できるに決まってるわ。ジーヴスにできないことなんかないんだから。行って彼を連れてらっしゃい」

僕は苛立《いらだ》たしげになんてこったをやった。

「いったいぜんたいどうやって僕に彼を連れてこられるのさ？　僕は彼の部屋がどこか知らないんだよ。貴女は知ってるの？」

「いいえ」

「ふん、部屋から部屋を訊ねてまわって、家事使用人をぜんぶ起こすなんてわけにはいかないじゃないか。僕を誰だと思ってるのさ？　ポール・リヴィア［アメリカ独立戦争の時、イギリス軍の進撃を告げた鍛冶屋］だとでも？」

僕は返事を期待して言葉を止めた。そして僕がそうしている間に、他ならぬジーヴスその人が入ってきた。夜も遅い時間だったが、彼は登場してくれたのだ。

「失礼をいたします、ご主人様」彼は言った。「おやすみ中をお邪魔する仕儀とならず、うれしいことでございます。諸事満足のゆくはこびとなりましたか否かをお伺いに参上いたしました。ご計画は上首尾となりましたでしょうか、ご主人様？」

僕はココナッツ頭を横に振った。

「いいや、ジーヴス。僕は不可思議な具合に驚異を達成すべく活動開始した。しかしさまざまな不可抗力によってゆく手を阻《はば》まれてしまったんだ」僕は言い、いくつかの簡潔明瞭《めいりょう》な言葉で彼に事情を知らせた。「そういうわけで、今やネックレスは金庫の中にある」僕は話を締めくくった。「そして僕の見るところ、またダリア叔母さんの見るところもそうなんだが、問題は、いったいぜんたいどうやってそいつを取り出すかってことだ。君は状況を理解してくれたかな？」

「はい、ご主人様。不快なことでございます」

ダリアおばさんは情熱的な叫び声を発した。

「やめて！」彼女は途方もない熱情を込めて声を轟かせた。「もしもう一遍だってその〈不快でございます〉を聞いたら……あなた、金庫は爆破できて、ジーヴス？」

「いいえ、奥様」

「そんな何げなさげに〈いいえ、奥様〉なんて言わないで。どうしてできないだなんてわかるの？」

「それには特殊な教育と生い立ちが必要でございます、奥様」

「じゃああたし向きだわね」ドアに向かいながら、ダリア叔母さんは言った。彼女の顔は険《けわ》しく、こわばっていた。フランスで色々不愉快なことがあった時代に、これからギロチン台へ向かう死刑囚移送車に飛び乗ろうとする侯爵夫人もかくやという風情《ふぜい》だった。「あなた、サンフランシスコの地震は経験してないわね、ジーヴス？」

「はい、奥様。わたくしは合衆国の西海岸諸市を訪問いたしたことはいまだございません」

「もしあの地震に遭ってたら、シドカップ卿がやってきてトムに恐るべき真実を告げた時に起こることは、あなたに昔の経験を思い出させるでしょうねって思っただけなの。さてとそれじゃあ、おやすみなさい。あたし帰って美容のための睡眠をとらなきゃ」

　彼女はとっとと立ち去った。雄々しき人物である。クウォーンは娘たちをしっかりと教育する。そこに弱虫はいない。いざという時、破滅的な状況に直面しても――以前ジーヴスがこういう言い方をしたのを記憶しているのだが――彼女たちはひるんだり大声で悲鳴を上げたりはしないのだ。ドアが閉まると僕はこの点を彼に告げ、大いにそのとおりだと彼は同意した。

「なんとかかんとかのなにかかにかにより……後はどう続いたかな？」

「偶然の殴打により彼らの頭部は……ご寛恕《かんじょ》を願います……血に染まり、しかしうなだれず、でございます」

「そのとおりだ。君の作か？」

「いいえ、ご主人様。故ウィリアム・アーネスト・ヘンリー、生年一八四九、没年一九〇三、でございます」

「はあ？」

「詩の題名は〈インヴィクタス〉［「敗れざる者」］でございます。しかしながらトラヴァース夫人におかれましては、ご来駕《らいが》なされるのはシドカップ卿とおおせあそばされたと理解いたしてよろしゅうございましょうか？」

「そいつは明日やってくるんだ」

「その方がわたくしどもが相談いたしておりました、トラヴァース夫人のネックレスをご検分あそばされる紳士様でいらっしゃるのでございましょうか？」

「そいつがそいつだ」

「それならばすべてはご安慮いただいてよろしかろうと拝察申し上げます、ご主人様」

僕はびっくり仰天した。僕は彼の言うことを聞き間違えたのだと思った。でなければ、彼はでたらめを言っているにちがいない。

「すべて大丈夫、と君は言ったのか、ジーヴス？」

「はい、ご主人様。あなた様におかれましては、シドカップ卿がどなた様かをご承知あそばされぬのでございましょうか？」

「生まれてこの方そんな奴のことなんか僕は聞いたことがない」

「あなた様はその方をおそらく、ロデリック・スポード様としてご記憶でおいであそばされましょう」

僕は彼をじっと見つめた。楊枝一本でだってノックアウトされていたところだ。

「ロデリック・スポードだって？」

「はい、ご主人様」

「君が言っているのは、トトレイ・タワーズのロデリック・スポードのことか？」

「まさしくさようでございます。伯父上であられた先代シドカップ卿のご逝去に伴い、あの方は近頃同称号をご継承あそばされたのでございます」

「なんてこった、ジーヴス！」

「はい、ご主人様。かくなる次第とあいなりましたからは、トラヴァース夫人のご直面あそばされる問題は容易に解決可能であることにご同意いただけましょう。閣下がユーラリー・スールの商号の下、ご婦人用下着をご販売あそばされておいでであるとの事実をご想起せしむる言葉をお告げあそばされたならば、当該ネックレスの偽造性に関してはご配慮あるご沈黙を維持される方向に格段の進展が結果いたすことでございましょう。わたくしどもがトトレイ・タワーズを訪問いたしました折、当時スポード様であられた閣下におかれましては、同件をひろく一般の周知するところといたすことにつき不本意であられる旨のご意思を明白にご表明あそばされたことをご記憶でいらっしゃいましょう」

「うひゃあ、ジーヴス！」

「はい、ご主人様。その点をご一言申し上げておくべきであろうかと思料いたしました。おやすみなさいませ、ご主人様」

彼はにじみ去り、姿を消した。

15．背骨の危機ふたたび

われわれウースター家の者はたいそうな早起きではない。翌朝僕が目覚めて新たなる一日を迎えた時、すでに太陽は天上いや高くましましていた。そして僕がおいしいスクランブルド・エッグとコーヒーをたらふく頂き終えた直後、ハリケーンが直撃したみたいにドアが開き、ダリア叔母さんがくるくるピルエットしながら入ってきた。

僕は「ピルエットしながら」という言葉を意識的に使っている。つまり彼女の佇《たたず》まいには、一目見て即座に気づかずにはいられないくらいの弾性があったからだ。昨夜の打ちひしがれた哀しみ女《め》の気配は、あとかたもなく消え去っていた。このご婦人は明らかに有頂天に舞い上がっている。

「バーティー」僕のことをナマケモノの猟犬ちゃん呼ばわりし、あたしに言わせれば今年一番の途《と》轍《てつ》もなくバカみたいに最高に素敵な日にベッドでのらくらしてるだなんて恥ずかしいと思いなさいと述べた短い開会の辞の後、彼女は言った。「あたしたった今ジーヴスと話してきたところなの。それでももし困っている友達の命を助けてくれる人がこの世にたった一人いるとするなら、それはジーヴスよ。ジーヴスに脱帽ってのが、あたしの意見だわね」

僕の口ひげは神と人への冒瀆《ぼうとく》で、強力な除草剤をもってしか治療のしようがないとの所見を口頭にて表明するため一休みすると、彼女はふたたび話しはじめた。

「今日うちに来るこのシドカップ卿ってのは、あたしたちの古いお友達のロデリック・スポードに他ならないって彼は教えてくれたの」

僕はうなずいた。彼女の元気一杯の様子から、彼がこのビッグニュースを漏《も》らしたにちがいないとは推測していたのだ。

「そのとおり」僕は言った。「どうやら誰も知らなかったけど、スポードはとっくの昔からその称号の持ち主の秘密の甥で、それで僕たちがトトレイ・タワーズに逗留したとき以来、前者は明けの明星といっしょにお暮らしに儚《はかな》くなりにけりでいってしまわれて、あいつを昇級させたってことなんだな。するとジーヴスは〈ユーラリー・スール〉のことも貴女《あなた》に話したんだね？」

「ぜんぶよ。どうしてあんた今まであたしに言ってくれなかったの？　あたしがお笑い大好きってことは知ってるでしょ」

僕は威厳たっぷりなふうに両手を拡げ、コーヒーポットをひっくり返してしまった。幸いそいつは空であったのだが。

「僕の唇は封印されていたんだ」

「あんたの唇なんてどうだっていいでしょ」

「ああ、僕の唇なんてどうだっていいさ。だが繰り返して言わせてもらう。その情報は極秘ということで僕に知らされていたんだ」

「叔母ちゃまには言ってくれたってよかったじゃない」

僕は首を横に振った。女性にこういうことは理解できない。ノブレス・オブリージュ［高い身分に伴う徳義上の義務」は手弱女《たおやめ》らには無意味なのだ。

「絶対の内緒ごとってことを人はたとえ叔母さんにだってバラしたりはしないものなんだ。真っ当で信頼のおける男であったらばね」

「まあいいわ、あたしは事実を知ってるし、スポード、またの名をシドカップはこの手のうちの奴隷もおんなじよ。神に感謝だわ」はるかかなたを望む恍惚《こうこつ》とした表情で、彼女は続けて言った。「あのトトレイ・タワーズでの日のことを、あたしどれだけしっかりと憶えていることかしら。あの男はまなこぎらつかせ口から泡をぶつぶつさせながらあんたに近づいてきて、するとあんたは、アナトールだったらキュウリみたいにクールにって言うんでしょうけど、すっくりと立ち上がって、こう言ったんだったわ。〈ちょっと待て、スポード。僕がユーラリーについてすべて知っている、ということを知っておくのも興味深いんじゃないかな〉って。きゃあ、あたし、どれほどあんたに感服させられたことかしら！」

「もっともだな」

「あんたジャングルの人食い殺人王者に挑む、サーカスのライオン使いみたいだったわ」

「確かに類似性は存在するかな」

「そしたらあいつがどんなふうにしなびちゃったことか！　あたしあんなの一度だって見たことなかったわ。あたしの目の前で、あの男、濡《ぬ》れた靴下みたいにへなへなしなびちゃったの。それであの男が今夜ここに来たら、またあれをやることになるんだわ」

「貴女はあいつを脇に引っ張っていって、自分はあいつの罪深い秘密を知っているって言うつもりなんだね？」

「まさしくそのとおり。トムがあのネックレスを見せたら、これは素晴らしい美術品で支払っただけの価値はありすぎるくらいあるって言うよう、強く勧めるつもりよ。失敗のしようがないわ。まったく、あの男がユーラリー・スールの持ち主だなんて！　あれでごっそり大金を儲《もう》けてるにちがいないんだわ。あたし先月あそこに行って、キャミニッカーズを買ったんだけど、途轍もなく大繁盛してる様子だったわよ。高波みたいに金がざぶざぶ流れ込んできてるはずだわ。ところであんた、キャミニッカーズの話をすればだけど、フローレンスが自分のをたった今見せてくれたわよ。着てるのを見せてくれたってわけじゃないの。持ってるのを、ってことね。あたしがどう思うか意見を聞きたがってたの。それであんたにこう言うのはとっても残念なんだけど、あたしのかわいい仔ヒツジバーティーちゃん」叔母らしい同情を目に表しながら、彼女は言った。「あれはあっちの方面じゃ、ずいぶんと気合の入ったモノに見えたわよ」

「そうなの？」

「ものすごい気合入りね。あの子、例のウエディング・ベルを鳴り響かせる件、本腰を入れてやる気みたいだわよ。こんどの十一月辺りって、あの子は考えてるみたい。ハノーヴァー・スクウェアのセント・ジョージ教会［社交界人士の結婚式場によく用いられた］でね。もう花嫁介添人とかパーティー料理のことについて、おおっぴらにしゃべってるわ」彼女は言葉を止めた。そしてびっくりしたみたいに僕を見た。「あんたあんまり動揺してるふうに見えないけど」彼女は言った。「あんたって本に出てくる冷硬鋼の男ってやつだったの？」

　僕は両手をまた拡げた。こんどは朝食トレイには、なんにも被害を引き起こさずに済んだ。

「うーん、僕はこう断言するよ、ご先祖様。僕くらいしょっちゅう婚約してそのたび間一髪のところで処刑台から救出されてきたって男は、自分の生まれ星を信じるようになるんだ。本当に祭壇に向かって歩いて、オルガンが『おお、まったき愛よ』を演奏し、聖職者が〈汝はこの者を妻とするか？〉って言う時まで、本当に負けと決まったわけじゃないって彼は思うんだよ。今現在のところ、確かに僕はスープに浸かってる。だけどいずれは神の思し召しのままに、スープ・チューリーンから無傷で出てこられるって恩寵が下されるんじゃないかなあ」

「あんたは絶望してないのね？」

「ぜんぜんしてないさ。よくよく考え直した後、二人を仲たがいさせた誇り高き精神は、寄り添い合い、仲直りし、そして僕は御用済みになるって野望を僕は抱いてるんだ。二人の不和の理由は……」

「知ってるわ。あの子が話してくれたもの」

「僕が一週間ばかり前のある晩フローレンスを〈モトルド・オイスター〉へ連れていったってことをスティルトンが知って、それで僕がそうした理由が彼女が新作本のために雰囲気づくりの取材をするためだってことを奴が信じてくれないからなんだ。奴が頭を冷やして理性が玉座に回帰すれば、自分がどんなに間違っていたかってことがわかって、卑しい疑いなんかを抱いた自分を許して欲しいって彼女に乞い願うはずなんだ。僕はそう思う。そう思いたい」

　彼女は僕の言うことにも一理あると同意し、僕の気概を賞賛してくれた。彼女の意見ではそいつは真っ当だそうだ。僕の勇猛果敢さはテルモピュレ［ペルシア戦争でスパルタ軍三百人が玉砕した戦場］、そいつがどこにあるにせよだ、のスパルタ人のそれを思い起こさせると彼女は言った。

「だけどフローレンスによれば、あの男は現在のところそういう境涯にははるかほど遠い心境にあるみたいだわよ。あいつはあんたたち二人が天井なしの飲み騒ぎをやってたって確信してるって、あの子は言ってたわ。それにもちろん深夜にあの子の寝室の衣装戸棚の中で見つかったのは、運が悪かったわね」

「ああ、ものすごくだ。ああいう事態はよろこんで回避したいものだな」

「あの男には途轍もない衝撃だったことでしょうねえ。あたしにわからないのは、どうしてあの男はあんたをハンマーでこてんこてんに叩き潰《つぶ》さなかったのかってことよ。まず真っ先にそうしてるはずだって、思うじゃない」

僕は静かに微笑《ほほえ》んだ。

「奴はドローンズ・クラブ・ダーツ・スウィープで僕を引き当ててたんだ」

「それが何の関係があるのよ？」

「ねえ愛する叔母上様、そいつのダーツ板への妙技に自分が五六ポンド一〇シリング得られるかどうかが掛かってるって時に、人はそいつをハンマーでこてんこてんに叩き潰すものかなあ？」

「ああ、わかったわ」

「スティルトンにもそこのところがわかったんだ。僕はその点を奴によくよく言い聞かせてやった。そして奴は脅威であることをやめたんだ。奴の思いがハンマー叩き潰し方向にどれほど押し流されようとも、ことわざのねこの穏やかな非戦闘的態度を維持し続けなきゃならないんだ。僕は奴のことはうまいこと封印してやった。それ以上検討しておきたい点はある？」

「あたしの知る限りなしだわね」

「それじゃあ貴女がご退出されたら、僕は起きて着替えることにする」ドアが閉まると僕は寝床から起き上がった。そして入浴し、ひげをあたり、衣服を身にまとうと、タバコを持って庭園と家屋敷を散策にでかけた。

いまや太陽は、先ほど見たときよりもだいぶいや高きところにましましていた。その穏やかな暖かみは、僕の気分の楽観性を増大させてくれた。スティルトンと僕が奴を追い詰めた完璧なるスタイミー状態のことを思うとき、結局世の中はそんなに捨てたもんじゃないと考えている自分に僕は気づいた。これから何事か始めてやろうと圧力をかけてきた下衆な野郎を戦術でうち負かしてやる以上に、人の心を元気一杯にしてくれるものがあるかどうか僕は知らない。封印されて手も足も出ない状態でいるスティルトンのことを思うと、トトレイ・タワーズにてロデリック・スポードを我が意の下に屈服させたときに経験したのとおんなじ種類の満足を僕は覚えた。ダリア叔母さんが言ったように、実にまことにライオン使いではある。

とはいえ、確かにフローレンスのことがある——すでに、花嫁介添人、パーティー料理、ハノーヴァー・スクウェアのセント・ジョージ教会のことをおおっぴらに語っている——そしてもっと劣った人物であれば、自らのビアンネートル、すなわち満足の気分が彼女の暗黒の影にて覆われるのを許すことだろう。しかしどんな時でも天の恩寵をひとつひとつ数えるのが、ウースター家の者のやりかたなのだ。そして僕はこの絵の明るい側面のみに関心を集中し、たとえ土壇場での死刑執行中止が実現せず苦杯を喫することを余儀なくされようとも、ダーシー・チーズライトから両目の周りの黒あざと叩き砕かれた背骨という結婚祝いのプレゼントを受け取ることはないのだと自分に言い聞かせた。何が起ころうとも、それだけは勝負に先行しているというものだ。

要するに、僕は上向き気分でほとんど「トゥラララ」と言いそうなところだった。と、僕はジーヴスが聞きたがり屋の聞き手の風情《ふぜい》でゆらめき現れたのに出くわした。

「ああ、ジーヴス」僕は言った。「素敵な朝だなあ」

「たいそう結構な朝でございます、ご主人様」

「何か用があって、僕に会いたかったのか？」

「いっときお時間をいただけますならば、ご主人様。わたくしは本日の業務をご免除いただだいてロンドンに行ってまいることは可能かどうかをお伺いいたしたく存じております。ジュニア・ガニュメデス・クラブの昼餐《ちゆうさん》会でございます」

「そいつは来週だと思っていたが」

「明日、アメリカ合衆国に出発するサー・エドワード・エヴェレットの執事の便宜を図るため、前倒しにされたのでございます。サー・エドワードはワシントンにて大ブリテン国大使の任務にご就任あそばされるご予定でございます」

「そうなのか？　イボ親爺《おやじ》さんの幸運を祈ろう」

「はい、ご主人様」

「ああいう公僕連中がせっせと働いて給料を稼ぐ様を見るのはいいものだな」

「はい、ご主人様」

「納税者であるならば、ということだ。連中の給料には幾らか貢献してやってるんだからな」

「まさしくさようでございます、ご主人様。わたくしが同会合に出席できますよう、万障お繰り合わせをいただけますならば、大変嬉しく存じます。先にお知らせ申し上げましたように、わたくしが座長を務めますゆえ」

うむ、もちろん彼がそう言うなら、僕としてはよしきたホーをやってやるほか選択の余地はない。

「もちろんだとも、ジーヴス。どんどんでかけていってあばら骨がキーキー言うまで楽しんでくることだ。これが君にとって最後の機会になるかもしれないんだからな」僕は意味ありげに付け加えた。

「さて、ご主人様？」

「うーん、メンバーがクラブブックの秘密を漏洩《ろうえい》しないようにってことにガニュメデスの偉いさん連中がどんなにうるさいかって話を、君はよく強調してきたじゃないか。それでダリア叔母さんが僕に教えてくれたんだが、君はスポードとユーラリー・スールの内部機密を彼女に漏らしちゃったという。もしそれが知れたら連中は君を追放するんじゃないか？」

「さような可能性はごくごく僅少でございます、ご主人様。またわたくしは喜んでその危険をお引き受けいたすものでございます。トラヴァース夫人のご幸福が懸案の問題と承知いたしておりますゆえ」

「殊勝な心掛けだな、ジーヴス」

「ありがとうございます、ご主人様。ご満足を頂けますようあい努めております。さてと、ご寛恕《かんじょ》を頂けますならば、おそらくそろそろ駅に向かった方が宜しき頃合かと拝察をいたします。ロンドン行きの列車がまもなく出発いたしますゆえ」

「ツーシーターに乗っていったらどうだ？」

「もしあなた様のお許しをいただけますならば」

「もちろんだとも」

「大変有難うございます、ご主人様。たいそう好都合なことでございます」

彼は館の方向に去っていった。きっと帝都にあってなくてはならぬ友である山高帽を取りにいったのだろう。彼が立ち去るとすぐに、哀れっぽい声で僕の名前が呼ばれるのが聞こえ、振り返るとパーシー・ゴリンジがべっこう縁のメガネを陽光にきらきらきらめかせながら近づいてくるのが見えた。

奴の姿を見て僕が第一に感じたのは驚きだった。僕がこれまで会ったことのある不規則走行者中、奴が一番予測不能な男だと思いながらだ。つまりだ、その時々に、奴がどういう側面を世の中に向けているものか予想がつかないのだ。つまり奴は嵐から晴れ、晴れから嵐へと、壊れた晴雨計みたいに切り替わる。前夜のディナーのとき、奴はずっと陽気で快活だった。そして今ここで奴は、あれからほんの数時間後だというのに、ダリア叔母さんに強硬措置をとるに至らしめたあの死んだタラの物真似を、またしてもやっているのである。僕を光なき目で見つめ――光りなき目という言葉で正しければだが――、前置きのピッピーやプールパルールというか予備会談でもって時間を無駄にすることなく、奴は己《おの》が胸に重くのしかかる危険物をただちに全開で一掃し始めたのだった。

「ウースター」奴は言った。「フローレンスがたった今、ひどくショッキングなことを言った!」

うむ、むろん何と言ってよろしいものかは難しい。それがどんな話だったのかと訊《き》き、もしかして音に聞く司教様と女へビ使いの話かと付け加えたい衝動を人は覚えるものだ。それからおそらく現代娘の言語行動の弛緩《しかん》を嘆く思慮に満ちた言葉をひとつふたつ投入することもできよう。しかし僕はただ「あ、そう?」と言い、更なる詳細を待った。

彼の目は、前夜のフローレンスのそれのように、激昂《げっこう》に細められてぐるぐる回り、天上から地上を、地上から天上を見やっていた。そのことが奴を動揺させているのが見てわかるというものだ。「朝食の直後」目を元に戻し、そいつをふたたび僕の上に据えながら、奴は続けた。「多年草花壇の中で彼女が一人で花を剪《き》っているところを見つけ、僕は急いで近づいていって籠を持たせてもらっていいかって訊いたんだ」

「そりゃあ礼儀正しい行為だな」

「彼女は僕に感謝し、そうして頂けたらありがたいわと言った。それからしばらく僕たちは当たり障りのない話をしゃべりあっていた。話題はあちこちし、やがて僕は彼女に、妻になってくれと頼んだ」

「なんて奴だ！」

「失礼、何だって？」

「僕はただ〈なんて奴だ！〉って言っただけだ」

「どうして君は〈なんて奴だ！〉って言うんだ？」

「一種の声援だな。そういうつもりだった」

「わかった。僕に声援を送ってくれたのか。そいつは〈なんという男だろう〉という文章の転訛《てんか》で、友情に満ちた激励を意味するということだな？」

「そのとおり」

「それならば僕はこの状況に驚いた——また少なからずむかついてもいる——君の口からそれを聞くことにだ、ウースター。安っぽい愚弄やひやかしは控えてもらったほうが、いい趣味だな」

「へっ？」

「君は勝利を収めたんだから、君ほど幸運でなかった者をあざ笑う理由はなかろう」

「すまない。いくらか注を補ってもらえないかなあ……」

奴は我慢がならないというふうにちっと舌打ちをした。

「僕はフローレンスに妻になってくれるよう頼んだと言ったじゃないか。また僕は彼女が僕にたいそうショッキングなことを言ったとも言った。つまり彼女は君と婚約しているということをだ」

ようやくわかった。奴が何を言わんとしているかがわかった。

「ああ、うん、そうだ、もちろんだ。ああ、そのとおり。僕たちはどうやら婚約しているらしいな」

「いつそういうことになったんだ、ウースター？」

「つい最近だ」

奴は鼻をフンと鳴らした。

「ごく最近だろうよ。つい昨日まで彼女はチーズライトと婚約してたってことを考えればな。まったくぜんぶが全部、わけがわからない」パーシーは怒ったふうに言った。「頭がくらくらする。自分がどこにいるのかわからなくなる」

奴の言いたいことがわかってきた。

「ちょっとごたごたしてるな」僕は同意した。

「途方に暮れさせられる。いったい彼女が君のどこをどう見込んだりできるものか、想像もつかない」

「ああ。本当に変だ。全部がぜんぶだ」

しばらく奴は陰気にじっと思案していた。

「彼女がこれまでチーズライトにのぼせ上がっていたことについては」またもや腹だたしげに、奴は言った。「いくらかは理解できる。あいつの知能的欠陥はどうあれ、あいつは力強い若きけだものだ。それでインテリ女性が力強い若きけだものに惹《ひ》かれるってことは珍しいことじゃない。バーナード・ショウはこの点を土台に、初期の長編小説『キャシェル・バイロンの職業』を書いた。だが君ときたら！　説明できない。ただのひょろひょろしたチョウチョウじゃないか」

「君は僕のことを、ひょろひょろしたチョウチョウ呼ばわりするのか？」

「君の方でもっといい表現が思いつくようなら、よろこんで伺わせてもらおう。僕は君のうちに、ほんのわずかの魅力のかけらすら、見きわめられない。フローレンスみたいな女の子にいくらかでも訴えかけそうな美質の影もかたちもだ。君を永遠不変に家のまわりに置いとこうなんて彼女が思うだなんて、驚異だ」

読者諸賢におかれては、僕のことを怒りっぽい男とお呼びになられるかどうかはわからない。いつもの僕ならそうじゃないと述べるだろう。しかし、自分の名前が石板上にひょろひょろしたチョウチョウと書かれているのを見るのは愉快ではない。告白するが、僕はいささか憮然《ぶぜん》として言った。

「うーん、そこのところだ」僕は言い、沈黙に突入した。それで奴の方も、おしゃべりは願い下げな様子に見えたから、僕たちはドッグレースにでかけていって偶然出会った二人のトラピスト修道士みたいにしばらく立っていた。それで僕はすぐに素っ気なく会釈してその場を立ち去っていたことだったろうと思う。フローレンスの衣装戸棚の中で帽子箱で飾られた僕の姿を見てスティルトンが発した叫びと声調および音量において類似した叫び声で奴が僕を引き止めなかったら、ということだ。奴はメガネのフロントガラス越しに、恐怖ではないにせよ、憂慮と思われる目で僕を見ていた。そのことは僕を困惑させた。口ひげに気づくまでにこれほどかかったわけでもあるまいに、と僕は思った。

「ウースター！　なんてこった！　君は帽子をかぶっていないじゃないか！」

「田舎じゃあんまりかぶらないんだ」

「だがこんなに暑い太陽の下でだぞ！　日射病になるかもしれん。そんな危険な真似はしちゃだめだ」

この心遣いに僕は感動したと言わねばならない。僕が感じていたイライラはほぼ雲散霧消した。つまりだ、ほとんど他人に等しい男の健康をこれほど気遣ってくれる男などそういるものではない。たとえひょろひょろしたチョウチョウについてたわ言をどっさり口走ったとて、いちじるしく不快な外観と認められるもののその下には、優しい心が息づいていることが知れようというものだ。

「心配しないでくれ」奴の不安をなだめ、僕は言った。

「だが僕は心配するんだ」奴は鋭く言った。「君が帽子をかぶるか、でなきゃ日陰に入ってるかどっちかにするよう、強く勧める。小うるさいことを言いたくはないんだが、しかし君の健康は当然ながら僕にとっては多大な心配事なんだ。わかるだろう、僕は君をドローンズ・クラブ・ダーツ・スウィープで引き当てたんだからな」

これはわからなかった。どう理解していいものかまるきりお手上げだった。完全な幻覚妄想みたいに、僕には聞こえた。

「君がどうしたって？　ドローンズ・クラブ・ダーツ・スウィープで僕を引き当てたっていうのは、

どういう意味だ？」

「言い方が悪かった。僕は動揺してたんだ。チーズライトから君を買ったって言うべきだった。それで僕が君がこの暑い太陽の下を帽子なしで歩いてるのを見て神経質になるわけがわかるだろう？」

いやらしい衝撃に多彩にいろどられたわが生涯において、僕はよろめきふらふら揺れるべき機会にはふんだんに恵まれてきた。しかしこの恐るべき言葉を聞いたときほど激しくよろめき、ふらふら揺れた時はほぼ皆無《かいむ》である。ご記憶でおいでなら、僕は前夜ダリア叔母さんを指して震えるポプラと呼んだ。この瞬間の僕にはこの表現が壁紙みたいにぴたりとあてはまった。

この感情の高まりは、思うところ容易に理解されよう。すでに明らかにしたように、僕の外交政策のすべては、僕がスティルトンをうまいこと封じ込めたという事実の上に立脚していたのであり、それがいまやクソいまいましくも明らかになったことに、僕は奴をぜんぜん封じ込めてなんかいなかったようなのだ。奴はふたたび、紫色と金色の光芒《こうぼう》を放ちながら仲間と共にヒツジの群れに向かうオオカミみたいにやってくる権利のあるアッシリア人［バイロン「セナケリブの破壊」冒頭］の立場にいるのだ。そして奴の復讐への欲求はきわめて強烈で、己《おの》が戦いの目的を捨てるよりは、五六ポンド一一シリングを犠牲にする覚悟があるのだとの認識は、僕の骨髄を凍りつかせたのだった。

「チーズライトには見えざる美質がたくさんあるにちがいないな」パーシーは続けて言った。「僕は奴のことを見損なっていたと告白するし、もうゲラを返し終えてるんでなきゃ、『パルナッソス』誌から「日没のキャリバン」を引っ込めてたところだ。奴によれば君はダーツ・コンテストで勝利間違いなしだそうだし、それなのにあいつは自ら進んで君の名の書かれたチケットをごく安い値段で僕に売ってくれたんだ。なぜならあいつは僕のことがものすごく気に入っていて、僕にいいことがしてやりたいからなんだそうだ。偉大で寛大で心の温かい行為だし、人間本性に対する信頼を回復させるものだ。ところで、チーズライトは君を探していたぞ。何だか用事があって君に会いたいんだそうだ」

奴は帽子に関する助言を繰り返すと去っていった。そしてしばらくの間僕はその場に立ち尽くし、全身くまなく硬直し、無感覚になったおツムは出来《しゅったい》した恐るべき問題を把握しようと躍起になっていた。途轍もなく悪魔的に賢明な対抗手段がとられねばならず、それも速やかにとられねばならない。だが悪魔的に賢明な対抗手段とは何なのか？　いわゆる障害がここにある。

おわかりいただけよう。そうしたいのは山々であるが、ただたんに危険地帯から逃げ出せばいいというものではない。今夜スポードが到着するとき、僕がブリンクレイ・コートにご参集の皆々様の中にいることが必須なのである。スポードの奴をぺしゃんこにしてやるなどとうきうきして言ってはいたものの、その計画がヒューズを飛ばしておじゃんになることだって考えられるわけだし、そうなったら頭の回転の速い甥がその場に居合わせていることが必要不可欠になる。ウースター家の者は、有事の際に叔母を見捨てたりはしないのである。

したがって僕がよろこんでご購入したい鳩の翼は考慮外として、他にいかなる方途がとり得ようか？　五分かそこら途方に暮れていたと、僕は率直に認めるところだ。

しかしながら極度の危機的状況に際して、インスピレーションを得るバートラム・ウースターの不可思議な才覚が発揮されるとはしばしば言われるところであり、それがいま起こった。突然、満開の薔薇《ばら》のごとくひとつの考えが浮かび上がってひたいを紅潮させた。そして僕は脚を引っ張りあげてツーシーターの止めてある厩舎《きゅうしゃ》の方向に急いだ。ジーヴスがジュニア・ガニュメデス・クラブに至る長き行程にいまだ乗り出してないということだってありうるし、もしそうなら、僕には出口が見いだせるのだ。

16．ロンドン往復ドライブ

もしあなたがB・ウースターの著作といっしょに丸まって寝転がっているときが一番幸せだという上等なお仲間のお一人でいらっしゃるなら、おそらく僕とジーヴスが治安判事エズモンド・ハドックの田舎の居館、デヴリル・ホールを訪問した際の記録を扱った以前の回想録をお読みでおいでだろうし、ハドック家の屋根の下にある間に、僕のアガサ伯母さんの息子トーマスがいわゆるこん棒を所持しているのをジーヴスが発見し、殺人性向のあるガキ悪党の支配権の下には一番置かれるべきでない物と考え——そう考えない者がどこにいよう？——きわめて賢明にもそいつを没収したことをご記憶だろう。先に述べた僕のひたいにひらめいた考えというのがこれだ。すなわち、ジーヴスはまだそいつを持っているだろうか？　すべてはそこのところに掛かっていると思われた。

華麗に装いし山高帽をかぶった彼が、車の運転席でセルフ・スターターに足を掛ける寸前でいるところを僕は見つけた。もうちょっとで時すでに遅しとなるところだった。駆け寄って、その質問を僕は遅滞なく発した。

「ジーヴス」僕は言った。「デヴリル・ホールに滞在した時のことに記憶を戻してくれ。戻してくれたか？」

「はい、ご主人様」

「それじゃあしっかり僕の話についてきてくれ。アガサ伯母さんの息子のトーマスのガキがあそこにいた」

「おおせのとおりでございます、ご主人様」

「奴の気分を何らかの理由で害したスティンカーなる学友に対して使用せんとの意図をもって、奴はロンドンを立つ前に、こん棒を購入していた」

「あるいはブラックジャックでございます。アメリカ式の用語を用いますならば」

「アメリカ式の用語はいい、ジーヴス。君は奴からその凶器を取り上げた」

「それが賢明と思料いたしましたゆえ、ご主人様」

「最高に賢明だった。その点に異論の余地はない。トーマスみたいなならず者のガキにこん棒を持たせて地域社会に野放しにしてみろ、災厄を自ら招くようなものだ……何といったかな？　ねこが《キャット》入っていた」

「キャタクリズム《地殻大変動》でございましょうか、ご主人様？」

「それだ。キャタクリズムだ。疑問の余地なく君は正しいことをした。しかしこれらすべては問題の外なんだ。僕が訊《き》きたいのはここのところだ。あのこん棒、あれはどこにある？」

「アパートメントのわたくしの私物の中にございます、ご主人様」

「僕は君とロンドンまで乗っていってそいつを取ってくる」

「わたくしが帰りに持って戻ってまいりましょう、ご主人様」

僕は短いダンスのステップをやった。帰りにだって、けっ、だ！　そんなのはいつのことになる？　おそらく深夜だろう。ジュニア・ガニュメデスみたいなホットな盛り場に出入りする連中は、昼食終了と共に解散したりなんかはしない。執事たちにやりたい放題やらせたらばどういうことになるかを、僕は知っている。連中は夜遅くまで座り込み、しこたま飲み、声を合わせて歌い、全面的にメールミュート・サルーンの青年たち［ロバート・サーヴィスの詩「ダン・マッグルーの射殺」］みたいに雄たけびを上げるのだ。つまり長い夏の一日丸ごとずっと、僕は無防備でいて、たやすくスティルトンの餌食となってしまうということだ。またこのスティルトンは、すでに述べたように、貪り食らう獲物をもとめ徘徊《はいかい》してまわっているのである。

「だめだ、ジーヴス。すぐにそいつが必要なんだ。今夜でなく、来週の水曜日でなく、可能な限り最も早い時間にだ。僕はチーズライトに猛烈に追われているんだ、ジーヴス」

「さようでございますか、ご主人様？」

「それでもし僕がチーズライトの挑戦から辛《から》くも逃れ去らんとするならば、僕には武器が必要だ。奴の威力は十人力で、武器なしじゃあ僕は奴の鎌の前の穀草［ワーズワースの詩「逍遥」］に過ぎない」

「たいそうお見事なご表現でございました、ご主人様。かような申しようをもしお許しいただけますならば。またあなた様のなされました現状況のご分析も完璧に正確でございます。チーズライト様の頑丈さは、あなた様をハエのごとく叩き潰《つぶ》すことでございましょう」

「そのとおりだ」

「あの方はあなた様を一撃にて跡形もなくご壊滅あそばされることでございましょう。あの方はあなた様を素手にてまっぷたつに引き裂かれることでございましょう。あの方はあなた様をばらばらに八つ裂きになされることでございましょう」

僕はいくらか眉《まゆ》をひそめた。彼がこの状況の重大さを理解してくれるのは嬉しいが、これほど容赦なきまでの物理的詳細は不要と思われたのだ。

「そんなに委細丁寧に数え上げてくれなくっていいんだ、ジーヴス」ちょっぴり冷ややかに僕は言った。「僕が言いたいのはこういうことだ。こん棒で武装したならば、僕はあの男に身震いせずに立ち向かうことができる。同意してくれるか？」

「まさしくおおせのとおりでございます、ご主人様」

「それじゃあ、方位を変えろ、ホーだ」僕は言い、空席に飛び乗った。

いま話しているこのこん棒というのは、小さなゴム製のこん棒で、一見したところスティルトン・チーズライトほどのトン数を有する敵に立ち向かうには不足のように見える。つまりだ、静止状態ではそんなに恐ろしくホットなシロモノには見えない。しかし僕は実際に使用中のそれを見ているし、フローレンスならばその潜在的可能性と呼ぶであろうものに気づいてもいる。ある晩デヴリル・ホールにおいて、長くなるのでここでは立ち入らないが最善の動機から、ジーヴスがそいつを用い警察官を殴打する機会があった――熱心な警官のドブズ巡査だ――そしてぶん殴られた警官は、優しき雨のごとく天上より地面に降り注いだ〔『ヴェニスの商人』四幕一場〕のだった。

村のコンサートでよく副牧師たちが歌う歌がある。そいつはこんな曲だ。

私は輝く鎧《よろい》を着た敵を恐れない
その槍は鋭く輝くとも〔ヴィクトリア時代によく歌われた、エドワード・オクセンフォードの歌〕

それとも「鋭く速くとも」だったか？　思い出せない。その点は問題ではない。重要なのは、これらの言葉が僕の態度をうまく約言してくれているということだ。僕の感じたことを簡潔に言い表している。あのこん棒を身につけていれば、どれだけたくさんのチーズライトがよだれを滴《したた》らせた顎《あご》でもってかかってこようとも、僕は屈託なく、自信に満ちた心持ちでいられるのだ。

すべては計画通りに進んだ。快適なドライブの後、僕らはバークレー・マンションのドアに投錨《とうびょう》し、フラットへと向かった。そこには、予告どおりこん棒があった。ジーヴスはそいつを僕に手渡し、僕は彼にいくつかの選び抜かれた言葉で感謝し、彼は浮かれ騒ぎへと出かけていった。そして僕は、ドローンズにてちょっぴり昼食を頂いた後、ツーシーターに腰を落ち着け、ウースターシャーに向けて出発した。

数時間後、ブリンクレイ・コートの正門を通過して最初に遭遇した人物は、ダリア叔母さんだった。彼女は上の空の雌トラみたいに玄関ホールを行ったり来たりしていた。今朝の元気一杯さは完全に消え去り、ふたたび彼女は昨日の打ちひしがれた叔母の姿になっていた。僕の心は速やかに不安で痛んだ。

「ひゃあ！」僕は言った。「どうしたんだい、齢《よわい》重ねた親戚よ？　貴女《あなた》の計画が不首尾に終わっただなんて、言わないでくれよ？」

彼女は近くにあった椅子を不機嫌に蹴とばし、そいつを行方知れぬ彼方《かなた》へと飛ばしてしまった。

「まだ試してやるチャンスがないの」

「どうしてさ？　スポードはまだ現れないの？」

彼女は辺りを陰気な目で見渡した。おそらく蹴とばす椅子をもうひとつ探そうとしているのであろう。彼女の直接影響下にもう椅子はなかったから、こんどはソファを蹴とばした。

「ちゃんとやって来たわ。そしたらどうしたと思う？　あたしがあいつを脇へ引っ張り寄せて、一言言ってあげる前に、トムがあいつを急襲してクソいまいましい銀器を見せにコレクション・ルームに連れてってるの。もう一時間以上もあの中にいるのよ。あとどれだけいるつもりかは、天のみぞ知るだわ」

僕は唇をすぼめた。こういうことになると予想していて然《しか》るべきだった。

「あいつを引き離せないの？」

「トムが銀器コレクションの話をしてる相手を、人間の力なんかじゃ引き離せないわ。あの人、目をぎらぎらさせてあいつを引き止めてるの「コールリッジの詩「老水夫行」」。あたしに願えるのは彼が銀器方面に掛かりっきりで、ネックレスのことは忘れてくれることだけだわ」

真っ当な甥が一番したくないことは、落胆のぬかるみでもがき苦しんでいる叔母を、今いる表層よりももっと底深くに落とし込むことである。しかし僕はこの発言に首を横に振らざるを得なかった。

「そりゃあ無理だな」

叔母さんはソファにもう一発蹴りを入れた。

「あたしも無理だと思うわ。だからあたしはここで発狂しそうになってるんだし、いつ何時バンシーみたいに遠吠《ぼ》えを始めるかもしれないの。遅かれ早かれあの人スポードを金庫のところに連れてくわ。それであたしが自分に言い続けてるのは、いつ？　いつなの？　ってことなの。あたしまるで……剣を自分の上にぶら下げて、髪の毛で結んで、そいつが落っこちて自分の身体にたちの悪い切り傷をこしらえるまであとどれだけ掛かるかなあって考えてたのはどこの誰だったかしら？［ダモクレスの剣の故事］」

そこまでだ。僕の知りあいにそういう人は誰もいない。ドローンズの連中じゃあないのは確かだ。

「僕にはわからない、残念だけど。ジーヴスだったら知ってるんだろうけど」

この名誉ある名前を告げると彼女の双眸《そうぼう》は輝いた。

「ジーヴス！　もちろんよ！　彼こそあたしの必要とする人だわ。彼はどこ？」

「ロンドンだ。一日休みをもらえないかって頼まれた。今日はジュニア・ガニュメデス・クラブの月に一度の昼餐会なんだ」

彼女は先に述べたバンシーの遠吠えでもあり得るような悲鳴を発した。そしてかつてのタリー・ホーの日々にあって、ウサギを追いかけて職業活動を中断しているところを見つかった知恵の足りない猟犬に彼女がくれたような目で僕を見た。

「あんたこんな時にジーヴスに休暇をやったの？　これ以上彼が必要な時もないって時に？」

「僕にはとても拒絶できなかったんだ。彼は座長をするんだったんだよ。もうじき帰ってきてくれるとも」

「その時までに……」

彼女はその先を話したことだろう……もし彼女の目に浮かんだメッセージを僕が正しく理解していたとするなら、さらにずっと先までも……しかし彼女がもっと続ける前に、何か頬《ほお》ひげのモノが階段を下りてきて、パーシーが我々と共にいた。

僕を見ると、奴は唐突に立ち止まった。

「ウースター！」奴の興奮ぶりはひどく顕著だった。「一日中どこへ行ってたんだ、ウースター？」

僕はロンドンまでドライブしてきたと告げ、奴はシューシュー音立てて息をついた。

「こんなに暑い日にか？　君のためにならない。身体に負担をかけちゃだめだ、ウースター。君は体力を温存しとかなきゃいけない」

奴は割り込んでくるにはよくない時を選んだ。齢重ねたわが親戚は、キツネを撃つまではいかなくとも、追い散らかしてしまった誰かを見るみたいに奴に食ってかかった。

「ゴリンジ、このクソいまいましいヒツジ顔の地獄の脱走者ったら」彼女は声を轟《とどろ》かせた。自分が女主人であることを忘れてだと、僕は思う。「ここから出てって頂戴、コン畜生ったら！　あたしたち話し合いの途中なのよ」

おそらく詩の雑誌編集者と付き合うことは言葉の暴力に対し人を無感覚にし、男をたくましくするのだと思う。しなしなしおれると予想されたパーシーは、これっぽっちもしおれぬばかりか、すっくりと身を起こし、身長二百三十センチくらいになって彼女に強硬に言い返した。

「ご都合の悪いところをお邪魔だてして申し訳ありません、トラヴァース夫人」奴は言った。奴にふさわしい質朴《しっぼく》な威厳と共にだ。「ですが僕は母から貴女へメッセージをことづかってきているんです。母は貴女と話がしたいそうです。貴女に母の部屋へ来ていただけたらありがたいと申しておりました」

ダリア叔母さんは感情的に両手を振り上げた。彼女がどんな気持ちでいるかが僕にはわかった。心かき乱されているときに、女性が一番したくないのは、ママトロッターみたいな相手とおしゃべりすることだ。

「今はだめ！」

「後でならよろしいですか？」

「だいじな話なの？」

「僕の印象ではきわめて重大な話だと思います」

　ダリア叔母さんは深いため息をついた。次から次に、あまりにも速く物事がやってくると思っている女性のため息だ。

「ええ、わかったわ。半時間後にそちらに伺うって伝えていただけるかしら。あたしはコレクション・ルームに戻ってるわ、バーティー。そろそろトムが力尽きてるってことだってありうるから。だけど最後にひとつ言っとくけど」立ち去りながら、彼女は付け加えて言った。「次にあたしが生きるか死ぬかって問題と格闘しようとしてる時に口を挟んであたしの思考を邪魔しようって人間以下のガーゴイル野郎がいたら、そいつは命の危険を冒してるってこと。そいつには遺書を用意して百合の花の注文を入れとくように言っといて！」

　彼女は時速七十キロで立ち去った。そしてパーシーは退却する彼女の姿を寛大な目で見送った。

「風変わりなお人だな」奴は言った。

　わが親戚はところどころ風変わりであると僕は同意した。

「彼女は僕に『パルナッソス』誌の女性編集者を思い出させる。興奮すると同じような具合に手を振って叫ぶんだな。だが君のロンドンへのドライブの話に戻ろう、ウースター。どうしてそんな所へでかけたんだ？」

「いや、ちょっとひとつふたつ用事があったんだ」

「うむ、君が無事に戻ってきてくれてよかった。この頃の交通事故犠牲者数は多いからなあ。きっと君はいつも安全運転をしてることだろうな、ウースター？　スピード違反はなしだな？　見通しの悪いカーブで一時不停止はなし？　大いに結構、結構。だけどみんな君のことをとっても心配していたんだ。いったい君がどこに行ったものかわからなかったからな。チーズライトは特に心配していた。君が永遠に消えてしまったものと思ったようで、君と話し合いたいことがたくさんあったんだそうだ。彼に君が戻ってきたって教えてやらなけりゃな。安心させてやらなきゃいけない」

奴はよろめき去っていった。そして僕は無頓着なふうにタバコに火を点けた。落ち着き払い、眉毛の上まで冷静沈着にてだ。おそらくは半分吸い進んで、すごくできのいい煙の輪っかをこしらえたところで、重たい足音が聞こえてき、スティルトンが天空を背にぬうっと現れた。

僕はポケットに手を入れ、頼もしき武器を堅く握り締めた。

17・死闘

読者諸賢におかれては、これまでジャングルのトラが、スワン・ダイヴをやって下等な動物相の一匹の背骨に両脚を着地させようとする前に、深く息をつく様をご覧になったことがおありかどうか、僕にはわからない。おそらくおありではなかろうし、実のところ、僕にもない。しかしそういう瞬間のジャングルトラがどんなふうに見えるものか、僕には想像がつく……むろんそいつがピンク色の顔とカボチャみたいな頭の持ち主ではないという事実を除けば……ウースターの身体上に視線を注ぐ、G・ダーシー・チーズライトの姿にまさしく他なるまい。おそらくは数秒くらい、奴は胸郭を膨らましたりへこましたりしながらそこに立っていた。それから奴は言った。きっと言うだろうと思ったとおりにだ。すなわち、

「ホー！」

奴の十八番だと、人は言うかもしれない。

僕の無頓着さは依然失われてはいなかった。このイボ男の態度が恐ろしくないような振りをしたって無駄である。それはおよそ可能な限り最大限に恐ろしかった。しかしこん棒を手にしていたから、僕は震えることなく奴に対峙《たいじ》できた。カエサルの妻のごとく、僕は何にだって覚悟ができてい

た〔プルタルコス『カエサル伝』十、「カエサルの妻は疑いを招いてはならない」の誤った引用〕。僕は奴に向かい、ぞんざいにうなずいた。

「やあ、スティルトン」僕は言った。「元気でやってるかい？」その質問は奴の頭の加熱ぶりを決定的にしたようだった。奴は一、二度歯ぎしりをした。

「元気かどうかは見せてやろう！　お前を一日じゅう探していたんだ」

「僕に何か用があったのか？」

「俺はお前の頭を根っこから引きちぎって、お前の口から呑《の》み込ませてやりたいんだ」

　僕はまたうなずいた。さきほどと同じくぞんざいにだ。

「ああ、そうか。そんなような欲求を昨日の晩もほのめかしていたっけな？　全部思い出してきた。悪いな、スティルトン。だが残念ながらそいつは終わりだ。僕には別の計画があるんだ。パーシー・ゴリンジがきっと僕が今朝ロンドンにでかけたって話をお前にしたことだろう。僕はこいつを取りに行ってたんだ」僕は言い、ほっそりした体格の男の最善の友を取り出し、思わせぶりに振りたててみせた。

　口ひげを生やしていないことにはひとつ不利がある。つまりもしそれを生やしていないと、途方に暮れた時にクルクルひねくり回すものがないのだ。あなたにできることはただ、下顎《あご》をだらんと疲れ倦《う》んだ百合のごとく垂れ下げ、値段の付けようもないくらいのバカみたいな姿で佇《たたず》むことだけだ。で、このスティルトンがやっているのがそれだった。奴の態度物腰全体が、ヒツジの群れに襲い掛かるオオカミのごとくやってきてみたら、そこにヒツジはいなくて野生ねこばかりがいたという時のアッシリア人みたいだった。無論こういうこと以上に、アッシリア人をバカみたいな気分にさせるものはないのだ。

「実に驚くばかりに効果的な小さい考案品なんだ、こういうのはさ」僕は畳み掛けるように続けて言った。「ミステリー・スリラーでこういう物のことはどっさり読むだろう。こん棒と呼ばれている。とはいえ僕の知る限り、アメリカではブラックジャックというんだな」

奴はぜいぜいと息をした。奴の目は膨れてとび出していた。おそらく奴はこういうものを見たことがないんだろう。経験は日々に新しだ。

「そいつを降ろせ！」奴はしゃがれ声で言った。

「降ろすつもりだ」閃光《せんこう》のごとくすばやく僕は応えた。「お前が行動を起こした瞬間に、僕はこいつをものすごく激しく振りおろすつもりだ。それで僕はこん棒使いとしてはまるっきりの初心者なんだけど、どうしたらお前の頭くらいのでか頭を打ち損なえるもんかはわからないくらいなんだ。そしたらお前はどこへ行くことになるかなあ、チーズライト？　床の上だ、親愛なる友よ。そこにお前は行くことになる。僕は無造作に手を払い、この道具をポケットに仕舞うんだ。こういう物をひとつ持っていると、まったくひ弱な人間にだって最高に頑丈な野郎を氷の上の大ヒラメみたいに平《たい》らくのしちゃうことができるんだ。一言で言えば、チーズライト、僕は武装している。そして僕の考える段取りはこうだ。僕は両足にバランスよく体重をかけ快適な位置取りを得ている。お前は跳躍をする。すると僕はキュウリみたいにクールに……」

跳躍するなんて発言をするのは馬鹿げたことだった。なぜならそういうことは奴の頭に着想を吹き込むからだ。「キュウリ」という言葉のところで奴はものすごく唐突に跳躍をしたから、僕は完全に不意を衝《つ》かれてつかまってしまった。こういうスティルトンみたいに筋骨たくましき男たちが困りものなのはこういうところだ。連中はすごく巨大だからジャックラビットみたいにスタートしていともやすやすと空中を飛んでゆける能力があるだなんて人は思いもしない。何がなんだかわからないでいるうちに、こん棒は僕の手からもぎ取られ、玄関ホールをはるばる横断して飛んでゆき、トム叔父さんの金庫近くの床上に転がるに至った。

僕はその場に無防備に立っていた。

うむ、「立っていた」という言い方は正確でない。こういう危機にあって我々ウースター家の者はただ立ってはいない。まもなく我々のささやかな集《つど》いの輪にあってジャックラビットみたいにスタートできるのはスティルトンだけでないことが十分に明らかになった。動物の種類がごく潤沢《じゅんたく》なオーストラリアじゅうをあたったとて、僕が脈動する物事の中心地から離れ去ったすばやさ滑らかさの十分の一でも備えたジャックラビットが見つけられるとは思えない。三メートル半くらいの後ろ跳びをやってソファの後ろに着地するのは、僕にとっては一瞬の早業だった。そのまましばらく事態は静止した。なぜなら奴がグレイハウンド犬みたいに僕の横に突撃してこようとするたびに、僕は電動ウサギみたいに奴の側にぴゅんと走って奴の努力をすべて無意味かつ無効なものにしてしまったからだ。以前述べた偉大な将軍たちもこういう作戦行動をどっさり取ったものだ。専門用語で言うと戦略的退去である。

この桑の木のまわりをまわってまわって場面がどれだけ続いたものか、述べるのは容易なことではない。しかしおそらくそれほど長くは続かなかったことだろう。なぜならすでに僕のリズムダンスのパートナーは失速する兆候を見せていたからだ。スティルトンは、こういう筋骨たくましき男たちの多くと同じく、何らかの水上競技のためのトレーニングをしていないときには、肉料理の誘惑に屈する傾向がある。そういうことは代価を伴う。最初の一ダースの周回後、僕はヒナギクのごとく新鮮で、このままひと夏じゅうこの線で戦う準備万全でいたのに対し、奴の方はかなりぜいぜいあえぎ、そのひたいは正直者の汗に濡《ぬ》れていた。

しかし、こういうときにあまりにしばしば起こることだが、こういう定時行事が最後まで続行することはなかった。十三周目を始める前に一瞬小休止していると、ダリア叔母さんの執事セッピングスの入室によって僕らは活動を中断されたのだ。彼はよちよち入ってきて、ずいぶんと正式風な様子に見えた。

僕は彼に会えて嬉しかった。つまり何らかの邪魔が入るのが、僕の望んでいたことだったからだ。しかし、登場人物がこうして三人になったのは明らかにスティルトンの気に障ったようだ。また僕にはその理由が理解できた。この人物の存在が奴を阻害し、最大限の力を尽くすことを妨げたのだ。すでにチーズライト家の掟が女性がそばにいるときに乱闘を禁ずることについては説明しておいた。リングサイドに家事使用人がいるときにも同様の規範が適用される。誰かしら知り合いの内臓の色を確かめようとしている最中に執事が入り込んできたら、チーズライト家の者は活動を中断するのである。

しかし、お聞き頂きたい。彼らは活動を中断するのが好きではない。執事氏の存在によって敵愾《てきがい》心《しん》をあらわにすることの一時中断を余儀なくされ、スティルトンは憎悪を隠すことなく彼を見た。話しだした時の奴の態度は無愛想だった。

「何の用だ？」

「ドアでございます、旦那様」

スティルトンの隠し切れぬ憎悪はいよいよあからさまになった。奴がセッピングスに向けて放った有害動物的磁力はものすごかったから、近いうちにダリア叔母さんが約一名執事不足になるのではなかろうかとの危険性は無視できぬまでになった。

「どういう意味だ、ドアに用とは？　どのドアだ？　何のドアだ？　いったいぜんたいどうしてドアなんかに用があるんだ？」

ひと言説明してやらないことには、奴がこの件を納得するに至るなんてことはおよそありそうもなく思えたから、僕が説明を提供した。僕はいつだってこういう時にはできる限り公明正大な振舞いをしようとしているのだ。僕は時々言うのだが、バートラム・ウースターを引っかいて銀はがしをしてみてもらいたい。さすればボーイスカウトの姿がそこに見いだされよう。

「玄関ドアだ、スティルトン、なあ、わがダンス・パートナーよ。セッピングスの親爺《おやじ》さんが言ってるのはさ」僕は言った。「僕が思うところ、おそらくベルが鳴ったんだろう。そういうことかな、セッピングス？」

「はい、旦那様」静かなる威厳を込めて彼は言った。「玄関ドアのベルが鳴ったのでございます。わたくしは職業上の義務遂行がため、お応えに参上いたしたものでございます」

彼の態度物腰には、わたくしの意見ではスティルトン様にはしばらくご活動をご停止いただきたいと示唆するところがあった。彼は計画どおり行為を続行した。

「きっとそうにちがいないと思うんだが、スティルトン、なあ」本状況の全体像を明らかにしながら、僕は言った。「誰か訪問者が外にいるんだ」

僕の言ったとおりだった。セッピングスはドアをひらりと開け、と、ブロンドの髪がひらめいたかと思うとシャネルの五番の香りがし、一人の女の子が颯爽《さっそう》と入ってきた。一目見て第一級の超べっぴんに分類できるような女性だ。

バートラム・ウースターを知る人は、彼は異性について語るとき、賛辞の大盤振舞いをする男ではないことをご存じだろう。彼は冷静かつ批判的である。彼は慎重に言葉を選ぶ。だから僕がこの女の子を超べっぴんと述べるとき、あなたは彼女がものすごく特別だということを理解するのである。彼女はどんな国際美人コンテスト参加者の集会の中にだってすたすた歩いてゆけるし、審判者委員会は彼女のために赤じゅうたんを敷くだろう。彼女のご愛顧を得ようと、流行写真家たちは死闘を繰り広げることだろう。

『ピンクのザリガニの謎』のヒロインのように、また僕が今まで出会ってきたあらゆるスリラー小説のヒロインのように、彼女は熟したトウモロコシ色の髪と矢車草色の碧眼《へきがん》の持ち主だった。先が上向きにそった鼻と観光鉄道みたいにカーブした肢体を足し合わせよ。であるならばスティルトンが剣を鞘《さや》に収め、口をあんぐりと開けたまま彼女を無言で見つめて立っていたとしても、驚くには値いしまい。奴の顔つきは予期せず雷に撃たれた男のそれだった。

「トラヴァース夫人はいらっしゃるかしら？」この絶世の美女はセッピングスに向かって言った。

「トラヴァース夫人に、モアヘッド嬢が到着したとお伝えいただける？」

僕はびっくり仰天した。何らかの理由、おそらくは彼女が三部よりなる名前の持ち主であることから、僕が脳裡《り》に思い描いていたダフネ・ドロアーズ・モアヘッド嬢の姿は、馬みたいな顔をして金縁の鼻メガネを一番上のボタンに黒いひもでくっつけているご年配の女性であった。彼女をまじまじと見、また総体として彼女を見ながら［マシュー・アーノルドの詩「友に寄するソネット」］、おそらくは『ブドワール』紙の販売を促進しようとの意図の下、彼女をブリンクレイ・コートに招待したダリア叔母さんの賢明な判断に僕は喝采を送った。その買収を勧める彼女からのひと言は、L・G・トロッター相手に絶大なる効果を発揮することだろう。彼は間違いなく献身的で素晴らしい、妻に対しては鋼鉄のごとく真実な夫であろうが、献身的で素晴らしい夫ですら、D・D・モアヘッドタイプの女の子がトリートメントAを開始したときには猛烈な反応を見せるものなのだ。

スティルトンは依然として彼女を一ポンドのステーキと向かい合ったブルドッグみたいに目をむいて見つめていた。そして今、矢車草色の彼女の碧《あお》い目が玄関ホールの薄暗さに慣れてくると、彼女は奴をチラリと見、叫び声を発した──スティルトンの容貌《ようぼう》を考えるならば不可解なことに──歓喜の叫びをである。

「チーズライトさんだわ！」彼女は言った。「んっまあ、なんてことでしょう！　あたくしあなたのお顔には見覚えがあるって思ったのよ」彼女はもういっぺん奴をチラリと見た。「あなた、ダーシー・チーズライトでしょう、オックスフォード代表のボート選手でいらした？」

スティルトンは黙っておツムを傾けた。奴には口が利けないらしかった。

「そうかなって思ったの。いつかの年、エイツ・ウィークのダンスパーティーで誰かがあなたをあたくしに指差して教えてくれたの。でもあなただってほとんどわからなかったわ。あの頃あなた、口ひげを生やしてらしたでしょ。あたくし口ひげってひどく嫌いなの。あたくしいつも言うんだけど、口ひげを生やすまでに自分のことを貶《おとし》められる男は、じきにあごひげだって生やしかねないって」

僕はこれを聞き捨てにはできなかった。

「口ひげにだっていろいろある」僕のをひねりながら僕は言った。それから、このほっそりした気品のある方はいったいどなたかしらと彼女が自問しているのを見て、僕は鎖骨のところを叩くと言った。「バートラム・ウースターです。トラヴァース夫人の甥です。彼女は僕の叔母にあたります。叔母のところまでご案内しましょうか？　きっと待ちかねているはずですよ」

彼女はうさん臭げに口をすぼめた。あたかも僕が提案した行動方針は、多くの点で理想から逸脱していると言わんばかりにだ。

「ええ、あたくし伺ってこんにちはってご挨拶《あいさつ》するべきなんでしょうね。だけどあたくしが本当にしたいのは、庭園を探索することなの。こんなに素敵な場所なんですもの」

いまやだいぶ朱に変色していたスティルトンは、エーテル麻酔から一部覚醒すると、口蓋《こうがい》のない男が『グンガ・ディン』［キプリングの詩］を朗誦しようとするような、おかしな、絞め殺されるような音を発した。それからようやく、何かしら意味のある言葉が発声された。

「僕がご案内しましょうか？」奴はしわがれ声で言った。

「うれしいわ」

「ホー！」スティルトンは言った。それをもっと早く言わなかったのは怠慢だったと感じているかのように奴がすばやくそれを言うと、一瞬後、二人は忙しく活動開始した。そして僕は、ライオンの巣穴の楽屋口を抜け出てきたダニエル［『ダニエル記』六・二四］の感慨を胸に、自室へと戻った。

そこは涼しくゆったりと安らかだった。ダリア叔母さんは肘掛け椅子とか長椅子とかを客人にふんだんにふるまうことの価値を信じている女性である。また僕に割り当てられた長椅子は僕の体調にありがたく応えてくれた。まもなく心地よい眠気が僕を包んだ。疲れたまぶたが閉じられた。僕は眠った。

半時間後、目覚めた時、僕の最初の行動はぎくっとして激しく跳びあがることだった。まどろみによって脳みそがはっきりし、僕はこん棒のことを思い出したのだ。

僕は愕然《がくぜん》として立ち上がり、部屋から駆けだした。あの慈悲深き器具の占有を可能なかぎり迅速《じんそく》に回復することが必須だった。なぜなら先の対決において僕は第一ラウンドでスティルトンに戦術勝ちし、僕の優れたフットワークと科学的リング戦でもって奴を撃退したものの、いつ何時奴が第二ラウンドを開始する気になるかはわからないのだ。敗北によってチーズライトの士気は一時的に阻喪《そそう》されているやもしれないが、それは対戦者としての奴の存在を論理的に排除するものではない。

ご記憶だろう。こん棒は流星のごとくすばやく宙を通り過ぎ、トム叔父さんの金庫のそばのどこかで旅を終え、そして僕は翼ある脚でもって現場に向かった。それで現場に到着してそれがそこにないと知った時の僕の不安をご想像いただきたい。ブリンクレイ・コートにおいて事物が消滅することときたら……はしご、こん棒、その他……人をして手を上げて顔を壁に向けさしむるに十分であろう。

この瞬間、僕は実際に顔を壁に向けた。金庫が埋め込まれた壁をだ。それで僕はまたもやもう一度ぎくっとして激しく跳びあがるというのをやることになった。

僕の見た物は、人をして持てる限りの激しさでぎくっと跳びあがらしむるに十分なものであったのだ。二、三秒の間、僕はただそいつが信じられずにいた。「バートラム」僕は自分に言った。「精神的緊張がお前にとってあんまりすぎたんだ。お前の目はおかしくなった」だがちがった。僕はもう一、二度目をぱちぱちまばたきして視力をはっきりさせようとした。そして瞬きを終えた時、そここには最初に見たのと同じ光景があった。
金庫の扉が開いていたのだ。

18・真珠の怪

こういう瞬間にこそ、バートラム・ウースターの氷のごとく冷徹な頭脳は機械のように作動し、彼の最善の姿が見られるのである。つまりだ、人々の多くは、金庫の扉が開いているのを見たら、目をむいてそいつを見つめ、どうしてそれは開いているのだろう、誰が開けたのだろう、また誰が開けたにせよどうしてその人はまた扉を閉めなかったのだろうかと考え、貴重な時間を無駄にすることだろう。しかしバートラムはちがう。彼にウォータークレスを巻いて皿にのっけた何物かを渡したまえ。彼はぐずぐず手間取ってはいない。彼は行動する。すばやく手を突っ込んで速やかに中を物色し、僕はブツを確保した。

金庫の中の棚には半ダースの宝石箱が仕舞われており、開けて中味を確認するには一分かそこら時間が要った。しかし調査の結果、真珠のネックレスはただひとつしかなかったから、ややこしい選択はなしですんだ。すばやく宝石をズボンのポケットにしまい込み、僕は先ほどスティルトンとの会見の際にあれだけの類似性を見せたジャックラビットみたいに、ダリア叔母さんの巣穴に急ぎ向かった。彼女はもう部屋に戻っている頃だと思ったし、これから自分はこの感心な叔母さんの生活に陽光を取り戻してやるところなのだと思うことは、少なからぬ満足を僕に与えた。最後に会った時、彼女は本当に陽光を必要としていたのだから。

　予想通り彼女はイン・スタトゥ・クオでいて、煙草《たばこ》を吸いながらアガサ・クリスティーを読んで休息していた。しかし僕が彼女の生活に陽光を運んでやることはなかった。なぜならそいつはすでにそこにあったからだ。トム叔父さんはスポードに銀器の話をし終わったかしらとうなだれながら確かめに立ち去って以来の彼女の様子の変化に、僕は驚いた。ご記憶でおいでだろうが、あの時の彼女の外見は機械装置に巻き込まれてしまった者のそれだった。今や、彼女は青い鳥を見いだしたかのような印象を振り撒《ま》いていた。僕が目にしたとき、彼女のかんばせはバス運転手のズボンのお尻みたいにピカピカに輝いていたし、ヨーデルを開始したとてたいした驚きじゃないくらいの勢いだった。彼女のたたずまい全体が蜜を口にし、楽園の甘露《かんろ》を飲んだ［コールリッジの詩「クブラ・カーン」］叔母のそれだった。よき報せを聞く前からこんなにわくわく心膨らませているんじゃ、僕がそれを告げたらば、やかましい音を立てて爆発するんじゃあるまいかとの思いが僕の脳裡《り》に去来した。

　しかしながら、僕は袖に隠し持っていた秘史のかたまりを打ち明けることができなかった。なぜなら、このご婦人と二人きりになる時にはしばしば起こることだが、彼女は僕に横から一音節たりとも口を挟む隙を与えなかったからだ。僕が敷居をまたいだ瞬間にもう、納屋から飛び出してくるコウモリみたいに、彼女の口から次々と言葉がはためき出した。

「バーティー！」彼女は大声を轟《とどろ》かせた。「ちょうどあんたに会いたかったの。バーティー、あたしのかわい子ちゃん、あたし果敢に善戦したのよ。〈メディア人の部隊がさまよい、さまよいまわった〉っていう賛美歌を憶えてる？　そいつは〈キリスト者よ、立て、そして彼らを打ち倒せ〉って続くの。それであたしがしたのが確かにそれだわ。何が起こったかあたしに話をさせて。あんたの目は、とび出すはずだわ」

「あのう」僕は言った。だがそれより先は続けられなかった。彼女はスチームローラーみたいに、僕をごろごろのしていったのだ。

「あたしたちがちょっと前に玄関ホールで別れたとき、憶えてるでしょうけど、あたしは頭が一杯で、思い悩み、途方に暮れていたわ。なぜってあたし、スポードを捕まえて〈ユーラリー・スール〉の話をねじこんでやれないでいたんだもの。それでもうトムがそろそろ収まってくれてやしないかしらって見込み薄の期待抱きつつコレクション・ルームに行ったの。だけど行ってみたら、トムはまだ延々としゃべくっていて、それであたし椅子に座ってスポードがいつかちょっぴり外へ休みに行ってあたしと話をする機会をこしらえてくれないかなあって願っていたの。だけどあいつは不平も言わないで我慢し続けてるし、トムは長々とおしゃべりを続けてたのね。それから突然、あたしの骨は水に変わってコレクション・ルームはあたしの目の前でぐらぐら揺れはじめたんだわ。何の警告もなしにトムが突然ネックレスに話題を切り替えたのよ。〈貴君は今それを見たいんじゃないかの〉彼は言ったわ。〈もちろんですとも〉スポードが言った。〈玄関ホールの金庫に入ってる〉トムは言った。〈それじゃあ行きましょう〉スポードが言い、二人は行ってしまったの」

彼女は息継ぎのために一休みした。彼女ですら時にはそうせずにはいられないのだ。

「あのう――」僕は言った。

肺がふたたび一杯に満たされ、彼女はまた続けた。

「あたし、脚がふにゃふにゃになってドアのところまで身体を支えきれないんじゃないかって思ったし、玄関ホールに向かう長い廊下なんてとっても無理って思ったの。だけどなんとかなったわ。

あたしは二人の後をついて行ったの。ひざをがくがくさせながら、なんとか進んで。二人について行ってどうするつもりだったのか、あたしにもわからない。だけどトムが悪い知らせを聞かされる時にはその場にいて許して頂戴ってめちゃくちゃにお願いしようってなんとはなしに思ってたのかしらね。とにかくあたしも行ったの。トムが金庫を開け、あたしはロトの妻のごとく、塩の柱になったみたいに立ち尽くしていたわ［『創世記』十九］」

僕は彼女が言及した出来事を思い出した。そいつはたまたま僕が私立学校時代に聖書の知識で賞を取ったときの試験用紙に出ていたのだ。しかしおそらく読者諸賢にはおなじみでなかろうから、僕が短いあらすじをお話ししよう。僕が記憶していない何らかの理由で、連中はこのロト夫人がある日外を歩いていたところに声をかけ、振り向くな振り向いたら塩の柱になってしまうぞと言い、だからもちろん彼女はすぐさま振り向き、それで僕が常々不可思議な偶然と考えるところのものによって、塩の柱に変えられてしまった。これでおわかりいただけようというものではないか？　つまりだ、近頃は何が起こるかわからないということがだ。

「時は過ぎ去ったわ。トムは宝石ケースを取り出し、それをスポードに渡した。奴は〈ああ、これですか、ああ？〉とかなんとか何かクソいまいましいバカみたいなことを言ったわ。そしてその瞬間、運命の手が今まさしく振り降ろされようというところに、セッピングスが現れたの。たぶんあたしの守護天使が送ってよこしたんだわね。それでトムに電話だって言うの。〈ああ、なんじゃ？なんじゃ？〉ってトムは言ったわ。電話が掛かってきたときに間違いなくいつも彼が言う台詞《せりふ》ね。そして出てゆき、セッピングスが後に続いた。フー！」彼女は言い、またもや息継ぎのために一休みした。

「あのね――」僕は言った。

「あたしがどんな気分だったかはわかるでしょう。この途轍《とてつ》もない幸運が事態全体の様相を一変させてくれたってことよ。ずうっとあたし、どうしたらスポードと二人きりになれるかって思い悩んでいたんだけれど、今やこうして二人きりになったってわけよ。あたし、一秒だって無駄にしなかったわ。〈ねえ思い出して御覧になって、シドカップ卿〉あたしは愛想よく言ったわ。〈あたしたちの共通のお友達とトトレイ・タワーズでの楽しき日々のことを、二人でお話しする機会がなくって。親愛なるサー・ワトキン・バセットはお元気でいらっしゃる？〉あたしはまだ愛想よく訊《き》いたわ。あたしハトみたいにクークーささやきかけてたって言ってもいいくらいだったの」

「あのね――」僕は言った。

彼女は横柄な身振りで僕をぴしりとはねつけた。

「口を挟まないで、このバカったら！　こんなに話に割り込みたがる男もはじめてだわね。ぺちゃくちゃぺちゃくちゃぺちゃくちゃって。ちゃんと聞いてられないの？　あたしはこの界隈《かいわい》でここ数年来に起こった最大のお話をしてるのよ。どこまで話したかしら？　そうそう、〈親愛なるサー・ワトキンはお元気？〉ってあたしは言ったの。それであいつは親愛なるサー・ワトキンはとっても元気一杯って言って、〈それじゃあ親愛なるマデラインは？〉ってあたしは言って、それであいつは親愛なるマデラインはうまいことぼちぼちやってるって言って。そこであたしは息を深く吸い込んで、あいつをやっつけてやったの。〈それとあなたのあの淑女用下着のお店はどうしてるのかしらね？〉あたしは言ったわ。〈「ユーラリー・スール」って名前だったかしら？　今でも大繁盛しているのかしらねえ？〉って。それで次の瞬間、あたし羽根一枚でだってノックダウンされちゃうところだったのよ。だってあの男、陽気に笑うとこう言ったんだもの。〈ユーラリー・スールですか？　ああ、私はあれとはもう何の縁もないのですよ。だいぶ前に売却してしまいました。今では会社になっています〉って。それであたしの作戦行動計画はぜんぶ廃墟と化して、あたしが大口開けて立ち尽くしてあいつを見つめてるとあいつはこう言ったわ。〈さてと、それではこちらのネックレスを見せていただくとしましょうか。トラヴァース氏は私の意見がお聞きになられたいそうですから〉それであいつが親指を留め金にかけると、宝石ケースはぱかっと開いた。それであたしはわが魂を神に託して、これでおしまいって言うところだったの。と、あたしの足が何かにぶつかって、見おろすと、そこに、床に転がっていたのは……あんたにはとっても信じられないだろうけど……こん棒だったのよ」

彼女はまた一休止し、すばやく一山どっさり息をして、話を再開した。

「そうなの、こん棒よ！　もちろんあんたこん棒ってどんなものか知らないでしょ。だからあたしが説明してあげる。そいつは小さなゴム製の道具で、犯罪者階級の連中の間ではお友達やご親戚をぶん殴るために使われているの。連中はお姑《しゅうとめ》さんが背中を向けるのを待ちかまえて、それで婆《ばあ》さんのべっこう櫛の上に一発お見舞いするのね。地下世界のお仲間の間じゃあ大流行なのよ。それがなんと、言ったとおり、足のところに転がっていたんだから」

「あのね――」僕は言った。

僕は目と目の間に横柄な身振りをまたもや受けとった。

「えーと、しばらくの間、ピンとは来なかったの。あたしはそいつを反射的に拾って、だってよき主婦たるもの床に物が転がってるのはいやでしょう、だけどそれだけでなんにもわからないでいた。

あたしの守護天使があたしの足を導いて、この困難と困惑の中から脱出する方法を教えてくれてるんだってことが、まるきりわからないでいたのね。それから、突然、目のくらむような閃光《せんこう》がひらめいて、わかったのよ。この善良で愛すべき守護天使が何をしろって言ってるかがわかったの。彼はやっとのことで頭蓋骨を貫通してあたしの間抜け頭にそのことを理解させてくれたんだわ。そこにスポードがいて、あたしに背を向け、ケースからネックレスを取り出そうとしている……」

僕は咽喉をごぼごぼ鳴らし、息を呑《の》んだ。

「まさかあいつをこん棒でぶん殴ったんじゃ？」

「もちろんぶん殴りましたとも。あんただったらあたしにどうさせた？　ナポレオンだったらどうしたかしら？　あたしは軽々と半振りしてみごとに振り切ったんだわ。それであいつはいずかた知れぬ大地へとどさりと倒れ落ちたのよ」

僕には容易に得心が入った。デヴリル・ホールにおいて、ドブズ巡査もそんなふうに倒れたのだった。

「あの人いまベッドで寝てるわ。軽いめまいがして頭を床にぶつけたって思い込んでね。スポードのことは心配しないでいいの。一晩ゆっくり休んで淡白な食事を頂けば、明日は絶好調で健康そのものだわよ。で、あたしはネックレスを手に入れたの。あたしはネックレスを手に入れた、あたしはあのクソいまいましいネックレスを手に入れたわ。それであたし、トラを二、三匹つれてきて、いっぺんに頭をぶつけてやれるような気分でいるの！」

僕は呆然《ぼうぜん》として彼女を見つめた。頭がくらくらした。僕の眼前に立ち上ってきた狭霧《さぎり》の向こう側で、彼女は強風に吹かれた叔母のごとくゆらゆらと揺れていた。

「貴女《あなた》、ネックレスを手に入れたって？」僕はわなわな震える声で言った。

「ええ手に入れましたとも」

「それじゃあこの」かつて人の口を通り経てきた声中、もっともうつろであったろう声で、僕は言った。「僕が持っているのは何？」

そして僕は手持ちの物件を取り出した。

ずいぶんと長いこと、彼女はこのストーリー展開についてこられずにいるようだった。彼女はネックレスを見、それから僕を見、それからまたネックレスを見た。僕が完全に説明し終えた段になって、彼女はようやく事の真相を理解したのだった。

「もちろん、そうよ」ほっとした顔になって彼女は言った。「全部わかったわ。叫び声を上げてトムを呼んでスポードが何か発作を起こしたって言うのと、あの人が〈ああ、なんたることじゃ！これでこの不愉快な男を一晩泊めてやらにゃならん！〉って言うのを聞いて、それからあの人をなぐさめてあげるのと、セッピングスがあいつの亡骸《なきがら》をベッドに運ぶ手伝いをするのであたし、金庫のドアを閉めたらどうっって言うのを忘れちゃったんだわ。あの人、髪をかきむしったり、クラブの知り合いをうちに招待するのは絶対にこれが最後じゃ、まったく、クラブの知り合いってものは他人のうちにやってきてまず最初にひきつけを起こしてそれに乗じて何週間もそのうちに居座ることで悪名高いんじゃって言うので大忙しだったの。それでそこにあんたがやってきて――」

「――金庫を物色して真珠のネックレスを探しあて、当然それを貴女の物だと思い――」

「――くすね盗《と》ったのね。とっても立派な心がけよ、バーティー、ねえかわい子ちゃん。あたしあんたのご親切を大変うれしく思うわ。あんたが今朝ここに来てたらね、トムがみんなに貴重品はみんな金庫に入れるようにって言い張ったって教えてあげられたんだけど。だけどあんたはロンドンに大急ぎで行っていたんだものねえ。ところであんた、何の用事ででかけてたの？」

「こん棒を取りに行ってたんだ。元来はアガサ伯母さんの息子トーマスの所有物だった。このところ危険人物の脅威に悩まされてたものだから」

彼女は崇拝するがごとき目で僕をじっと見つめた。深く感動していた。

「あんただったの、あたしの金のハートちゃん！」彼女は無茶苦茶に感謝したふうに言った。「あのこん棒を用意してくれたのは。あたしあれは完全に守護天使の仕業って理解してたんだけど。ああ、バーティー、もし今まであたしがあんたのこと能なしの脳たりんでどこかいい病院に奨学金つきで入れられてるべきって言ったことが一度でもあったとしたら、あたしその発言を撤回するわ」

僕は手短かに謝意を告げた。

「だけどこれからどうなるの？」

「あたし万歳三唱してあたしの帽子からバラの花をばら撒きはじめるわ」

僕はちょっぴりじれったげに眉《まゆ》をしかめた。

「僕は貴女のことなんか話してやしないんだ、わが親愛なるご先祖様。そうじゃなくってあなたのかわいい甥のバートラムの話をしている。後者はマリガトーニ・スープに腰まで浸かって、今すぐにも跡形なしに沈んじゃいそうなところなんだ。今ここに僕は誰かの真珠のネックレスを所持している――」

「ママトロッターのね。思い出したわ。彼女夜にそれをつけてるの」

「わかった。そこまではよしだ。この首飾りがママトロッターの所有に係る物であることはわかった。その点は明らかになった。僕はどうするのが一番いいんだろう？」

「返してらっしゃい」

「金庫に？」

「そうよ。あんたがそれを金庫に戻すの」

それは最も称賛すべきアイディアと思われた。またどうして自分でそれを思いつかなかったものか不思議なくらいだった。

「そのとおり！」僕は言った。「わかった、こいつを金庫に返してくるよ」

「あたしだったら急ぐわね。今より他に時はなしだわ」

「そうするとも。ああ、ところで、ダフネ・ドロアーズ・モアヘッドが到着したよ。彼女、スティルトンと庭園を歩いてる」

「あの子のことどう思った？」

「目の保養だな、ってそういう表現を使えばだけど。今どきの女流作家があんなふうになってるだなんて、思ってもみなかった」

若き訪問者の外殻が僕に与えた好ましき印象について、まだまだ詳述してもいたかったのだが、だがこの瞬間にトロッター夫人が戸口にぬっと現れたのだった。彼女は僕を、ものすごく余計だと感じているというふうに見た。

「あら、こんばんは、ウースターさん」彼女はよそよそしげに言った。「トラヴァース夫人とお二人きりでお話がしたかったんですけれど」この女性をリヴァプール社交界の花形たらしめている如《じょ》才《さい》なさでもって、彼女はこう付け加えた。

「ちょうど失礼するところだったんです」僕は彼女に言った。「いい宵ですね」

「とても素敵ね」

「それじゃあ、ピッピーです」僕は言った。そしてだいぶ元気な気分で玄関ホールへと進路を定めた。つまり少なくとも僕の抱える問題の一部はまもなくおしまいになるからだ。むろん、金庫の扉がまだ開いているとしてだが。

そいつは開いていた。それで僕がそこに到着して宝石ケースをさっと取り出してそこに仕舞おうとしたちょうどその時、僕の背後で声がして、驚愕《きょうがく》した仔ジカみたいに振り向くと、僕はL・G・トロッターの姿を認めたのだった。

ブリンクレイ・コートに到着してよりというもの、僕はこのイタチ顔の親爺《おやじ》さんとたいして親交を深めてはこなかった。僕がご馳走したディナーの際にそうだったように、彼は自分より年下の連中とつき合うのはそれほど好きではないのだとの印象を僕に与えた。いま彼が僕と話したがっているようなので、僕は驚き、またできれば彼にはもっと都合のいい時を選んでもらいたかったものだと願った。あのネックレスを僕の占有下に置いているからは、孤独こそ僕が望んでやまないものだったのだ。

「おいおい」彼は言った。「君の叔母上はどこかな?」

「自分の部屋にいます」僕は答えた。「トロッター夫人とお話し中です」

「ああそう？　ふむ、叔母上に会ったら、わしはもう寝んでおると言ってくれたまえ」

これは僕を驚かせた。

「お寝みですって？　まだ夜も浅いじゃありませんか？」

「消化不良の発作が出とる。君は消化薬は持っとらんかな？」

「すみません。何にも持たずにきたもので」

「コン畜生！」腹部をさすりながら彼は言った。「大変な苦痛なんじゃ。山ねこを何匹か呑み込んだような気分だわい。あれ」続けて彼は話題を変えて言った。「どうして金庫の扉が開いているのかな？」

僕は誰かが開けたにちがいないとの示唆を提示し、彼はその説をもっともだと考えているというふうにうなずいた。

「まったく不注意なことだわい」彼は言った。「こういうことをしとると物が盗まれるんじゃ」

そして僕のとび出した目の前をすたすた横切ると、彼は扉をぐいと押した。そいつはガチャンと音たてて閉まった。

「うー！」ふたたび腹部をマッサージしながら彼は言った。そしてぶっきらぼうな「おやすみ」を言うと、階段を上がっていってしまった。僕をその場に凍りつかせたまま。ロトの妻だって、こんなに固くはなり得なかったはずだ。

僕がブツを金庫に戻すチャンスは、風と共に去りぬとなってしまった。

19・ジーヴス馳せ参じる

　僕が特別活発な想像力の持ち主であるのかどうかはわからない——おそらくそうではあるまい——だがただいまあらましを述べたようなこういう状況にあって、これから来るべき物事の様相は如何《いか》なるものと相なろうかを言い当てるのに、特別活発な想像力はいらない。視力検査表の一番上の列みたいに明々白々に、いかなる未来がバートラムを待ち受けているものかが僕には見てとれた。閉じられた扉をぼうぜんと見つめながら立ち尽くしていると、僕と警察の警部の登場する幻影が眼前に立ち現れてきた。後者は脇役として、特別にものすごく意地の悪そうな巡査部長を従えている。

「おとなしくご同行いただけますかな、ウースター？」警部は言っている。

「誰です、僕が？」身体中をおののき震わせながら、僕は言う。「おっしゃる意味がわかりませんが」

「ハッハッハ」警部は笑う。「そりゃあ結構だ。なあ、ファンジー？」

「ええ、大変よろしいですなあ、警部」巡査部長は言う。「クックと笑いが止まりませんよ」

「そんな真似をしてみたってもう遅い、なあ君」またもや深刻な顔つきに戻り、警部は続ける。

「ゲームは終了だ。君が金庫のところに行ってそこからL・G・トロッター夫人所有の高価な真珠のネックレスを取り出したことを証明する証拠がある。これで懲役五年が取れなかったら、私は賭けに負けることになるな」

「だけど、本当です、僕はこれをダリア叔母さんのだと思ったんです」

「ハッハッハ」警部が笑う。

「ハッハッハ」巡査部長が甲高く笑う。

「けっこうな話だな」警部は言う。「その話を陪審にして皆がどう思うか見てみることだ。ファンジー、手錠だ！」

閉じた扉を見て僕の目の見た幻がこれだった。僕は塩を振られたカタツムリみたいに溶けてちぢんだ。外の庭では小鳥たちが夕べの歌をうたっていた。それで僕にはそれら小鳥の一羽一羽が、「おおい、みんな、ウースターが捕まるぞ。これから何年かウースターには会えなくなるな。お気の毒様、お気の毒様。悪事に手を染めるまではいい奴だったんだけどなあ」と言っているみたいに思われた。

うつろなうめきが僕の唇から洩《も》れた。だがもうひとつが洩れる前に、僕はダリア叔母さんの部屋に向かってダッシュしていた。僕が部屋に近づくと、ママトロッターが出てきて僕にいかめしい目つきをくれて去ってゆくところだった。そして僕は御前に進んだ。愛する親戚は物見えぬ目で前方を凝視し、椅子にまっすぐ背を硬直させて座っていた。彼女の陽気な気分に黒霜を吹き込む何事かがいまひとたび起こったことは明白だった。彼女のひざにあったアガサ・クリスティーが省みられぬまま床に落ちていた。間違いなく、恐怖の震撼《しんかん》のゆえにであろう。

言うまでもなく、通常ならば、この第一級の人物がこんなふうにめちゃめちゃに打ちのめされている姿を見ての僕の方針は、肩甲骨の間をぱしんとぶって尻尾を上げろよと促すことであったろう。だが僕の個人的な問題はおばさんたちを激励している余裕を残しておいてはくれなかった。どんな大惨事やらキャタクリズムやらが彼女の身の上に出来《しゅったい》したにせよ、僕の身の上を襲っているやつと同格の位置づけを主張できるようなものではあり得まいと僕は思ったのだ。

「あのね」僕は言った。「途轍《とてつ》もなく恐ろしいことが起こったんだ！」

彼女は陰気にうなずいた。火刑の棒くいに架けられた殉教者とて、もうちょっとは陽気であったろう。

「その点に同感。あんたのヘリオトロープ色の靴下を賭けてもらっていいわ」彼女は応えて言った。「ママトロッターが仮面を脱ぎ捨てたわよ。あのクソババアったら。アナトールが欲しいんですって」

「欲しくない奴がどこにいるの？」

一瞬、彼女が身体を引いて身構え、愛するこの甥の頭の横に一発食らわそうとしたように見えた。しかし猛烈な努力で感情を抑制し、彼女は自分を落ち着かせた。うむ、「自分を落ち着かせた」と僕が言うのは、彼女が活発に煮えたぎるのをやめたという意味ではない。彼女は活発に煮えたぎるのをやめはしなかった。しかし彼女は活動を口頭の発言だけに留めたのだ。

「わからないの、バカ？　彼女は公然と条件を提示してきたのよ。あの女、あたしがアナトールを渡さない限り、トロッターに『ブドワール』は買わせないって言ったの」

この恐るべき発言に対する僕の反応がほぼゼロであったことから、この窮境がいかに僕の心を深くかき乱していたかがわかろうというものだ。別の時にあの至高の料理人が辞表を提出してトロッター家の砂漠の大気の中にその甘美を浪費するなどとの展望を、たとえほんのひとかけらだって知らされたら、僕は間違いなく蒼《あお》ざめあえぎよろけたことだろう。が、しかし今、すでに述べたように、僕はこの言葉をほぼ心動かされることなく聞いた。

「えっ、本当？」僕は言った。「だけど聞いてよ、血肉分けたるわが親戚よ。僕が金庫のところに到着してトロッター家の真珠を返還しようとしたちょうどその時、あのバカのL・G・トロッターがとんでもなくおせっかいなことに、扉を閉めて、僕の目的目標を挫《くじ》けさせ、僕を途方もない窮地に追いやってくれたんだ。僕は木の葉のごとく震えている」

「あたしもよ」

「どうしていいかわからないんだ」

「あたしもだわ」

「フランス語でいわゆるアンパス《袋小路》と呼ばれるこの状況から、なんとかして脱出する途を僕は無益に探し求めているんだ」

「あたしもよ」アガサ・クリスティーを拾い上げ、通りがかりの花瓶にそいつを投げつけながら、彼女は言った。深く心かき乱された時、彼女はいつも物を蹴り、投げる傾向がある。トトレイ・タワーズにおいて、われわれのもっとも興奮した会談中、彼女は僕の寝室のマントルピース上からテラコッタの象および磁器製の祈りを捧げるおさな子サムエルを含む内容物をすべて一掃したものだ。「あたし、これほどの試練に直面した女性がかつていたかしらって思うわ。一方では、アナトールなしの人生なんてほぼ――」

「ここなる僕は、L・G・トロッター夫人の高価な真珠のネックレスを持ってにっちもさっちもいかなくて立ち往生してる。それでこれが消えたことが……」

「考えるだに不可能なことだわ。その一方――」

「――わかったら、叫びがあがって大騒ぎになって警部や巡査部長が呼びだされる――」

「あたしは『ブドワール』を売らなきゃならない。そうしないとあたしは自分のネックレスを質から出せない。だから――」

「そしたら僕はいわゆる盗まれた宝石《ホットアイス》と呼ばれるものを所持しているところを見つかる」

「アイスですって！」

「それでホットアイスを所持しているところを見つかった者に、どういうことが起こるかは貴女《あなた》だって僕と同じくらい知ってるでしょう」

「アイスですって！」彼女はこう繰り返すと、夢見るがごとくため息をついた。「アイスト・アスピック寄せのエビのことをあたしは考えるの。そしてあたしは、アナトールの料理なしの人生に立ち向かうだなんて狂気の沙汰だって自分に言い聞かせるんだわ。あの、セル・アニョー・ア・ラ・グレックときたら！　あのミニョネット・ド・プーレ・ロティ・プティ・ダュク！　あのノネット・ド・ラ・メディテラネ・オー・フヌイユ！　それからあたしは、実務的たれって自分に言うの。あたしはあのネックレスを取り返さなきゃならない。それであれを取り返す唯一の方途が……んっもう可愛いい悩めるスープスプーンちゃんったら！」彼女は声高で饒舌《じょうぜつ》だった。という言葉で正しければだが。激しい苦悩が彼女の外貌全体に文書で書かれていた。「もしアナトールが出ていくとなったら、トムは何て言うかしら！」

「それで自分の甥がダートムーア刑務所でお勤めするとなったら、トム叔父さんは何て言うかって思うんだ」

「えっ？」

「ダートムーア刑務所でお勤めだよ」

「誰がダートムーア刑務所でお勤めするんですって？」

「僕だよ」

「あんたが？」

「僕だ」

「どうして？」

僕は、厳密に言って、いかなる甥とて叔母に投げかけるべきではないような目で彼女を見た。だが僕はあまりにひどく憤慨していたのだ。

「聞いてなかったの？」僕は聞き質した。

彼女は同じくらいの熱をこめて僕に言い返してきた。

「もちろん聞いてないわよ。ミッドランド諸州一番のコックを失おうって展望に直面してる時に、あんたのつまらないおしゃべりなんかに注意を払う暇があたしにあると思ってるの？　あんたいったい何をべらべらくっちゃべってるのよ？」

僕はすっくりと身を起こした。「べらべらくっちゃべる」なる言葉は僕を傷つけたのだ。

「僕はただ、僕があの破滅的な真珠を戻す前にあの間抜けのL・G・トロッターが金庫のドアを閉めちゃったせいで、僕はあのブツを押し付けられちゃったって言ってただけだ。僕はそのことを指してホットアイスと言っていた」

「ああ、それであんた、アイスのことを言ってたのね」

「それでそうだったんだ。それであとアヒルが尻尾をふた振りするくらいの間に、警部やら巡査部長やらがやってきて僕を捕まえてムショに入れちゃうだろうとの推測をするものだ」

「何バカ言ってるの。どうしてあんたがそんなことに関係してるだなんて思いようがあるのよ?」

　僕は笑った。短くて、苦いやつだ。

「あのクソいまいましいブツが僕のズボンのポケットに入ってるのを見つけたら、連中の疑念がかき立てられるんじゃないかな?　今この時にも僕はブツを所持した状態でつかまっちゃうかもしれないし、またブツを所持した状態でつかまった不運な悪者がどういう目に遭うか知るのにスリラー本をたくさん読むまでもない。そいつは峻厳な処罰を受けるんだ」

　彼女がものすごく動揺したのが僕にはわかった。僕の安らかなる時に、この叔母は時として不確かで遠慮がちで喜ばせがたいし〔スコットの詩「マーミオン」〕、幼少のみぎり、僕の振舞いがそういう動作を必要とすると感じた時には、しばしば耳の穴をばしんとぶったたいてきたものなのだが、しかし、本当の危機にバートラムを襲わせよ、しからば彼女はいつだってゆらゆら動揺してくれるのである。

「あんまりけっこうな話じゃないわね」彼女は言い、小さい脚載せ台をとりあげるとそれをマントルピース上にあった磁器製の羊飼いの娘の像に向けて投げつけた。

　僕はそいつは途轍もなく大変だとの見解を表明し、彼女の意見に賛同した。

「するとあんたは――」

「シーッ!」

「えっ?」

「シーッ!」

「どういう意味よ、シーッってのは?」

僕がこの単音節語によって意味しようとしていたのは、ドアに近づいてくる足音が聞こえたということだった。僕がそう説明できる前に、取っ手が鋭く回転し、トム叔父さんが入ってきた。

ただちに僕の耳は、この姻戚においてすべてはこともなしでないことを聴き取った。トム叔父さんは何事か心に慮《おもんぱか》りのある時、鍵をガチャガチャさせるのが常なのだ。叔父さんは今、鉄琴みたいにそいつをジャラジャラ鳴らしていた。彼の顔はやつれ、げっそりして、週末にお客様がいらっしゃるのよと告げられた時みたいな表情になっていた。

「審判じゃ!」突如大演説になだれ込みながら、彼は言った。

ダリア叔母さんは動揺を朗らかな笑みと彼女なりに考えるもので覆い隠した。

「ハロー、トム、こっちにいらっしゃって仲間にお入んなさいな。審判っていうのは何のこと?」

「これじゃ。わしに対する審判じゃ。優柔不断にもあの呪《のろ》われたトロッター連中をうちに招待するのをお前に許したことへの審判じゃ。何かしら恐ろしいことが起きるとはわかってたんじゃ。そう骨身に感じておったんじゃから。あんな連中をうちじゅう一杯にしておいて、大惨事が起こらんわけがない。理の当然じゃ。あの男はイタチみたいな顔をしとる。ご婦人は十キロ太りすぎじゃ。その上あの息子は頬《ほお》ひげを生やしとるときた。あんな連中に敷居を跨《また》がせたのは狂気の沙汰《さた》じゃった。何があったかわかるかの?」

「いいえ、なあに?」

「何者かが彼女のネックレスをくすね盗《と》ったんじゃ！」

「んっまあ、なんてこと！」

「それでお前もしゃんとすると思ったわい」トム叔父さんは、陰気に勝ち誇って言った。「あのご婦人はたった今わしを玄関ホールで呼び止めて、あれを今夜のディナーの時着けたいと言うから、金庫のところに連れていって開けたところそいつはそこになかった」

ここはすごく冷静を貫かないといけないところだと僕は自分に言い聞かせた。

「つまり」僕は言った。「それは消えていたんですね？」

叔父は僕をちょっと不愉快な目で見た。

「お前は電光石火のすばやい頭脳を持っておるの！」彼は言った。

うむ、持っているとも、もちろんだ。

「だけどどうしてどこかに消えようがあるんです？」僕は訊《き》いた。「金庫は開いていたんですか？」

「いいや、閉まっておった。じゃがわしはあれを開け放しておいたに相違ない。あの恐ろしいシドカップの奴をベッドに運ぶ騒動のせいで、気をとられておったんじゃな」

彼はそこでああいう連中をうちに入れるとどういうことになるか、これでわかろうというものだと言おうとしたのだが、彼を招待したのは自分であったことを思い出して思い止まったのだと思う。

「さてと、それでじゃ」彼は言った。「われわれが二階にいた間に誰かがやってきて、金庫の扉が開いているのを見て貴重な時間を無駄にせず一働きしたんじゃな。トロッター夫人は大した騒ぎをはじめおった。それでわしが切羽詰まって哀願して、なんとかその場で警察を呼ばずに収まったんじゃ。わしは彼女に、秘密の捜索をした方がずっとよい結果が得られると言った。スキャンダルはご免蒙《こうむ》るとわしは言った。だがあの時ゴリンジの息子がやってきてわしを応援してくれなんだら、あのご婦人を説得しきれたかどうかは怪しいところじゃ。実に頭の切れる若者じゃな。頬ひげを生やしてはおるがの」

僕は何気なさげに咳払いをした。少なくとも、何気なさげに咳払いをしようとはした。

「それじゃあ、どういう手をお打ちになるんですか、トム叔父さん？」

「わしは頭痛だと言ってディナー中に退席する――頭痛なのは本当じゃと、憚《はばか》りなく言わせてもらう――そして部屋を探してまわるんじゃ。もしかして、何か探し当てられるかもしれん。ではさてと、何か一杯飲みに失礼させてもらおうかの。この一件でわしは相当に気が動転しておるんじゃ。一杯いっしょにやらんか、バーティー、のう坊主や？」

「もし構わなきゃもうちょっとここにいます」僕は言った。「ダリア叔母さんとちょっと話してたことがあるんです」

彼は鍵で締めのオブリガートをやった。

「うむ、好きにするがいい。しかし今のわしの心境じゃと、ここで一杯飲まずに済ませられる奴がいるなんぞ信じられんわい。そんなことが可能じゃとはの」

そして彼は出てゆきドアが閉まり、ダリア叔母さんは臨終の咽喉声みたいに咽喉をがぼがぼ鳴らして息を吐いた。

「うきゃあ！」彼女は言った。

それこそまさしくモ・ジュスト、すなわち適語だと僕には思えた。

「僕たちどうすべきだと思う？」僕は訊いた。

「あたしがしたいことだったらわかるわ。あたしは全部をジーヴスにまかせたいの。もしどこかの間抜けが、一番必要って時に、彼をロンドンにおでかけさせちゃってなかったらね」

「もう帰ってきているかもしれない」

「セッピングスを呼んで、訊いてみて」

僕は呼び鈴を押した。

「ああ、セッピングス」彼が入ってきて奥様お呼びでいらっしゃいましたでしょうかをやったところで、僕は言った。「ジーヴスは戻ってきているかい?」

「はい、旦那様」

「それじゃあ大急ぎで彼をここへよこしてくれ」僕は言った。

そしてすぐ間もなく、彼はわれわれの許に来《きた》った。ものすごく頭がよくて知的に見えたから、僕の心臓はあたかも空の虹を見たかのごとく躍り上がった［ワーズワースの詩「虹」］。

「ああ、ジーヴス」僕はキャンキャン言った。

「ああ、ジーヴス」ほぼ僕と同着でダリア叔母さんがキャンキャン言った。

「貴女からどうぞ」僕は言った。

「いいの、あんたが先になさい」礼儀正しく発言を譲って、彼女が答えた。「あんたの境遇はあたしの境遇より悪いもの。あたしは待てるわ」

僕は感動した。

「本当に立派な心掛けだよ、愛する叔母さん」僕は言った。「本当に感謝するよ。ジーヴス、よかったらしっかり注目を頼む。とある問題が生じているんだ」

「はい、ご主人様」

「全部で二つだ」

「はい、ご主人様」

「問題Aと問題Bと呼ぶことにしようか？」

「かしこまりました、ご主人様。お望みとありますならば」

「それじゃあまずは問題A、僕に関わる問題だ」

僕は事実を明確かつ正確に述べ、シナリオのあらましを伝えた。

「それじゃあジーヴス、この件に頭脳を傾注してくれ。もし廊下を行ったり来たりしたかったら、ぜひともやってくれ」

「さようなことは不要かと存じます、ご主人様。いかにすべきかは了解されましたゆえ」

僕たちにもどうすべきか了解できるよう計らってもらえたらば僕はうれしいと僕は言った。

「あなた様はトロッター夫人の許にネックレスをご返還あそばされねばなりません、ご主人様」

「彼女に返せと、そう言うんだな？」

「まさしくさようでございます、ご主人様」

「だがな、ジーヴス」僕は言った。僕の声は少し震えていた。「僕がどうしてそいつを持ってることになるのかって、彼女は訝《いぶか》しく思うんじゃないかな？　彼女は調査し、尋問し、調査尋問を済ませた後は電話のところに急行して、警部と巡査部長の注文を入れるんじゃあないかな？」

彼の口横の筋肉が優しくひくついた。

「同物件の返還は、もちろん、秘密裡《り》に果たされねばなりません、ご主人様。お部屋が無人の間に、夫人のご寝室にご宝飾品を置いてまいることをご推奨申し上げます。おそらく夫人がご晩餐《ばんさん》のテーブルに着いておいでの間がよろしゅうございましょう」

「だけど僕も晩餐のテーブルには着いてなきゃならないんだ。僕には〈ちょっと失礼します〉なんて言って、魚料理の間に二階にあわてて駆け上るなんて真似はできない」

「本件のお世話はわたくしに当たらせていただきますようお許しを頂戴したき旨、ただいま提案申し上げるところでございました。わたくしの行動には、あなた様よりも制約がございませぬゆえ」

「この一件を、君が処理してくれるというのか？」

「当該宝飾品をわたくしにお委ねいただけますならば、ご主人様、わたくしは喜んでこの任にあたらせていただきとうございます」

　僕は圧倒されていた。僕は自責と恥の念に焼かれていた。彼がわけのわからないことを考えなしにしゃべっているなどと思った自分のなんと間違っていたことかが、理解されたのだ。

「うひゃあ、ジーヴス！　ものすごく封建精神に満ちあふれたことだぞ！」

「滅相《めっそう》もないことでございます、ご主人様」

「君はまるごとぜんぶ解決してくれた。レム……君の決め台詞《ぜりふ》はなんと言ったっけ？」

「レム・アク・テティギスティ、でございましょうか、ご主人様？」

「そいつだ。それは〈君は問題の核心に指でさわった〉って意味だったろう？」

「それは当該ラテン語のおおよその翻訳でございます。ご満足を頂けまして、深甚に存じます。しかしながらあなた様を悩ませるさらなる問題があるとおおせであられたと理解いたしておりますが、ご主人様？」

「問題Bはあたしのよ、ジーヴス」ダリア叔母さんが言った。彼女はこの会話の間、出待ちにいささかイラつきながら舞台袖で待っていたのだ。「アナトールのことなの」

「はい、奥様？」

「トロッター夫人が彼を欲しがっているの」

「さようでございますか、奥様？」

「それであの女は、アナトールをくれなきゃトロッターに『ブドワール』を買わせないって言うの。それであたしが『ブドワール』を売ることが、どんなに大事かはわかっているでしょ。んっもう何てことでしょ！」わが愛する親戚は情熱的に叫んだ。「L・G・トロッターの背中に背骨をちょっぴり入れてしゃんとさせて、あの女に立ち向かって楯突《たてつ》かせてやる方法がありさえしたら！」

「ございます、奥様」

ダリア叔母さんは四十五センチくらい跳び上がった。あたかもこの冷静な返答が彼女の脚の太ももを貫通した東洋風の意匠の短剣であったかのごとくにだ。

「あなた何て言ったの、ジーヴス？　あるって言った？」

「はい、奥様。トロッター様にご夫人のご要望をご拒否あそばされるようご誘導申し上げますことは、適度に容易なことであろうかと思料いたします」

僕はこの展開に水を差すのはいやだったが、ここで言葉を差し挟まねばと思った。

「貴女のその唇から、よろこびの杯を叩き落とすのはものすごく申し訳ないんだけど、ねえ、わが苦しみ苛《さいな》まれる精神よ」僕は言った。「だけどそういうことはぜんぶ、希望的観測って言葉で括《くく》れるんじゃないかなあ。しっかりするんだ、ジーヴス。君の言い方は……気軽に、でよかったんだっけか？」

「気軽に、あるいは軽薄に、でございます、ご主人様」

「ありがとう、ジーヴス。君はＬ・Ｇ・トロッターにくびきを振り落とさせ、彼のかなり大層ご立派なお連れ合いに楯突かせるだなんてことを気軽に軽薄に言っているぞ。だが君はいささか……なんてこった、言葉が思い出せない」

「楽天的でございましょうか、ご主人様？」

「それだ。楽天的だ。あの夫婦との知己を得てより間もないとはいえ、僕はあのＬ・Ｇ・トロッターって人物のことはよく理解している。彼のママトロッターに対する態度は、筋骨たくましきプリマス・ロック種かオーピントン種の大型ニワトリに対する特別並外れて遠慮がちなイモ虫のそれだ。彼女から一言あれば、奴はボールみたいに丸まるんだ。そんな夫人の願いを拒否させるのは簡単だ、なんて発言はよしてもらいたいな」

　僕はこれで彼をやり込めたと思った。が、そうではなかったのだ。

「ご説明をお許し頂けますならば、たまたま夫人の会話を漏《も》れ聞く機会のございましたセッピングス氏より聞いたところによりますと、社交に意欲旺盛なトロッター夫人におかれましては、トロッター様がナイト爵に叙せられますことをたいそう強くご要望でいらっしゃいます」

　ダリア叔母さんはうなずいた。

「ええ、そのとおりよ。彼女はいつもその話をしてるわ。そしたらブレンキンソップ参事会員夫人に目にもの見せてやれるって思ってるのね」

「まさしくさようでございます、奥様」

僕はちょっと驚いた。

「彼みたいな人がナイトになるのか？」

「ええ、さようでございますとも、ご主人様。出版界におきましてトロッター様ほどのご名望をお集めの紳士様は、つねにナイト爵位を授与される急迫の危険に直面しておいでなのでございます」

「危険だって？　ああいう爺さんたちはナイトになるのが嬉しいんじゃないのか？」

「トロッター様のごときご遠慮がちなご気質のお持ち主におかれましては、さようなことはございません、ご主人様。あの方はそれを、きわめて過酷な試練であるとお考えでいらっしゃいます。同儀式におきましては、サテンの膝丈ズボン《ニー・ブリーチ》を着用し、両足の間に剣を挟んで後ろ向きに歩く必要がございます。通常のご性癖をお持ちの繊細な紳士様がお楽しみあそばされるようなことどもではまったくございません。また必ずや、あの方におかれましては、残る生涯をサー・レミュエルと呼ばれてお過ごしあそばされるとのご展望に、ご躊躇《ちゅうちょ》あそばされておいでなのでございましょう」

「彼の名前はレミュエルじゃないだろう？」

「残念ながら、さようなのでございます、ご主人様」

「セカンドネームは使えないのか？」

「あの方のセカンドネームはジェンガルファスでございます」

「うひゃあ、ジーヴス」僕は言った。愛すべき叔父、トム・ポーターリントンのことを考えながらだ。「洗礼盤の許では、ときどき汚い真似がしでかされてるみたいだなあ、どうだ？」

「まことに、おおせのとおりと存じます、ご主人様」

ダリア叔母さんは困惑した様子だった。要点に指でさわろうと頑張ったが果たせなかった人みたいな様子でだ。

「それが何かの話につながるの、ジーヴス？」

「はい、奥様。わたくしがただいまご提案申し上げようといたしておりましたのは、『ブドワール』紙をご買収あそばされぬことに代わるご選択肢は、トロッター様におかれましてはナイト位ご叙爵のご内示を頂きながらもそれをご辞退あそばされたとのご情報が、トロッター夫人のお知りあそばされるところとなることであると、トロッター様にご認識をいただきましたならば如何《いかが》であろうかということでございます。あちらの紳士様におかれましては、従前よりも容易に貴女様のご意向に従われるのではございますまいか、奥様」

こいつは濡《ぬ》れた砂をつめた靴下みたいにダリア叔母さんの眉間《みけん》に命中した。彼女はよろめき、支えを求め僕の上腕をつかんで途轍もなくぎゅっと締めつけてよこした。激しい苦痛のため続く彼女の発言は聞き取れなかったが、とはいえ間違いなくそんなのは「きゃあ！」とか「やったー！」とか何かそんなような言葉に過ぎず、僕としてはたいして多くを聞き逃したわけじゃあなかろう。僕の眼前の狭霧《さぎり》が晴れ、我に返ったときには、ジーヴスが話していた。

「何カ月か前、トロッター夫人がトロッター様にウォープルなる若い紳士お側つき紳士をご雇用あそばされるようご主張なされ、このウォープルが反古《ほご》紙くずかごよりトロッター様のお断り状の下書き確保を企てたものでございます。その者は近頃ジュニア・ガニュメデス・クラブの会員となり、同会規約第十一条にもとづきクラブ記録書庫に収蔵すべく事務局に当該書類を提出いたしました。事務局のご厚意により昼餐会後、わたくしは同文書を精査することができ、またフォトスタット複写が郵便にて配送されてまいる予定となっております。この点を貴女様がトロッター様にお話し申し上げたならば、奥様――」

ダリア叔母さんはかつてクウォーンやピッチリー時代に猟犬の群れにさっさと仕事にかかれ頑張ってゆけと激励する時に発し慣れていたのと同じ音色の吼《ほ》え声を放った。

「あたしたち、奴を思いのままにしてやれるわ！」

「さようと拝察いたすところでございます、奥様」

「あたし、今すぐあの男に立ち向かってくる」

「だめだよ」僕が指摘した。「彼はベッドで寝てる。消化不良なんだ」

「それじゃあ明日の朝食の直後にやるわ」ダリア叔母さんは言った。「ああ、ジーヴス！」

感情が彼女を圧倒した。そしてまた僕の腕をつかんできた。まるでワニにでも噛《か》まれたみたいな気分だった。

20・朝食にて

翌朝九時ごろ、稀有《けう》なる光景がブリンクレイ・コートの階段にて目撃された。朝食に降りてくるバートラム・ウースターである。

キッパーであれ何であれ、朝食は自分の寝室に引きこもって食べることを好む僕が一同揃っての朝食に紛れ込むことがごくごく稀であるとは、僕の友人の輪においてはよく知られた事実である。しかし決意を秘めた男には、必要とあらばほぼいかなることをも敢えてせんとすなる勇気がある。また僕は何があろうとダリア叔母さんがひげをむしりとり、ちぢこまったL・G・トロッターに、自分はすべて知っているのだと告げる劇的な瞬間を見逃したくないと決意していたのだ。そいつはお買い得な見ものであろうと僕は感じていた。

やや夢遊病寄りの状態ではあったものの、揚げひばり名のりいで蝸牛《かたつむり》枝に這《は》いすべて世はこともなしだと僕がこれほど強烈に感じた時もなかったくらいだ。ジーヴスの類い稀なる洞察力のおかげで、ダリア叔母さんの問題は解決した。そして僕は警部やら巡査部長やらが押し寄せてきたとて——無作法でありたいと思うならば——そいつらに向かって大笑してやれる身の上にあった。さらに、昨夜就寝する前、僕はあらかじめ親愛なる親戚よりこん棒を取り返しておく安全策を取っており、今やそいつはいまひとたびしっかりとわが許にあった。食堂に入るときの僕が、もうちょっとで突如歌い始め、ジーヴスが前に言うのを聞いたように、リンネットのごとくピーピー鳴くところであったとて、驚くにはあたるまい。

敷居をまたいで最初に僕が見たのは、スティルトンがハムをガツガツ貪り食っている姿だった。次いでダフネ・ドロアーズ・モアヘッドがトーストとマーマレードで食事をおしまいにしている姿だ。

「ああ、バーティー、おいお前さん」前者が叫んだ。最大限の親しみを込めてフォークを振りながらだ。「そこにいたのか、バーティー、なあ、旧友よ。入ってこい、バーティー、なあ我が友よ、入ってこい。お前がそんなに元気そうなのを見て最高に嬉しいぞ」

もし奴の暖かい歓迎のうちに、僕の警戒を解かせ、偽りの安心感に陥れようとの計略というか策略を見いだしていなかったら、僕はもっと驚かされていたことだろう。油断なく警戒し、僕は食器棚のところに行って、左手でソーセージとベーコンを取りながら、右手はポケットの中のこん棒をしっかり握り締めていた。こういうジャングルの戦闘状態は、人に危ない真似はせぬようにと教え込むのである。

「結構な朝だね」席に座り、一杯のコーヒーに口をつけると僕は言った。

「素敵だわ」モアヘッドが同意した。彼女はこれまでにも増して、露に濡《ぬ》れた夜明けの花みたいに見えていた。「ダーシーが川にボート漕ぎに連れていってくれるのよ」

「ああ」彼女に燃える視線を降り注ぎながら、スティルトンが言った。「ダフネは川を見るべきだって思うだろう。お前の叔母上に、俺たちは昼食には戻らないって言っておいてくれるかな。サンドウィッチとかたゆで卵が供給されるんだ」

「あの素敵な執事さんが用意してくれるのよ」

「君の言うとおり、あの素敵な執事さんがだ。彼はまた俺たちは一番古い貯蔵庫から一番いいワインを取ってくるのがいいとも考えている。俺たちは今すぐにも出発するんだ」

「あたくし失礼して支度してくるわ」モアヘッドが言った。

彼女は晴れやかな笑みを浮かべて立ち上がった。そしてスティルトンは、ハムで腹一杯であったにもかかわらず、雄々しく跳び上がって彼女のためにドアを開けに行った。奴はテーブルに戻ってくると、僕がこれ見よがしにこん棒を振り立てているのを目にした。そのことは奴を驚かせたようだ。

「ハロー！」奴は言った。「そんな物を持ってどうしようっていうんだ？」

「いや、なんでもない」そいつを皿の横に置くと、僕は無頓着なふうに答えた。「ただこいつを使いやすいところに置いておこうって思っただけさ」

奴は当惑するげにハムをひとかたまり呑《の》み込んだ。それから奴の顔が晴れた。

「なんてこった！　お前まさか俺がお前につかみかかると思ったんじゃないだろう？」

僕はそういう考えが念頭に去来したと言い、すると奴はおかしげに笑った。

「なんてこった、そんな真似はしやしないさ！　もちろん、俺はお前のことを最高の親友って思ってるんだぜ、なあ親友」

昨日の立ち合いが、奴が最高の親友に対して取る振舞いの見本だとしたら、そんなに親しくない友達はよっぽどつらい目に遭うにちがいないと僕には思われた。僕はそう言い、すると奴はヴィントン・ストリート警察裁判所の被告人席に立って、誰も彼もを笑い転げさせる気の利いた言葉を繰り出す治安判事閣下とごいっしょしているかのように、またもや大笑いをしてみせた。

「ああ、あれか？」屈託なく手を振り、その出来事を一掃して斥《しりぞ》けながら、奴は言った。「ぜんぶ忘れてくれ、親愛なる親友よ。ぜんぶ頭の中から放り出してくれ、なあ友達よ。お前が言ってるあの時には、おそらく俺はいくらか不機嫌だったかもしれん。だがもうちがう」

「ちがうのか？」警戒するげに僕は言った。

「断然ちがうとも。今や俺はお前にたいそう感謝しなきゃならないってことがわかってる。お前がいなけりゃ、俺はまだあのいけ好かないフローレンスなんかと婚約していたことだろう。ありがとうよ、バーティー、心の友よ」

さてと僕は「ぜんぜん構わないさ」か「そんなことは言わないでくれ」か、何かそんなような種類のことを言った。だが僕の頭はふらふらしていた。朝食を食べようと起きてきて、チーズライトがフローレンスのことをいけ好かない女呼ばわりするのを聞くだなんて、夢の中の出来事みたいな気がした。

「お前は彼女を愛してるんだと思っていた」何がなんだかわからないまま、ソーセージにフォークを突き刺しながら、僕は言った。

奴はまた笑った。G・ダーシー・チーズライトのような筋骨たくましき元気のかたまりだけが、こんな時間にこんなに陽気でいられるのだ。

「誰が、この俺がか？　おいまったく、そいつはなしだ！　俺はかつて彼女を……少年じみた一時の気まぐれさ……だが彼女が俺を、カボチャみたいな頭の持ち主と言ったとき、俺の目からはウロコが落ち、俺はエーテル麻酔から目を覚ましたんだ。カボチャだって、けっ、だ！　なあ我が友バーティーよ——名前は明かさない——しかし俺の頭を威厳に満ちていると述べた人物がいるということを述べさせてもらおう。そうとも、信頼の置ける情報筋から、この頭のせいで俺は男の中の王者に見えるって俺は聞いてる。これであのクソいまいましいフローレンス・クレイが何てバカな女かってことが大体わかろうってもんじゃないか。お前のおかげで彼女に煩《わずら》わされなくなって、大いに安堵《あんど》してるんだ」

　奴はまた僕に感謝し、僕は「そんなことは言わないでくれ」と言った。あるいは「ぜんぜん構わない」だったかもしれない。僕はますますくらくらした気分だった。

「それじゃあお前は」声を震わせ、僕は言った。「これから、熱き血潮が冷めた段になっても、和解はないと考えるんだな？」

「絶対にあり得ない」

「前はあったじゃないか」

「もうありゃあしないんだ。今や俺には愛とは本当はどういうものかがわかった、バーティー。いいか、ある人が——誰か名前は言わない——俺の目を見つめ、初めて俺を見たとき——その時俺がお前のとおんなじくらい完全にバカみたいな口ひげを生やしていたという事実にもかかわらず——彼女の身体を電気ショックみたいなものが走り抜けたって言う時、たった今ヘンリーのダイアモンド・スカルズ［ヘンリー・レガッタで開催される男子シングル競技レース］で優勝したみたいな気分になるんだ。フローレンスと俺の間のことはぜんぶおしまいだ。彼女はお前のものだ。受け取るがいい、なあ親友よ。さあ受け取ってくれ」

うむ、僕は「ああ、ありがとう」みたいな、何か礼儀正しいことを言った。だが奴は聞いてなんかいなかった。銀鈴を振るがごとき声が奴の名を呼び、残りのハムを呑み込むためにほんの一瞬言葉を切ると、奴は部屋から飛び出していった。奴の顔は情熱に燃え、奴の目はキラキラきらめいていた。

奴は僕の胸の心臓を鉛に変え、またソーセージとベーコンは僕の口中で灰に転じた。これでおしまいだと、僕は感じた。観察力最低の目をもってしたとて、G・ダーシー・チーズライトが有頂天なのは明らかだった。モアヘッド優先株が急上昇中で、クレイ普通株は地下室のどん底で買い手なしだ。

それで僕はいずれ時が来たら賢慮の徳が勝利を収め、二つの引き裂かれたハートはリュートの中の亀裂を後悔してもういっぺんやり直そうと決意し、よって僕を処刑台よりふたたび救出してくれるものと確信していたのだ。だがそういうことはなくなった。バートラムは刑に処せられる。結局、彼が苦杯を喫せねばならなかったのだ。

僕が二杯目のコーヒーに取りかかっていると――そいつは苦杯みたいな味がした――L・G・トロッターが入ってきた。

衰弱した状態で僕がしたくなかったことのひとつは、トロッター家の人々と交歓することだった。だが、食堂で二人きりになったら、何かしら会話というような性質のものは不可避である。それで彼が自分用に紅茶を一杯注いでいる時、僕は美しい朝ですねと言ってソーセージとベーコンを勧めたのだった。

彼は頭の先から足の先まで戦慄《せんりつ》しながら、激しく反応した。

「ソーセージだって？」彼は言った。「ベーコン？」彼は言った。「わしにソーセージとベーコンの話なんぞせんでくれんかな？」彼は言った。「わしの消化不良は過去最悪の恐ろしさなんじゃ」

ふむ、彼が腹痛の話を徹底的に論じ続けたいというのであれば、僕としては傾聴する用意があった。だが彼は別の話題に話をとばした。

「君は結婚はされておいでかな？」彼は言った。

僕はちょっぴりたじろいだが、いいえまだ実際に結婚しているわけではありませんと言った。

「ならばこのままませんのがよろしい。もし良識のかけらでも持ち合わせておいでならの」彼は続けて言った。そして紅茶を前にしばらく陰気にもの思いに沈んでいた。「結婚した途端にどんなことになるかをご存じかな？　親分風を吹かされる。我が魂を我がものと呼べなくなる。君は家庭内でただの何でもない生き物になる」

彼がほぼ赤の他人と言ってよい者にこんなに打ち明け話をするだなんて、僕は少々驚いたと言わねばならない。だが僕はそれを消化不良のせいと理解した。突き刺す痛みが彼から冷静な判断力を失わせているのだろう。

「たまごをどうぞ」僕のハートが真っ当な位置にあることを示すため、僕はこう言った。

彼は緑色に変色し、リボン結びに身体をよじった。

「たまごはいらん！　何か食べろと言い続けるのはやめにしてくれんか。わしのような気分でおる時にたまごなんぞ見るだけでも我慢できると思うのか？　ぜんぶあの地獄じみたフランス料理のせいじゃ。いかなる消化機能とてあれには立ち向かえん。結婚じゃと！」話題を戻して、彼は言った。「わしに結婚の話はせんでくれ。結婚する。した途端に知らされるのは、頰《ほお》ひげを生やして正直な仕事なんぞこれっぽっちもせん継息子《ママ》を押し付けられてるってことじゃ。連中のすることといったら、日没がどうとかといった詩を書くだけときた、けっ！」

僕はすごく洞察力に富んだ男である。それで彼が慎重にそれとなくほのめかしているのは、おそらく彼の継息子のパーシーのことであろうと突然にひらめいた。だがこの疑問を確認できる前に、この部屋が一杯になってきた。九時二十分ごろには、つまり今のことだが、一般にカントリー・ハウスの人々は食料を求めて列なすものである。ダリア叔母さんがやってきて目玉焼きをとった。トロッター夫人がやってきてソーセージをとった。パーシーとフローレンスがやってきてそれぞれハム一枚とハドック一切れをとった。トム叔父さんの姿は見えなかったから、ベッドで朝食にしているものと僕は理解した。客人がいるとき、だいたいいつも叔父さんはそうする。栄養を摂取して防御を固めるまで、峻厳な試練に立ち向かえる心境になれないからだ。

在席者一同は頭を垂れ、ひじを張り、忙しく自分の食べ物を摂取していた。と、セッピングスが朝刊を持って現れ、それまでも大して活発ではなかった会話の勢いは、衰えた。この静かなる集《つど》いの場にいま、新来者が登場した。身長およそ二メートル、四角い強烈な顔で、真ん中にやや口ひげが生えた男である。僕がロデリック・スポードを見るのは久しぶりだった。だが何の苦もなく奴とわかった。奴はいわゆる個性的な外観をしたイボ男で、いっぺん見たら決して忘れられるものではない。

奴はいくぶん蒼《あお》ざめて見えるように僕は思った。まるで最近めまいの発作に襲われて床に頭を強打したみたいにだ。奴は奴にしては弱々しい声で「おはようございます」と言い、ダリア叔母さんは『デイリー・ミラー』紙から顔を上げて奴を見た。

「ああら、シドカップ卿！」彼女は言った。「あなた、朝食にいらっしゃれるだなんて思ってもみなかったわ。そんなことして大丈夫？　今朝はご気分がおよろしいのかしら？」

「だいぶよくなりました、ありがとうございます」奴は気丈にも言った。「腫《は》れもいくらか引いたようです」

「よかったわ。あの冷湿布が効いたのね。あれが効けばいいって思ってたのよ。シドカップ卿は」ダリア叔母さんは言った。「昨晩お倒れになられたの。突然めまいがしたにちがいないって思うのだけれど。何もかもが真っ暗になったんでしょう、ねえ、シドカップ卿？」

奴はうなずき、その瞬間にそうしたことを後悔したようだった。つまりドローンズで特別大騒ぎの一夜を過ごした後、早まっておツムを振動させてしまった時、僕はしばしば苦痛に顔をしかめるからだ。

「ええ」奴は言った。「まったく実に異例の出来事でありました。私はあそこに完全に気分よく立っていたのです――実際、かつてないほど快調でした――すると、何か硬い物で頭を殴られたような衝撃がし、それから自室で気がついてみると、貴女《あなた》が私の枕をならしてくださっていて、お宅の執事が冷たい飲み物を拵《こしら》えてくれていて、それまでのことは何も憶えていないのです」

「人生ってそんなものよ」ダリア叔母さんは厳粛に言った。「そうですとも。それが人生ってもんだわ。今日はここにいたものが、明日はいない。あたしはよく言うのよ――バーティー、この地獄の番犬ったら、そのクソいまいましいタバコを持ってとっとと外に出なさい。グアーノみたいに臭うわよ」

僕は立ち上がった。いつだってお心のままにだ。そしてフランス窓のほうに半分ほどぶらぶらいったところで、L・G・トロッター夫人の唇から、甲高い悲鳴としか言いようのないものが発された。読者諸賢におかれては、うっかりして見えないところにいたねこを踏んづけたご経験がおありかどうかは知らない。だいたい同じようなやつだ。すばやく彼女を見ると、その顔がダリア叔母さんのとほぼ同じくらい赤くなっているのがわかった。

「んっまあ！」彼女は絶叫した。

彼女は配られた朝刊の中から選び取った『タイムズ』紙を見つめていた。浴槽の中で丸くなっているコブラを見つめるインド在住者のような目でだ。

「こともあろうに――」彼女は言った。そしてそれきり言葉が続かなくなった。

L・G・トロッターは朝風呂中に闖入《ちんにゅう》してきたインド在住者を見つめるコブラのような目で彼女を見た。彼がどんなふうに思っているか僕にはわかる。消化不良の、すでに妻とは不和をきたしている男は、妻が朝食中に頭を吹っ飛ばすような勢いで絶叫するのを聞きたくはないものだ。

「いったいぜんたい何の騒ぎだ？」彼は不機嫌に言った。

彼女の胸は舞台上の海のように隆起した。

「何の騒ぎだか教えてあげるわ。ロバート・ブレンキンソップがナイト爵に叙せられたの！」

「そうか？」L・G・トロッターは言った。「うひゃあ！」

うちひしがれた女性は「うひゃあ！」を不適切と考えたようだった。

「あなたに言えるのはそれだけなの？」

それだけではなかった。こんど彼は「バグーン！」［By God! の北部イングランドなまり］と言った。彼女はときどき小噴火してはご近所の世帯主たちをちょっぴり考え込ませている火山みたいに爆発し続けた。

「ロバート・ブレンキンソップ！　ロバート・ブレンキンソップ！　こともあろうにあの不道徳なうつけ男が！　近頃は何が起こるかわからないわね。あたくし聞いたことがないわ。そんな……あなた、どうして笑ってらっしゃるのか教えていただけるかしら？」

L・G・トロッターは彼女の目の下で、カーボン紙みたいにくるんと丸まった。

「笑ってなぞはおらんとも」彼は意気地なく言った。「ちょっとにやにやしただけじゃ。ボビー・ブレンキンソップがサテンのニーブリーチを穿《は》いて後ろ向きに歩くと考えての」

「あら？」ママトロッターは言い、彼女の声は芽キャベツやブラッドオレンジがお買い得ですよと大衆に知らせる呼び売り商人の声みたいに部屋中に轟《とどろ》き鳴り響いた。「ええ、そんなことはあなたの身の上には一生起こらないって言わせて頂戴な。レミュエル、あなたがもしナイト位叙爵を内示されたら、ぜったいに断るのよ。わかって？　あたくしあなたにご自分を安売りして貶《おとし》めていただきたくはありませんから」

ガチャンという音がした。ダリア叔母さんがコーヒーカップを取り落とした音だった。また僕には彼女の感情が理解できた。彼女は僕がパーシーから、ドローンズ・ダーツ・スウィープのチケットが別人の手に渡り、いまや晴れてスティルトンはありとあらゆる手段でもって僕に攻撃を仕掛けられる身の上になったと聞かされた時に感じたのと、まったく同じように感じているのだ。自分の手のひらに握り締めていると思っていた者が、ぜんぜんまったく手のひらになんかいやしなかったと突然気づくくらい、女性の気分をげっそりさせるものはない。彼女の手のひらに握られているどころか、L・G・トロッターは帽子を頭のはじっこに載せ、高く、広く、うつくしく跳躍していた。そしてそのことが彼女を下着の底から震撼《しんかん》させたとて、僕は驚かない。

L・G・トロッターが妻の最終通告に返事――僕の記憶が正しければ、そいつは「オーケー」だった――した後に続いた沈黙の中、セッピングスが戸口に姿を現した。

彼は銀製の盆を捧げ持っており、その盆上には真珠のネックレスがあった。

21・いつわりの真珠

バートラム・ウースターを囲む人々の輪において、彼がやすやすとタオルを投げ入れ敗北を認める男でないとははなはだ広く認められているところである。あのなんとかいったなんとかかんとかの下、風雨の許す限り、彼の頭は鮮血に染まり、しかし屈服せず、理不尽な運命の投石器やら弓矢やらが彼の誇り高き精神を粉砕しようと欲するならば［『ハムレット』三幕一場］、靴下を引き上げて特別製の努力をしてもらわねばならないのだ。

それでもなお、告白せねばならないが、朝食に降りてくるだけですでに弱っていた僕は、ただいま述べた光景を目《ま》の当たりにして断然おじけづいたものだ。僕のハートは沈み、またスポードにおいてそうだったように、すべては暗黒に転じた。真っ暗な霧を通して、僕は黒人執事がインクのごとく黒い盆を、ミンストレル・ショーの一番端っこにいる男みたいに見えるママトロッターに手渡していたのを見たような気がした。

途方もない強烈さで地震が襲ってきたかのように、床は僕の足下でうねった。最大級に激しい興奮状態でぐるぐる回っていた僕の目は、ダリア叔母さんの眼と合い、彼女の目もまたぐるぐる回っているのが僕にはわかった。

それでもなお、彼女は最善を尽くした。いつもながらにだ。

「んっまあ、セッピングス！」彼女は真心こめて言った。「あたしたちみんなそのネックレスがどこに行ったのかって考えあぐねてたところなのよ。それ、あなたのじゃありませんこと、トロッター夫人？」

ママトロッターは柄つき眼鏡越しに盆を食い入るように見つめた。

「あたくしのですわ、確かに」彼女は言った。「だけどあたくしが伺いたいのは、どうしてそれがあの執事の占有下に入ったのかってことですわ」

ダリア叔母さんは変わらず最善を尽くし続けた。

「お前きっとホールの床の上でそれを見つけたんでしょう、セッピングス？　シドカップ卿が発作のときに落っことされたんでしょうから」

実に見事な示唆だ、と僕は思った。またあのバカ間抜けのスポードが余計な嘴《くちばし》を挟んでさえこなかったら、十分それで通ったはずだと思う。

「そんなことがどうして起こりようがあるものかわかりませんな、トラヴァース夫人」奴はありとあらゆる場面で奴を衆人各位の嫌悪するところとする、人を見下すような態度で言った。「私が気を失ったときに持っていたネックレスは、貴女《あなた》のです。トロッター夫人のはおそらく金庫の中にあったのでしょう」

「そうですとも」ママトロッターが言った。「それに真珠のネックレスというものは、自分で勝手に金庫の中から飛び出してくるものじゃありませんわ。あたくし、電話を掛けさせていただいて、警察と一言お話をさせていただきますわ」

ダリア叔母さんは両眉を上げた。それにはだいぶ労力が要ったろうが、彼女はそいつをやり遂げたのだ。

「おっしゃることがわかりませんわね、トロッター夫人」彼女は言った。たいしたグランド・デイムである。「あなた、うちの執事が、金庫破りをして貴女のネックレスを盗み取ったとお考えでいらっしゃるのかしら？」

スポードがまた嘴を挟んできた。奴はいつそのでっかい口を閉じているべきかがわからない、不愉快な男の仲間なのだ。

「どうして金庫破りをする必要があるんですか？」奴は言った。「金庫破りなどする必要はなかったのです。扉は開いていたんですから」

「ホー！」ママトロッターが叫んだ。この語の著作権はスティルトンにあるという事実に頓着せずにだ。「それじゃあそういうことね。彼はただそこに行って勝手に取ればよかったんだわ。電話は玄関ホールにあるんでしたわね？」

セッピングスはこの理性の饗宴《きょうえん》、魂の交歓［「ポープの詩「ホラティウスの第二巻」］に、初めて貢献をした。

「ご説明をお許しいただけますならば、奥様」

彼は厳粛に言った。彼らのギルドの規則により、執事たちというものは雇用主の客人に不快な目つきをくれてはならないことになっている。しかし不快な目つきには至らなかったとはいえ、その目は好意的ではなかった。彼女が無分別に警察やら電話やらについて口にしたことは、彼を憤らせたのだ。今後彼が徒歩旅行の相棒として誰を選ぶにせよ、ママトロッターを選ばないであろうことは明白だった。

「ネックレスを見つけたのはわたくしではございません、奥様。トラヴァース様よりのご指示に基づき、使用人部屋の捜索を執り行いましたところ、本物件をウースター様の従者、ジーヴス氏の寝室内にて発見いたしたものでございます。この点にジーヴス氏の注意を喚起いたしましたところ、彼はこれを玄関ホール内にて取得したとの報告でございました」

「そうなの？　んまあ、それじゃあそのジーヴスなる男にすぐここに来るよう言いなさい」

「かしこまりました、奥様」

セッピングスは退室した。また僕もできることならものすごく退室したい気持ちで一杯だった。つまりこれから二回くらい時計がカチカチ言う間に、バートラム・ウースターはすべてを洗いざらい白状し、ダリア叔母さんの近頃の行状を世に周知徹底たらしめ、もし世に周知徹底たらしめるという表現でよかったらだが、不運な叔母を恥辱と困惑のうちに叩き込むことを余儀なくされるであろうことが、僕にはわかったのだ。封建的忠誠の精神は、必ずやジーヴスの唇を封印せしむることであろうが、とはいえしかし唇を封印することが見せしめ的懲罰と判事席よりの強い譴責《けんせき》を意味するという時、仲間に唇を封印させていられるものではない。何が何でも、汚名は晴らさねばならない。こういう点にウースター家の掟《おきて》は厳格なのだ。

ダリア叔母さんを見ると、彼女の思考がだいたいおんなじ線で進行し、また断然そんなのは気に入らないでいることが見てとれた。彼女の顔ほどに赤い顔は、蒼ざめることなどおよそ不可能なのだが、しかし彼女の唇は硬くこわばり、トーストにマーマレードを塗る彼女の手は、明らかに震えていた。彼女の顔に浮かんだ表情は、風船が破裂するまでそう長くはないとの事実を教えてもらうのに、占い師や水晶玉なぞいらないという女性の表情であった。

僕は彼女を一心に見つめていたから、もの柔らかな咳払いが沈黙を破るまで、ジーヴスがこの場で一同に加わっているのに気づかなかった。彼はちょっと離れたところに、もの静かでうやうやしげな姿で立っていた。

「奥様？」彼は言った。

「ちょっと、あんた！」ママトロッターが言った。

彼は変わらずもの静かでうやうやしげな姿でいた。もし彼が「ちょっと、あんた！」なる語で呼びかけられることに反感を抱いているとしても、彼の態度物腰にそれを示すところは皆無《かいむ》だった。

「このネックレスだけど」ママトロッターは柄付きメガネ越しにダブルパンチを食らわせながら、彼は言った。「執事があなたの部屋でこれを見つけたと言ったわ」

「はい、奥様。わたくしは朝食後にその所有権の所在につき、調査をいたす所存でおりました」

「あらそう、そうなの？」

「メイドの誰かが所有する安物であろうと推測しておりましたところでございます」

「それが……なんですって？」

彼はふたたび咳払いをした。遠くの山頂で咳払いする育ちのいいヒツジみたいな礼儀正しい咳だ。

「そちらが養殖真珠によって作られました安価な模造品に過ぎないとは、ひと目見て気づきましたゆえ、奥様」彼は言った。

読者諸賢におかれては、「水を打ったような静けさ」という表現をご存じでおいでかどうかは知らない。本の中で登場人物の誰かが参集した一同にホットなニュースを披露する時に、そういう表現が用いられるのをたびたび目にしてきたが、こういう状況において出来《しゅったい》するしんとした静寂のようなものを描写する格好のいい言い方だといつも僕は思ったものだ。ジーヴスがこれらの発言をした際にブリンクレイ・コートの朝食テーブルに降臨した沈黙は、途轍《とてつ》もなく水を打ったみたいに静かだった。

L・G・トロッターが最初に沈黙を破った。

「なんじゃと？　安価な模造品？　わしはそのネックレスに五千ポンド支払っておるんじゃぞ」

「もちろんですわ」怒っておツムを振りたてながらママトロッターが言った。「あの男、酔っ払っているんだわ」

ここでこの論争に介入して不快な疑念の瘴気《しょうき》というか何であれ瘴気というようなものが発するところのものは一掃してやらねばならないと僕は思った。

「酔っ払っているですって？」僕は言った。「朝の十時にですか？　バカバカしい説ですよ。ですがこの問題は簡単にテストすることができます。ジーヴス、〈野アザミふるいのセオドア・オズワルドウィッスル、一袋アザミをふるって分厚い親指に三本とげを突き刺した〉と言ってみてくれ」

彼は鈴以上ではないにせよ、鈴のごとく明晰《めいせき》な歌うような声でそうした。

「おわかりでしょう」僕は言い、発言を終えた。

ダリア叔母さんは、じょうろで何液量オンス分かの液肥をもらって復活した花のごとく花開き、有用な言葉を挟んできた。

「ジーヴスの言うことは確かよ」彼女は言った。「もし彼がそいつを偽物だって考えるなら、それは偽物なの。彼は宝石のことなら何でも知ってるんだから」

「そのとおりさ」僕は付け足した。「徹底的な知識を持ってる。彼は宝飾品の専門家の叔母さんの下で勉強したんだ」

「従兄弟《いとこ》でございます、ご主人様」

「もちろん従兄弟だった。すまない、ジーヴス」

「滅相《めっそう》もないことでございます、ご主人様」

スポードがまた横槍を入れてきた。

「私にネックレスを見せてください」奴は権威的なふうに言った。

ジーヴスは盆を奴に差し出した。

「あなた様にはわたくしの見解をご支持いただけるものと存じます、閣下」

スポードは中身を手に取り、一瞥《いちべつ》し、鼻でフンとあしらうと判決を下した。

「まったくそのとおり。模造品だ。それもあまりできのよろしいものではありませんな」

「確言できるわけじゃないでしょう」パーシーが言い、ひと目にらまれてちぢみ上がった。

「確言できないですと？」スポードは無神経な物言いに傷ついたスズメバチみたいに気色《けしき》ばんだ。

「確言できないですと？」

「もちろん確言できますとも」僕は言った。実際に奴の背中をぽんぽん叩いたわけではないが、バートラム・ウースターは君の味方だよと告げる背中ぽんぽん叩き目を奴に向けながらだ。「誰もが知っていることだけど、彼は養殖真珠には核があることを知っているんだ。君はひと目で核があるのを見抜いたんだろう、どうだい、スポード、なあ相棒？　というかシドカップ卿、なあ相棒？」

僕は異物を入れてアコヤ貝をだまし、異物の周りに真珠層を重ねさせるよう仕向ける仕事――僕はいまだにこいつはただ放っておいてもらって一人で考えていたい貝類に対する、汚いやり口だと思っている——について話し始めようとしていたところだった。と、スポードが復活してきた。奴の態度には憤慨があった。

「朝食時にこんな騒ぎとは！」奴は言った。また僕には奴の言いたいことがわかった。きっと自宅では、奴は外界より快適に引きこもって日刊紙をコーヒーポットに立てかけ、こんなむきだしの情熱やら何やらが辺りじゅうでブンブンうなりを上げているような真似はぜんぜんなしで朝ごはんのたまごを食べているのだろう。奴は口を拭き、L・G・トロッターがティーカップを割るような声で話すのを聞きながら、頭を押さえて苦痛に顔をしかめ、フランス窓経由で退出していった。

「エミリー、説明しなさい！」

ママトロッターは柄付きメガネを彼に向けた。だがモノクルを使ったとて大した違いはなかったはずだ。彼は彼女を真正面から見つめ返した。そして僕は想像するのだが——むろん確信はない、なぜなら彼は僕に背中を向けていたのだから——彼の目には彼女の骨を水に変える鋼のごとき厳しさがあったにちがいない。いずれにせよ、彼女が話し出したとき、その声は半分しか目の覚めてない早起き鳥の朝一番のピーピー音とジーヴスが描写するのを聞いたことのあるような、そんな声だった。

「あたくしには説明できないわ」彼女は……そう、わなわなとつぶやいた。僕は「小声で言った」と言うつもりだったのだが、しかしわなわなとつぶやいたの方がうまく合っている。

L・G・トロッターはアザラシのごとく咆哮《ほうこう》した。

「わしにはできる」彼は言った。「お前はまたあの弟にこっそり金を渡したんだろう」

ママトロッターの弟のことを聞くのはこれがはじめてだったが、僕は驚かなかった。僕の経験から言うと、成功したビジネスマンの妻というのはみな背景に怪しげな弟がいて、時々にちょっぴり小遣いを渡しているものなのだ。

「渡してないわ！」

「わしに嘘をつくんじゃない！」

「まあ！」小さく萎縮《いしゅく》したこの女性は、またもうちょっと小さくなった。そしてこの光景はパーシーにとってはあんまり過ぎた。この一部始終の間、奴は腕のよい剝製《はくせい》師に剝製にされた何かみたいな印象を発しながら緊張して着席していたのだが、母親の悲嘆に心動かされ、今や貴婦人たちよりの乾杯に応えて挨拶《あいさつ》するかのように、立ち上がった。奴の姿は見知らぬ路地で今にもあばら骨にレンガを食らいそうなねこにちょっぴり似ていた。しかし奴の声は、小さくはあったものの、しっかりしていた。

「僕がすべて説明できます。ママは無実です。ママはネックレスのクリーニングを頼みたがってたんです。宝石店に持っていくよう僕が預かって、それで僕がそれを質屋に入れて模造品を作らせたんです。緊急に金が必要だったものですから」

ダリア叔母さんは、んっまあなんてことでしょうをやった。

「何てとんでもないことをしでかしてくれたものかしらねえ！」彼女は言った。「あんた誰かがそんな真似をしたなんて話、今まで聞いたことがあって、バーティー？」

「そんな話ははじめてだと、告白しなきゃならないな」

「驚いたわよ、ねえ？」

「奇想天外な話だ、と言っていいんじゃないかな」

「とはいえ、そういうものなのよね」

「そうさ、そういうものなんだ」

「僕は芝居に千ポンドつぎ込む必要があったんだ」パーシーが言った。

今朝は声の調子がいいL・G・トロッターは、銀器をガタガタ揺らすような吠《ほ》え声を発した。スポードは声の届く範囲から消えていて正解だった。さもなくば奴の頭にはきっとものすごくよくなかっただろうからだ。強靭《きょうじん》な男である僕ですら、十五センチは跳び上がった。

「お前はただの芝居に千ポンドつぎ込んだのか」

「ただの芝居じゃありません」パーシーは言った。「フローレンスと僕の芝居です。彼女の小説『スピンドリフト』を原作に、僕が脚本を執筆したんです。後援者が一人裏切って、それで愛する女性を落胆させるよりはむしろ――」

フローレンスは目を見開いて奴を見つめていた。ご記憶でおいでだろうか、僕の口ひげを最初に見たときの彼女の表情には、〈魂のめざめ〉少々が入っていたと僕は述べた。この〈魂のめざめ〉の入り具合は今やますます顕著になり、ものすごく目立つようになっていた。

「パーシー！　あなた、あたくしのためにそうしてくださったの？」

「もう一遍やったっていいくらいさ」パーシーは言った。

L・G・トロッターが話しはじめた。彼が発言を「バグーン！」なる語でもって始めたかどうかについて、僕に確信はない。だが、音節のひとつひとつにありありと、「バグーン！」が息づいていた。この人物はいわゆる忘我の境地に至っていた。またママトロッターに対しては、彼女のことはまるで好きではなかったにせよ、同情を禁じえなかったものだ。彼女の治世は終わった。彼女は受けるべき報いを受けた。今後トロッター家内で誰が独裁者となるものかは明白だった。昨日のイモ虫は――あるいはほんの十分前までイモ虫だった男は――トラの衣装まとえるイモ虫となったのである。

「これで決まりだ！」彼は咆哮《ほうこう》した。咆哮する、という言葉でよかったはずだと思う。「今後お前がロンドンにたむろして暮らすのはこれで仕舞いだ、若いの。われわれは今朝のうちにこの家を出立する――」

「なんですって！」ダリア叔母さんがキャンキャン言った。

「――それでリヴァプールに戻った瞬間に、お前は一番底辺のどん底から仕事を始めるんじゃ。わしの賢明なる判断に反して言いくるめられとらんかったら、二年も前にそうしとるべきじゃった。あのネックレスにわしは五千ポンド支払った。それをお前は……」

感情に圧倒され、彼は言葉を止めた。

「ですが、トロッターさん！」ダリア叔母さんの声には苦悩があった。「皆さん、今朝ご出立されるなんてことはございませんでしょう！」

「いいや、発ちます。わしがもういっぺんだってあのフレンチ・シェフの昼食を我慢するなどとお思いですか？」

「ですが『ブドワール』を買っていただく件についてお話が決着する前に、ご出立いただきたくはないんですの。よろしかったら図書室でちょっとお話しするお時間をいただけませんかしら？」

「そんな暇はありません。わしはマーケット・スノッズベリーまで車で行って、医者にかからねばなりませんからの。もしやこの痛みを何とかする方法があるかもしれん。ここのところが痛みますのじゃ」チョッキの第四ボタンのところを指し示しながらL・G・トロッターは言った。

「チッ」ダリア叔母さんが言った。また僕もチッとやったものだ。しかしもだえ苦しむ男が当然期待すべき同情を表明する者は他には誰もいなかった。フローレンスは相変わらず、見つめられる限りの力をこめてパーシーを見つめていたし、パーシーは爆弾大爆発の生き残りみたいな顔をして座っている母親に心配げに身を寄せていた。

「ママ、おいでよ」すがり付いていた席からどっこいしょと彼女を引き上げながら、パーシーは言った。「おでこをオー・デ・コロンで洗ってあげるから」

L・G・トロッターに非難めいた目をくれ、奴はやさしげに母親をエスコートして退室していった。息子は母親の最大の友である。

ダリア叔母さんはまだ愕然《がくぜん》としていたし、彼女の胸のうちがどんなかが僕にはわかった。このトロッターをひとたびリヴァプールに帰してしまったならば、彼女はお仕舞いだ。販売抵抗満載の取引先に手弱女《たおやめ》らのための週刊紙を売却するなどというデリケートな交渉は、郵便によっては上首尾には果たし得ない。L・G・トロッターのごとき男は、現場で腕をもみ、愛想よい人柄で魅了してやらねばならないのである。

「ジーヴス！」僕は叫んだ。なぜかはわからない。いくら彼にだってどうしようもないことがわかっていたからだ。

彼はうやうやしげに生気を得た。ただいまのギブ・アンド・テイクの間、彼は適切さの意識が参加を許さぬ乱闘の場においていつも身にまとう、超然とした、剝製のカエルみたいな顔をして背後に立っていたのだった。そして僕の見つめる彼の目には、馳《は》せ参じの精神が立ち現れてきていた。

「わたくしにご提案をお許しいただけますならば、ご主人様」

「なんだ、ジーヴス？」

「わたくしのめざめの飲み物がトロッター様にご慰安をもたらしはいたすまいかと思い当たりましたところでございますが」

僕はうがい声を発した。彼の言う意味がわかったのだ。

「僕が二日酔いのときにときどき調整してくれる、君のおめざのことを言っているんだな？」

「まさしくさようでございます、ご主人様」

「トロッター氏に効くんじゃないかと、そう言うんだな？」

「はい、さようでございます、ご主人様。あれは内臓器に直接効果を及ぼしますゆえ」

それで十分だった。いつものことながら、彼がレムをテティギスティしたのが僕にはわかった。僕はL・G・トロッターに向かって言った。

「お聞きになられましたか？」

「いいや聞いてはおらん。このわしにどうやって聞けというんじゃ――？」

僕は身ぶりで彼を制止した。

「それじゃあ、聞いてください」僕は言った。「拍手喝采の朗報です、L・G・トロッターさん。合衆国海兵隊が到着したんです。医者なんか必要ありません。ジーヴスについて行ってください。あなたが〈レミュエル・ジェンガルファス〉って言い終わられる前に彼があなたの胃を絶好調にする飲み物を拵《こしら》えてくれます」

彼はジーヴスをさかんな憶測で見つめた。ダリア叔母さんがはっとあえぎ声を発するのが聞こえた。

「本当かな?」

「はい、旦那様。調合液の有効性につきましてはわたくしが保証いたします」

L・G・トロッターは大声で「うー!」っと言った。

「じゃあ行こう」彼は短く言った。

「あたしもごいっしょして、あなたのお手を取っていますわ」ダリア叔母さんが言った。

「一言だけ言わせてください」一同が列なして繰り出すのを見て、僕は言った。「そいつを飲み込むとき、あなたは一瞬雷に打たれたかのような幻想を抱くはずです。気にしないでください。そいつは治療過程の一環なんです。だけど目の玉には気をつけてください。気をつけていないと、親ソケットから飛び出して反対側の壁にぶち当たりがちなものですから」

一同は部屋を去っていった。そして僕はフローレンスと二人きりになった。

22. バーティー・ウースターはお見通し

おかしなことだが、人々が二人やら三人――スポードの場合は一人だったが――ずつ退席する、この展開の急激さと急展開のせいで、いつか僕がこの女の子と二人きりで対面し、いわゆるソリテュード・ア・ドゥにならねばならぬ時が来ることが、僕にはわかっていなかった。そしてこの不快な状況が今や出来《しゅったい》した。会話をどうやって切り出したものかは難しかった。しかし、僕は何とかやってのけた。L・G・トロッターと二人きりになった時とおんなじ度胸でもってだ。

「ソーセージを取ろうか？」僕は言った。

彼女は手を振っていらないとの趣旨を示した。彼女の魂の動揺がソーセージごときで落ち着かぬことは明白だった。

「ああ、バーティー」彼女は言い、言葉を止めた。

「じゃあハムはどう？」

彼女は首を横に振った。ハムもソーセージと同じくらい市場では低迷しているらしい。

「ああ、バーティー」彼女はまた言った。

「すぐ隣にいるとも」激励するように、僕は言った。

「バーティー、あたくし、どうしていいかわからないの」

彼女はまたもや沈黙した。そして僕は何かが出てくるのを待って立っていた。彼女にキッパーを勧めようとの思いは打ち消しながらだ。客が注文品を決められるようウェイターが躍起になるみたいにメニューの品を勧め続けるなんて、バカみたいだ。

「あたくし、ひどい気分だわ！」彼女は言った。

「素敵に見えるけどな」僕は彼女に請け合った。しかし彼女はそんな麗《うるわ》しいお世辞を、手を振ってはねつけた。

彼女は一瞬また黙りこくった。それから一瀉千里《いっしゃせんり》にすべては進んだ。

「パーシーのことなの」

彼女が話している間、僕はトーストを一切れちびちび齧《かじ》っていた。だが礼儀正しくそいつを置いた。

「パーシーのことだって？」僕は言った。

「ああ、バーティー」彼女は続けて言った。また彼女の鼻の小刻みに動く様から、彼女がかなり大変な状態でいることが見てとれた。「たった今わかったの……彼が愛する女性を落胆させたくないって言った時……彼があたくしのためにしてくれたことが……あたくしのためなんかに……」

「君の言いたいことはわかるよ」僕は言った。「すごく誠実なことだね」

「あたくしに何かが起こったの。はじめて本当のパーシーに出会ったって、そういう感じなの。もちろん彼の知性を、あたくしいつだって尊敬してきたけど、だけど今はちがうの。彼の裸の魂を覗《のぞ》き込んだような気がするわ。そしてそこにあたくしが見いだしたものは……」

「すごく善良なんだ、そうだろ?」助け舟を出してやりながら、僕は訊《き》いた。

彼女は深く息を吸い込んだ。

「あたくし、圧倒されているの。あたくし、驚愕《きょうがく》しているわ。彼ってロロ・ビーミンスターみたいだってことがわかったんですもの」

一瞬、何のことやら僕にはわからなかった。それから思い出した。

「え、ああ、そうさ。君はロロのことをあんまり話してくれなかったね。彼がやけっぱちな気分でいたって他は」

「ええ、あれは物語のごく始めのことなの。彼とシルヴィアがふたたび結ばれる前の」

「ああ、二人はまた結ばれるんだ」

「そうよ。彼女は彼の裸の魂を覗き込んで、自分にはこの人しかいないって気づくの」

今朝の僕の頭脳が最高に冴《さ》え渡っていたという事実は、すでに強調しておいた。また、これらの言葉を聞いて、彼女が過去最高に親《しん》パーシー気分でいることが僕にははっきりとわかった。むろん僕は間違っていたかもしれない。だが僕はそうは思わなかった。またこの線で話を詰めてゆくのは結構なことだと思われた。ジーヴスが見事に述べたように、人事には潮の流れというものがあり、大波をとらえれば、幸福へと至るのである。

「ねえ、君」僕は言った。「こう思うんだ。君はパーシーと結婚するのがいいんじゃないかな?」

彼女はハッと驚いてみせた。彼女が震えているのがわかった。彼女は動いた。彼女は振動した。彼女は竜骨に生命の湧《わ》きあがりを感じているように見えた〔ロングフェローの詩「船の建造」〕。僕を見つめる彼女の目のうちに、希望の輝きを見いだすのは困難なことではなかった。

「だけどあたくし、あなたと婚約しているんですもの」彼女は口ごもった。そんなバカな真似をしたことで、できることなら自分を蹴とばしてやりたいとの印象を発しつつだ。

「ああ、そんなことは簡単に調整できるとも」僕は真心込めて言った。「おしまいにしよう、それが僕の助言だな。僕みたいなひょろひょろしたチョウチョウが、うちにいるのは嫌だろう。君にはもっと魂の伴侶っていうような人が必要なんだ。君が座れるくらいの九号サイズの帽子をかぶって、手を握り合ってT・S・エリオットについて話し合えるようなさ。パーシーだったらぴったりだ」

彼女はちょっと息を詰まらせた。希望の曙光《しょこう》は今やますます顕著になった。

「バーティー！　あなた、あたくしを解放してくださるの？」

「もちろんさ、もちろんだとも。むろん恐ろしく悲痛な思いだったり色々だけど、だけどその件については決着したと考えてくれ」

「ああ、バーティー！」

彼女は僕の首に腕をまわすとキスをした。むろん不快だった。だが直面せねばならぬことというのはある。アナトールが言うのを以前聞いたように、人には清濁《せいだく》併せ呑《の》む必要があるのだ。

僕たちは依然激しく抱擁《ほうよう》しあっていた。と、沈黙が――僕たちは結構な沈黙のうちに抱擁しあっていたのだ――テーブルの脚にぶち当たった地元犬一同の魂の叫びみたいな音でもって破られた。それは犬ではなかった。パーシーだった。奴は神経の昂《たか》ぶった様子で立っていた。また僕は奴を責めない。ある女の子を愛していて部屋に入ってみたらその子が他の男と絡まりあってる姿を見いだすなんてのは、もちろん激しい苦痛だ。

奴は猛烈な努力でもって気を取り直してみせた。

「続けてくれ」奴は言った。「続けてくれ。邪魔して悪かった」

奴は咽喉が詰まったようにごくんと息を呑《の》んだ。それでフローレンスが突如僕から身を離し、ウースター＝チーズライト級のジャックラビット跳びをやって奴の腕の中に身を投じたのは、奴にとっては途轍《とてつ》もない驚きであったろうことが僕には見てとれた。

「えっ、どういうことだ？」奴は言った。皆目《かいもく》わけがわからないふうだった。

「あたくし、あなたを愛しているわ、パーシー！」

「君が？」奴の顔は一瞬輝いた。しかしその直後、真っ暗に明かりは消えた。「だって君はウースターと婚約しているんじゃないか」僕のことを、世界の揉《も》め事の半分はお前みたいな奴が起こしているんだと言いたげに見ながら、奴は陰気に言った。

僕はテーブルの向こう側に行って、トーストをもう一枚取った。むろん冷え切っていた。だが僕は冷たいトーストが好きなのだ。バターさえたっぷり載っていればだが。

「ああ、その件はもう済んだんだ」僕は言った。「どんどんやってくれ。青信号点灯中だ」

フローレンスの声は震えていた。

「バーティーがあたくしを解放してくれたのよ、パーシー。あたくし、すごく感謝したから彼にキスしていたの。あたくしがあなたを愛していると言ったとき、彼はあたくしを解放してくれたの」

パーシーが感動しているのが見てとれた。

「なんてこった！　なんと高潔なことだ」

「彼ってそうなの。バーティーは騎士の魂の持ち主なのよ」

「まさしくそのとおりだ。おどろいたよ。彼を見たって、誰もそうは思わないだろうに」

みんなが揃いも揃って僕を見たって誰もそうは思わないとか言うのには辟易《へきえき》したし、この時点で何かしらちょっぴり辛辣《しんらつ》なことを言ってやることだってできたのだが……何て言ったものかはわからない。だが何かをだ。しかし台詞《せりふ》を拵える前に、突然フローレンスが悲嘆の叫びにほぼ匹敵するような声を発した。

「だけど、パーシー。あたくしたちどうしたらいいの？　あたくし、ほんのちょっとドレス代のお小遣いが自由になるだけなのよ」

僕はこの思考の流れについてゆけなかった。パーシーもだ。不可解だと僕は思ったし、奴もそう思っているのが僕には見てとれた。

「それが何の関係があるんだい？」奴は言った。

フローレンスは両手をもみ合わせた。しばしば耳にはするが一度も見たことのない動作だ。そいつは手首から始まる一種の循環運動だった。

「だって、あたくしはお金を持っていないし、あなただって義理のお父様のお仕事に就いたらお父様が支払ってくださるわずかな金額のほかにはお金を持っていらっしゃらないでしょう。あたくしたち、リヴァプールで暮らさなきゃいけなくなるわ。あたくし、リヴァプールでなんか暮らせない！」

いや、むろん、たくさんの人々がそうしている。というか僕はそう理解している。とはいえ彼女の言いたいことはわかった。彼女のハートはロンドンのボヘミアンたちと共にある――ブルームズベリー、チェルシー、古いスタジオで頂くサンドウィッチとアブサン、そんなようなことだ。それで彼女はそいつをあきらめねばならない。リヴァプールにそんなスタジオがあるとは思えない。

「ああ」パーシーが言った。

「あたくしの言うこと、わかってくださって？」

「ああ、わかるさ」パーシーが言った。

明らかに奴は落ち着かないふうだった。奴のべっこう縁のメガネに不可思議な光が宿った。また奴の頬《ほお》ひげは静かに震えていた。しばらくの間、奴は「ほしい」よりも「できない」のほうを先にしていた。それから奴は話し始めた。

「フローレンス、僕は君に告白しなきゃならないことがある。どう言っていいものかまったくわからないんだが、実は僕の財政状態はほどほどに健全なんだ。僕は金持ちじゃあない。だが僕にはそれなりの収入がある。一家を維持するには十分な程度にだ。僕はリヴァプールに行く気はない」

フローレンスは目をむいた。まだ宵にはだいぶ早いが、奴が酔っ払っているのではなかろうかと彼女は思っているのではあるまいかと僕は感じた。彼女の姿は、今まさに奴に「野アザミふるいのセオドア・オズワルドウィッスル、一袋アザミをふるって分厚い親指に三本とげを突き刺した」と言わせる寸前の女の子に見えた。しかし、彼女が言ったのは、これだけだった。

「だけど、パーシー、ダーリン。あなた詩を書いてるだけじゃ、そんなにたくさんは稼げないでしょう？」

奴は一瞬指をクルクルともてあそんだ。できれば絶対に明かしたくない秘密を明かすために、勇気を奮っているのだということが見てとれた。アガサ伯母さんにこってり油を搾《しぼ》られたとき、僕にもおなじ経験がある。

「そのとおりだ」奴は言った。「僕はあの『日没のキャリバン』で一五シリングしか受け取ってない。『パルナッソス』誌に載った僕の詩だ。またそれだけ受け取るために、僕はトラのごとく戦わねばならなかった。女編集長は一二シリング六ペンスで買い叩こうとしたんだ。だが……僕には別の収入源があるんだ」

「わからないわ」

奴は頭をうなだれた。

「わかるさ。その――あ――別の収入源から、僕は去年ほぼ八〇〇ポンドを受け取っている。それで今年は倍増しそうなんだ。つまり、僕のエージェントがアメリカ市場でも僕を売り出そうとやってくれたからで。フローレンス、こう聞いて君は僕から後ずさりするかもしれない。だけど言わなきゃならない。僕はレックス・ウェストの筆名で探偵小説を書いているんだ」

僕はフローレンスを見ていなかった。だから彼女が奴から後ずさりしたかどうかは知らない。だが僕は断然そんなことはしなかった。僕はどきどきして奴を見つめた。

「レックス・ウェストだって？　なんてこった！　君が『ピンクのザリガニの謎』を書いたのかい？」あえぎあえぎ、僕は言った。

奴はまた首をうなだれた。

「そうさ。それと『藤紫色の殺人』、『毒入りドーナツ事件』、『ビッフェン警部死体検分』もだ」

僕はたまたまそいつは読んでいなかった。だが僕は、我が蔵書目録にそいつを入れるのに一時たりとも無駄にはしないと奴に請け合った。そしてさらに続けて僕の脳裡《り》を長いこと占めていた質問を、僕は発した。

「それじゃあ、サー・ユースタス・ウィルビー准男爵を鈍器で殺害したのは誰なんだい？」

低い、抑揚を欠いた声で奴は言った。

「執事のバーウォッシュだ」

僕は悲鳴を放った。

「思ったとおりだ！　一番の最初からそうじゃないかって思ってたんだ！」

どうやってああいう話を思いつくのかとか、時間を決めて書くのかそれともインスピレーションの降りてくるのを待つのかとか訊いて、奴の芸術作品についてもっと話してもいたかったのだが、しかしフローレンスがふたたび討議に加わった。奴から後ずさるどころか、彼女は奴の腕に腕をからませ、奴の顔を燃える口づけで覆っていた。

「パーシー！」彼女は奴に首ったけだった。「あたくし、それって素晴らしいことだと思うわ！あなたってなんて恐ろしいくらいに頭がいいんでしょう！」

奴はふらふらとよろめいた。

「君はムカムカ吐き気がするんじゃないのかい？」

「もちろんしないわ。あたくし、本当に嬉しいのよ。あなた、今はどんな作品を書いてらっしゃるの？」

「中編だ。『血の証明』って題名にしようと思っている。だいたい三万語くらいになるはずだ。僕のエージェントが言うんだけど、アメリカの雑誌はいわゆる読み切り――口語的表現だと僕は思う――っていうのが好きなんだそうだ。一号にぴったり収まる長さの作品ってことなんだけど」

「ぜんぶあたくしにお話ししてくださらないといけなくてよ」フローレンスは言い、奴の腕をとってフランス窓に向かった。

「おい、ちょっと待ってくれよ」僕は言った。

「何だい？」パーシーが振り向いて言った。「何だ、ウースター？　早く言ってくれないか。忙しいんだからな」

「君のサインをもらえるかい？」

奴はにっこり笑った。

「本当に欲しいのか？」

「僕は君の作品の大ファンなんだ」

「なんてこった！」パーシーは言った。

奴は封筒の裏側にサインを書いてくれた。そして二人は手に手をとって出ていった。人生行路の長い道のりを歩き始める若き二人連れだ。そして僕は、感動シーンの後でちょっぴりお腹が空いて、座ってもういっぺんソーセージとベーコンに取り掛かった。

僕がまだそうしている間に、ドアが開き、ダリア叔母さんが入ってきた。この齢《よわい》重ねた親戚にあって、すべて世はこともなしであることは一目見て明らかだった。かつて僕は彼女の顔を、バス運転手のズボンのお尻みたいにピカピカだったと述べた。今ふたたびその顔はそうなっていた。もし彼女が五月の女王になるのだとしたって、これ以上快活な姿には見えまい。

「L・G・トロッターは書類に署名してくれたの？」僕は訊いた。

「これからね。目玉が元に戻り次第すぐによ。目玉のことについちゃ、ほんとにあんたの言ったとおりだったわ。最後に見たとき、二つとも壁から壁へ跳ね返っていたもの。あの人、躍起になって追っかけてたわよ。ねえ、バーティー」畏敬の念に満ちた声で、愛すべきこのご先祖様は言った。

「ジーヴスはあの飲み物の中に、何を入れてるの?」

僕は首を横に振った。

「彼と神のみぞ知るだ」厳粛に僕は言った。

「強烈なものみたいだわね。チリソースを一瓶飲み込んじゃった犬のことを、どこかで読んだのを思い出すわ。その犬、たいした仕事ぶりをみせてくれたそうよ。トロッターもだいたいおんなじような反応を示したわ。材料の中には、ダイナマイトが入ってるんじゃないかって思うの」

「その可能性は高い」僕は言った。「だけど犬とチリソースの話はやめにしようよ。僕たちのハッピーエンディングの話をしようじゃないか」

「僕たちのですって? あんたもなの? あたしのほうはハッピーエンディングになったけど、あんたの方は――」

「僕もさ。フローレンスは――」

「その話はおしまいって言うんじゃないでしょうね?」

「彼女はパーシーと結婚する」

「パーティー、あたしのしあわせ坊やちゃん!」

「僕は自分の星を信頼してるって言わなかったかなあ? 僕の見るところ、この件全体の教訓は、善良な男をずっと落ち込ませとくわけにはいかないって、そういうことなんだ。それとも――」僕は彼女に向かってちょっぴりお辞儀をした。「善良な女性を、かな。わが愛すべき肉親よ、今回の一件が僕らにとってなんて貴重な経験だったことだろう。決してあきらめず、決して絶望しない。どれほど展望が暗かろうと……」

僕は「どれほど雲が黒かろうと」と付け加え、遅かれ早かれ太陽は笑いかけてくれると続けるところだったのだが、この瞬間にジーヴスがゆらめき現れたのだった。

「失礼をいたします。奥様。図書室にてトロッター様とごいっしょあそばされる件につき、あなた様のご都合はいかがでございましょうか、奥様？　トロッター様はあちらにてあなた様をお待ちかねでいらっしゃいます」

ダリア叔母さんに本当にスピードを出させるには馬が必要なのだが、しかし徒歩ながらも彼女は素晴らしいタイムでドアのところまで到着した。

「彼の調子はどう？」敷居の上で振り返ると彼女は訊いた。

「幸い、完全にご健康をご回復あそばされていらっしゃいます、奥様。貴女《あなた》様とのご会談終了の後には、サンドウィッチとミルクにあえて挑みたいとのおおせにございました」

彼女は彼を長いこと、うやうやしいまなざしで見た。

「ジーヴス」彼女は言った。「あなたって唯一無類よ。あなたが土壇場で勝利を勝ち取ってくれるって、あたしにはわかっていたの」

「たいへん有難うございます、奥様」

「あなたの飲み物を、死体に試してみたことはあって？」

「いまだございません、奥様」

「やってみるべきだわね」齢重ねた親戚は言い、僕は実際に聞いたことがあるわけではないのだが、元気一杯の馬がラッパの音が鳴り響く中、「ハッ！」と言うみたいにクルベットして駆け去っていった。

彼女の立ち去った後、沈黙が続いた。というのは僕は考えごとに没入していたからだ。きわめて重大な一歩をとるべきか否かをめぐり、僕は内心で議論を戦わせていた。またそういうときに人は口を開いたりせずに、賛否両論を比較衡量するものだ。要するに、僕は、男にとっての岐路に立っていた。

僕の口ひげのことだ……

賛成：僕はこいつが好きだ。僕にはこれが似合うと思っている。僕はこいつをずっと生やし続け、最先端の服を着て、街の噂になるまでになりたいと願っていた。

反対：しかし、僕は自問する。そうすることは安全だろうか？　これがフローレンス・クレイに対して持った威力を想起するに、こいつが僕をあんまりにも魅力的にしすぎていることが僕にははっきりわかる。そこには危険が潜んでいる。あまり魅力的になりすぎると、自分の身の上に起こってもらいたくないありとあらゆることが起こりがちである。と言っておわかりいただければだが。

奇妙な落ち着きが不意に僕を支配し、僕は決心した。

「ジーヴス」僕は言った。また束の間の心の痛みを感じたとしたって、それが何であろう。僕だってただの人間に過ぎない。「ジーヴス」僕は言った。「この口ひげは剃《そ》り落とすことにする」

彼の左の眉毛《まゆげ》がピクリと動いた。この言葉がどれほど彼を感動させたかがこれでわかる。

「さようでございますか、ご主人様？」

「ああ、君はこの犠牲を勝ちとったんだ。お腹一杯になるまで食べ終わったら……うまいソーセージだなあ、これは」

「はい、ご主人様」

「必ずや満足したブタから作られているんだろうな。君も朝食は済ましたのか？」

「はい、ご主人様」

「うむ、さっき言ったように、お腹が一杯になるまで食べたら、二階の自室に行って、上唇に石鹸の泡を塗り、手にかみそりを持とう……そしたら、ヴォアラ！　だ」

「まことに有難うございます、ご主人様」彼は言った。

訳者あとがき

イヴリン・ウォーはウッドハウスを尊敬していた。

一九五四年十二月二十九日

親愛なるウッドハウス博士

二十五年前、イーディス・シットウェルが情け深いワシのように私に身を寄せてこう言った、恐ろしい瞬間がありました。「ミスター・ウォー、あたくしのことはイーディスと呼んで頂いてよろしいのよ」私が女史をそう呼べるようになるまでに、それから五年の年月を要しました。敬愛する大先生《マスター》に「親愛なるプラム」などと書き送ることは私にはできません。しかし先生より頂戴した大層ご親切な葉書のことは、天に昇るほどうれしく存じております。

先生が私よりも楽しいクリスマスをお過ごしになられたことを願っております。我が家を軽度ではあったのですが厄介なインフルエンザが席捲しておりました。病床から病床へと回し読みされる『ジーヴスと封建精神』だけが、憂鬱を軽減してくれるただひとつの慰安でありました。

当方今年は渡米の予定はありません。かの地は成功者である時にのみ訪れるべき場所であり、完成したばかりの私の新著はまったく島国的な関心に応えるものでしかありません。英国にてお目にかかれる可能性はないものでしょうか？

深い尊敬を込めて
イヴリン・ウォー

(Mark Amory ed., *The Letteres of Evelyn Waugh*, 1980, pp. 435-6.)

ウォーは第二次大戦後のウッドハウス受難の時代にも、率先して作家を擁護し、ジョージ・オーウェルのウッドハウス弁護論を評釈して応援した。一九六一年にウッドハウス八十歳を祝賀したウォーのウッドハウス賛は岩永正勝・小山太一編訳『ジーヴズの事件簿』（文藝春秋、二〇〇五年）に収録されているから全文が読める。ウォーの父、出版社チャップマン＆ホールの会長だったアーサー・ウォーが一九三五年にウッドハウスに送った手紙には「……確かに私たちがこれまで直接お会いする機会はありませんでしたが、私たちはあなたと共に人生行路を歩んでまいったのです。アレック［ウォーの兄、作家のアレック・ウォー］が学校に通っていた頃、私たちは皆であなたの本をたいへん楽しく読んだものでした。……今日でも私たちはフリーメイソンの掟のように、スミス語（Psmithism）を維持しており、それはよく手紙の端々にひょっこり顔をだしてきます……」(David A. Jasen, *P. G. Wodehouse — A Portrait of a Master*, 1981, p. 145) とある。幼少のみぎりよりウォー家は揃って筋金入りのウッドハウスファンであったわけだ。

ウッドハウスの伝記 *P. G. Wodehouse — A Biography*, 1982 を書いたフランシス・ドナルドソンは、イヴリン・ウォーとの交友記も書いている。その中にウッドハウスを巨匠《マスター》と呼んで尊敬するウォーに、いったい彼のどこが巨匠と呼ぶに値するのかと彼女が訊くくだりがある。そこでウォーが答えて言ったのが、「一ページ毎に平均三箇所、比類のないほどに卓越し、完全に独創的な比喩を作り出せる人物のことを、人は巨匠と見なさねばならない」(Francis Donaldson, *Evelyn Waugh — Portrait of a Country Neighbor*, 1967, p. 73) という台詞である。

ウッドハウス七十歳を祝賀した文章のお礼に、はじめてウッドハウスから「親愛なるイヴリン」で始まる手紙をもらったウォーは、それへの返信を「親愛なるウッドハウス」とも「親愛なるP・G・ウッドハウス」とも、また馴れ馴れしく「親愛なるプラミー」と書き始めるわけにもいかずに大層苦心し、ウッドハウスと親交のあったドナルドソン夫妻にその手紙を見せたのだそうだ。「だが私は解決策を見いだせたと思う」と、誇らしげに言ったというウォーが「親愛なるウッドハウス博士」〔ウッドハウスは一九三九年にオックスフォード大学より名誉文学博士号を授与された〕で書き始めたのが前掲書簡である。以降ウォーは、ウッドハウスに言及するときも、呼びかけるときも終生この呼称を通した。

作家同士の交流を知るのは楽しい。ウォーは一度だけアメリカで晴れてウッドハウスと会う機会があった。『ヴォーグ』誌がウォーのために主催した昼餐会にウォー自らがウッドハウスを主賓として招き、両作家は隣り合って着席した。残念ながら両者の会話はまったく弾まず、唯一ウッドハウスが反応したのは所得税に関する話題だけであったそうだ。

本書には探偵小説作家たちへのトリビュートが色濃い。ダリア叔母さんが愛読するアガサ・クリスティーをウッドハウスも愛読していた。一九五五年三月六日付デニス・マッケイル宛書簡によると、編集者からクリスティーがウッドハウスの大ファンだと聞かされ、自分もたいへんなクリスティーファンであることを是非とも手紙に書いて知らせねばいけないと焚《た》きつけられたウッドハウスは、クリスティー宛に彼女を褒《ほ》めちぎった長文の手紙を送ったそうだ。

「返事はどんなだったと思う？　だいたい三行だ。見知らぬファンに返事するようなやつが来た。〈わたくしの探偵小説を楽しんでいただけて大変嬉しく存じます〉って調子のだ。最悪なのは彼女が一番好きなウッドハウス作品が『リトル・ナゲット』――一九〇八年の作品だったってところだ。それで途轍《とてつ》もなく頭にくるのは、だからって彼女の作品を読まずにはいられないってことで、なぜなら彼女は今日読むに足るほぼ唯一の作家なんだから」

幸いこの後、両巨頭間の関係はいちじるしく改善し、生涯一度も直接対面する機会はなかったものの、二人は親しく書簡を往復する間柄を続けた。クリスティーは一九六九年の『ハロウィーン・パーティー』をウッドハウスに捧げている。

続いて『ピンクのザリガニの謎』のレックス・ウェストであるが、この名を目にして多くの読者は、これはレックス・スタウトのことかなと思うであろう。ウッドハウスはスタウトの熱烈な愛読者だった。何でも知っているノーマン・マーフィー英国ウッドハウス協会元会長にこの点を問い合わせたところ、気づかなかった、なんという慧眼《けいがん》かとほめられていい気になった。続けてノーマンは、ウェストの名はネロ・ウルフの住所、ニューヨーク、ウェスト三五番街から来ているのではなかろうかとの推理を提示してくれた。私はウッドハウスは下積み作家時代にC・P・ウェストの筆名を用いていたから、それも含まれていはしないかと憶測してやんわりと否定され（とはいえC・

P・ウェストはセントラル・パーク・ウェストの略だから実は同じ辺りを意味しているのだが）、さらに『ピンクのザリガニの謎』は一九五三年の『黄金の蜘蛛』、『毒入りドーナツ事件』はバークレーの『毒入りチョコレート事件』、『藤紫色の殺人』はドイルの『緋色の研究』でどうだと憶測を提示したのだが、こちらはきっぱりと否定された。これらはみな典型的でいかにもありそうな架空の探偵小説の題名というだけで、ノーマン説によると唯一確かなのは『ビッフェン警部死体検分』がセイヤーズの『ピーター卿死体検分』（一九二八年）をモデルにしている点だけだそうだ。『毒入りドーナツ事件』くらいは、いいことにしてくれないかとまだ私は思っているのだが、いけないらしい。

　話が作家からそれた。ウッドハウスはレックス・スタウトを愛読していた。ウッドハウスの母校ダリッジ・カレッジに再現された作家の書斎の書架にはスタウトがどっさり入っていたのが印象深い。人生後半の半世紀、年間ほぼ百五十冊ペースでミステリーを読んでいたウッドハウスは、この分野でのトップ5はクリスティー、スタウト、ナイオ・マーシュ、パトリシア・ウェントワース、シリル・ヘアーであるとの確たる見解を持つに至ったという。「どんな駄作のイギリスミステリーでも、どんなに秀作のアメリカミステリーよりいい」（デニス・マッケイル宛一九五〇年十二月二十五日付書簡）と考えていたウッドハウスの選んだ、五人中唯一のアメリカ作家である。ウッドハウスはクリスティー全冊、スタウト全冊、マーシュ八冊、ウェントワース三十六冊、ヘアー十一冊を所有していた。ちなみに遺恨のあったはずのA・A・ミルンは十六冊、他にはヘンリー・セシルが十四冊、バリー・ペイン二十二冊、ジェームス・サーバーが全冊、ウォー全冊、アンソニー・パウエル全冊〔パウエルはウッドハウスを「詩人」と呼んで崇拝していた〕、シェークスピア全集等々である（Herbert Warren Wind, *The*

World of P. G. Wodehouse, 1971, pp., 83-86)。

同じくダリッジの卒業生であるレイモンド・チャンドラーはどう思われていただろう。一九四六年四月二十九日付ビル・タウンエンド宛書簡には、『さらば愛しき女よ』を読んだら面白かった。だがダシール・ハメットやピーター・チェイニーらとあまりにも似ていすぎる。わからないのはあいう探偵はどうしてあんなに酒を飲んでしかもあんなにしゃんとしていられるのかってところだ。チェイニーの探偵は戦時下のロンドンでどうしてあんなにウイスキーを飲めたんだ。一瓶四ポンドもしたんだから、大金持ちだったにちがいないな。レックス・スタウトのネロ・ウルフ物はいい。巧妙にも探偵にミルクを飲ませている。とある。

ウッドハウスの小説には作家がたくさん出てくる。ノーマン・マーフィーによれば、九十七冊の著作中、八十二冊に作家が登場するそうだ。一九二四年までの作品において、作家、劇作家、ジャーナリストはウッドハウス自身の直接的な投影で、それ以降は若き作家であった時代の鮮明な記憶であるという（*In Search of Blandings,* 1981, pp. 135-40)。

作家と編集者の交流を知るのも楽しい。

本書冒頭に収録した献辞とまえがきは本書『ジーヴスと封建精神』*Jeeves and the Feudal Spirit* (1954) 刊行翌年にアメリカで出版された米版、*Bertie Wooster Sees It Through*（『バーティー・ウースターはお見通し』1955）に付されたものである。毎度ながら本書各章の章題は訳者が作成したものであることもお断りしておかねばならない。

本書執筆当時P・G・ウッドハウスは七十三歳、一九五三年刊行の *Bring on the Girls!* から、アメリカ版の版元がサイモン・アンド・シュースターに代わり、以降没年まで二十年以上にわたって、ここに献辞を捧げられたシュウェッドとの長い交際が続くことになる。

シュウェッドが述懐する、はじめてウッドハウスと会った時の逸話を少々紹介しよう。

プラムはサイモン・アンド・シュースターのオフィスに毎年ひょこひょこ自分で新しい原稿を持ってきてくれた。初めてうちに来たときの経験が、どうして彼の気を挫《くじ》かずにいられたものか不思議に思う。あの年うちにいた受付嬢はあまり学問のある娘でなく、彼の名前を見てそれと気づかなかったばかりか、コーヒーブレイクに席を立つ前のことはきれいさっぱり忘れてしまう不思議な性向があった。その日プラムが到着すると、彼女は彼を暗い片隅に座らせたまま、デニッシュペストリーが売り切れになる前にとあわてて出かけてしまった。常に礼儀正しく、人生を達観し、また内気でもあったプラムは、片隅に座ったままパイプをふかし、ただ座り、座り続けていた。

その時私は会議中で、大先生のご到着次第すぐさま呼び出してもらうべく待ち構えていた。しかし会議が終わる時間になっても何も言ってこない。ウッドハウス様はお遅れになられるそうですとのメッセージはなかったかと、私は受付に確認に行った。この難解な質問に受付嬢が頭を絞っている間に、暗い片隅から年配の紳士が立ち上がってほほえみかけ、片手を私の方に伸ばし、もう片方の手には原稿を持って近づいてきた。彼は一時間近くの間、一度もどうなっているのかと訊ねもせずに辛抱強く待っていてくれたのだ。私の謝罪を振り払うと彼は、「こういう練習は、医者の待合室でだいぶ積んでいるから」と言った。

こういう小不幸に遭ったとき、こういうふうに静かに上機嫌な態度でそれを受け容れるのは、いかにもプラムらしい。彼は紳士というだけでなく、優しい人物であり、持ち前の鋭い機知を決して他人に対する武器としては使わなかった。彼はそういうものは書く物のほうに蓄えておいて、友人と居間や食卓にいるときは常に変わらず熱心な聞き手で、人の下手な冗談に、うなずくように笑ってくれた。(F. Donaldson, *op. cit*, 1971, p. 315 より引用)

シュウェッドはウッドハウスの理解者であり、ファンであったのだが、編集者としてはかなり介入的であったようだ。本書を含め、数多くのアメリカ版の作品タイトルを変更させ、*Much Obliged, Jeeves* (1971・アメリカ版タイトルは *Jeeves and the Tie That Binds* [1971]) では、タイトルのみならず、物語の結末まで書き換えさせている。ジェイセンのウッドハウス伝には、原稿を受け取って、たいへん素晴らしい作品だがここをこうしたらどうかというシュウェッドの手紙に、作品を気に入ってもらってよかった、ここをこうするアイディアは天才的だ、と応えるウッドハウスの手紙や、タイトル変更についてやりとりする往復書簡が幾通も収録されている (Jasen, *op. cit.*, pp. 236-243)。

そうそう、本書中にナイト爵に叙される際にはサテンのニーブリーチを穿《は》き、両脚の間に剣をはさんで後ろ向きに歩かねばならないという記述があるが、N・T・P・マーフィーの *A Wodehouse Handbook*, 2006, Vol. 1, p. 57 によると、これは衣装が屈辱的というだけでなく、現実の危険をも伴う儀式であったようだ。叙爵の後、後ろ向きに歩く際、剣に足を引っ掛けて転倒する紳士は数多いと一九三五年の『タイム』紙が報じているそうである。頭から真っ逆さまにでんぐり返しした紳士がいたと報じた新聞もあったそうだ。

もうひとつ、ノーマン・マーフィーに聞いた、どうして〈モトルド・オイスター〉はガサ入れを受けるのか、の説明。ヴィクトリア女王期以来、英国政府は飲酒を規制し、パブやナイトクラブの営業時間は一世紀以上にわたり厳しく制限されてきた。第一次大戦後、戦時下の厳格な飲酒規制が緩和され、パブは十時半まで酒類を出せるようになり、ナイトクラブは特別免許を申請すれば食べ物と共に供される場合に限り十二時半まで酒類を出す許可を得られるようになった。バーティーが本書中でキッパーをオーダーするのはこのためである。十二時半を過ぎても飲み物の値段を三、四倍にして違法営業を続ける店は多く、そのため多くの店が強制捜査の対象となり、閉店、それから一週間後に名前を変えて営業再開という手順をたどったのだそうである。

さらにもうひとつ、ノーマンが教えてくれたレミュエル、ジェンガルファス、ポーターリントン、ウィルバーフォース、マーマデュークその他の名前が面白がられる理由。

これは男の子たちのいたずら心に由来する。女の子はあまりそうではないようだけれど、身体的特徴ゆえにかわいそうなあだ名をつけられてしまう子供というのはいるもので、耳が大きいからダンボとか、背が低いからチビとか大食いだからブーちゃんとか。つまり幼い少年たちというのはこの点残酷だから、『サンキュー、ジーヴス』でチャッフィーはドローンズの仲間に自分の名前が知られたらどんなことになるかと恐れていたということだ。困ったことにわが国の男性たちは、子供時代のこういう残酷さを大人になってもずっと維持し続ける。ノーベル賞を取ろうが、ものすごく尊敬されている政治家になろうが、オックスフォードの教授になろうが、どうしたってダンボはダンボでブーちゃんはブーちゃんなんだ。

こういうことの根っこにあるのはうぬぼれ屋を冷笑して身の程をわきまえさせてやるという感覚である。ボブとかジョンとかマイクとかビルとかいう名前でいる限りはなんの問題もない。だけれども自分の名前はへゼヒア・エズキエル・ファンショーだと認めるとき、当然の反応は爆笑の発作なのである。

さてと、レミュエルとジェンガルファスはどちらも立派な名前である。しかし何世紀にもわたって、たいそう信仰心の深い親たちはなかなかにつらい名前を息子たちに与えてきた。洗礼の時にはそれで結構と思えるのだけれど、かわいそうな子供たちは一生その名を途轍もないハンデとして背負って生きていかなければならない。つまりそういう名前は「普通でない」「人と違う」。またそれをもったいぶった名前だと思う子供たちもいる。仰々しく気取って大げさな名前に聞こえるから、率直な口を利き合う友達の間ではからかい冷やかしの種になる。

こういう名前は日本にはないのかな？　私はものすごく想像をたくましくしていて、また日本の皇室に不敬を働く意図はまったくないのだけれど、もしお宅の子供さんの学校に転校生がやってきて、自分の名前は「富士山太郎背神劫罰」だと宣言したら、息子さんの反応はどんなだろう。

この問題の歴史をたどるとおそらく一〇六六年のノルマンコンクェストの時のサクソン人にまで遡る。ノルマン人たちはビューリューとかモンモランシーとかグロヴナーとか、サクソン人の耳にはおかしく響く名前を持ち込んできた。こういうやんごとない方々（あなたよりも金持ちでお父上は一応でっかい城に住んでいる）のことをどうしてやることもできないけれど、だがそいつとそいつの面白おかしい名前を蔭で笑ってやることはできる。

要するに（説明が長くなって申し訳ない）、イギリス全土、とりわけイングランドにおいては、風変わりでもったいぶった名前はいつだって嘲笑を招く。レミュエルとジェンガルファスはかつては完全に立派な名前だったのだけれど今日のイギリス人の耳には奇妙奇天烈に聞こえ、面白おかしく響く。マーマデュークやポーターリントンにももったいぶった響きがありそれゆえ同様の反応を招くわけである。

まだひとつトリビア。まえがきでウッドハウスの住所になっているコルネイ・ハッチとは、本文中にも登場するが一八五一年創設ロンドン郊外にある大精神病院で、最盛期には三千五百人以上の入院患者を収容して長らく精神病院の大代名詞であった。一九九三年に閉鎖され、ただいまは最高級ラグジュアリー・フラットに生まれかわって分譲中であるが http://www.princessparkmanor.net/ 同建物の前歴は不動産広告には、一言たりとも述べられていない。

一九四七年四月二十六日、十年ぶりにアメリカの土を踏んでよりニューヨークの住まいをいくつか転々としたウッドハウスは、一九四九年にパークアヴェニュー一〇〇〇番のビル最上階の二層階アパートメントに引っ越した。セントラルパークを見晴らし、広い屋上テラスを擁する高級アパートメントは愛犬のペキニーズたちを遊ばせるのに好都合だった。一九五二年、旧友の劇作家ガイ・ボルトンが住むロングアイランドのレムゼンバーグを訪れたウッドハウスは、バスケット・ネック・レーンという名の通りに家を購入する。しばらくマンハッタンとロングアイランドを行き来する生活を続けた後、一九五四年にパークアヴェニューの家を手放し、ウッドハウスと妻エセルはレムゼンバーグを生活の拠点とすることを選択した。

レムゼンバーグは昨年訪れる機会があった。第二次大戦中までウッドハウスが住んでいた北フランスのル・トゥケを思わせる、海の近くの静かな小村である。ウッドハウスが二十年暮らした家は今もあるが、広かった敷地は分断され、作家の住んだ当時とはだいぶ様変わりしているそうだ。秋の穏やかな午後、その日は作家の一二六回目の誕生日であったのだが、バスケット・ネック・レーン入り口の教会墓地にある作家の墓前にて待ち合わせ、ノーマンとエリンのマーフィー夫妻、ウッドハウス・コレクターのジョン・グレアム氏と作家の終《つい》の住いを訪れた。今はウッドハウス家の所有を離れ、別の家族が住んでいる。家の後ろをフィッシュ・クリーク・レーンという小路が走っていて、そこを下ると入り江に出る。静かな森の中の小さな家である。

ウッドハウスはこの家で没年までを過ごし、ここに越してからは年に数回ニューヨークまで原稿を届けに行く他、ほとんどこの地を離れず妻と動物たちと暮らした。車でしばらく行った所に〈バイダ・ウィー〉という動物シェルターがあり、ウッドハウス夫妻はここに通って動物たちに餌をやり、建物建設のためには多額の寄付をしている。バイダ・ウィーに隣接してペット・セメタリーがあって、ウッドハウスの愛した沢山の犬やねこたちもそこに埋葬されている。

一九五四年五月、デニス・マッケイル宛書簡にはこうある。

「……庭はなかなか立派になってきた。こうして手紙を書いている間も、隣の部屋から職人たちが壁に鏡を打ちつける金槌の音が聞こえてくる。エセルはこの部屋をバーに変えようっていうんだ。完成したところで相変わらずカクテルはキッチンで拵えるんだろうが、もし上流階級の皆様がうちに押し寄せるようなことになったら、バーがなくっちゃいけないってことなんだろう。僕と犬たちの他には誰にも会わない生活にうんざりしてるエセルは、にぎにぎしい社交の中心にいる夢を忘れられないいんだ。〈今度出るジーヴス本の中でトム叔父さんに使ういい文章がある。〈彼の顔はやつれ、げっそりして、週末にお客様がいらっしゃるのよと告げられた時みたいな表情になっていた〉ってやつだ。他人が家に来るってのは、嫌なもんだろう?・)」

さてと最後は恒例のウッドハウス・ニュースである。まずは海外の話題。これまでペーパーバック版ウッドハウス作品を出版してきたペンギンからランダムハウス傘下アローに版権が移り、二〇〇八年春からアローより、装いも新たにウッドハウスの作品群が刊行開始されている。特筆すべきは、新たに全巻の装画を韓国在住の女性画家スワン・パーク氏が担当している点で、繊細美麗に描かれたウッドハウス・ワールドが楽しめる。こちらのページから、http://www.wodehouse.co.uk/、アジアよりウッドハウス界に吹く新しい風をご体感いただきたい。

さらに極東よりウッドハウス界に吹き寄せるもうひとつの新しい風といえば、白泉社『メロディ』誌二〇〇八年四月号より連載開始された勝田文氏の漫画『プリーズ、ジーヴス』である。英国ウッドハウス協会機関紙 *Wooster Sauce* 二〇〇八年六月号が、エリン・マーフィー編集長執筆で勝田氏の漫画入り見開き二ページの紹介記事を掲載している。猛女アガサ伯母さんら登場人物の特徴を巧みにとらえ、物語の芳香を見事に伝えている、建築の細部にこだわった緻密な作画が素晴らしい、と最大限の賛辞が捧げられている。米国ウッドハウス協会機関紙 *Plum Lines* 六月号でも、同じくエリン・マーフィーが『プリーズ、ジーヴス』を紹介している。本家本元からも熱い視線が注がれるジーヴス漫画をリアルタイムで読むこのわくわく感を、原作読者の皆様にも是非ご共有いただきたいと願う次第である。なお、勝田さんと白泉社『メロディ』編集部の徳重綾加さんには、本書の帯のためにバーティーとジーヴスのイラストをご提供いただいた。この場を借りてお礼を申し上げたい。

二〇〇八年八月

森村たまき

ウッドハウス・コレクション
ジーヴスと封建精神

2008年 9月25日　初版第1刷発行
2018年10月20日　初版第2刷発行

著者　P・G・ウッドハウス

訳者　森村たまき

発行者　佐藤今朝夫

発行　株式会社国書刊行会
東京都板橋区志村1-13-15
電話 03(5970)7421　FAX 03(5970)7427
http://www.kokusho.co.jp

装幀　妹尾浩也

印刷　株式会社シナノ

製本　村上製本所

ISBN978-4-336-05074-8